THE GHOST IN THE SHELL

企業網路覆蓋星球、電子光束穿梭奔馳，
國家與民族卻仍未被資訊化到
消解殆盡的近未來；

躺在亞洲的一隅，
奇特的企業集合體國家——
日本……

攻殼機動隊
SHIROW MASAMUNE
01
PROLOGUE
這是 1998 年在播磨研究學園都市所開發的成長型神經晶片（neurochip）放大五萬倍後的樣子。細胞因繁殖過剩而死亡，神經纖維的裂隙隨處可見。纖維成長到了由聚苯乙烯乘載乳糖（galactose）的衍生物等所構成的端子上，將印刷著端子的薄膜都壓歪了。同月，以傳媒為核心的巨大資本體，開始在使用微機械作為輔助電腦的醫療領域當中建構網路，電腦技術逐漸轉移到以微機械為基礎的方向上。到了 2028 年，神經晶片已被大量使用在人工智慧與機器人上面。

為什麼現在才來談矽礦床這些事？
新濱縣　海上都市　New Port City
2029年　3月5日
這是足以保障政府不會干涉貴國「不承認分離獨立方針」的重要理由。
先前「承認獨立即給予援助」的約定只是所謂表面話，與我們的貿易並不衝突。
會經由第三國進行。
很好。

要是奴隸國家怠慢了伺候，貴族國家可就要餓肚子嘍。
人手不足造福了奴隸製造業——
不過稍微偏離社會主義了呢。
不，貴國才是…雖然「腦」自稱為資本主義，實際上卻是理想的社會主義。
勞動狀況其實並非如此…因為這顆腦必要時可以透過血液的分配來操控。
第2班還沒好嗎？
是炸彈恐攻嗎？
各位請安靜，請盡快移動！
又是工會抗議？
唉—
市民避難完畢。
這一帶全是雜訊，機壓極高…
快引發HERO了，救命啊！
嗶
少校，公安準備完畢了唷。
沙—
嗶
嗶
嗶
嘎—
真囉唆，知道了啦！
要是把通訊加密交給AI來弄，保證什麼阿貓阿狗都竊聽光了！
嗶嗶

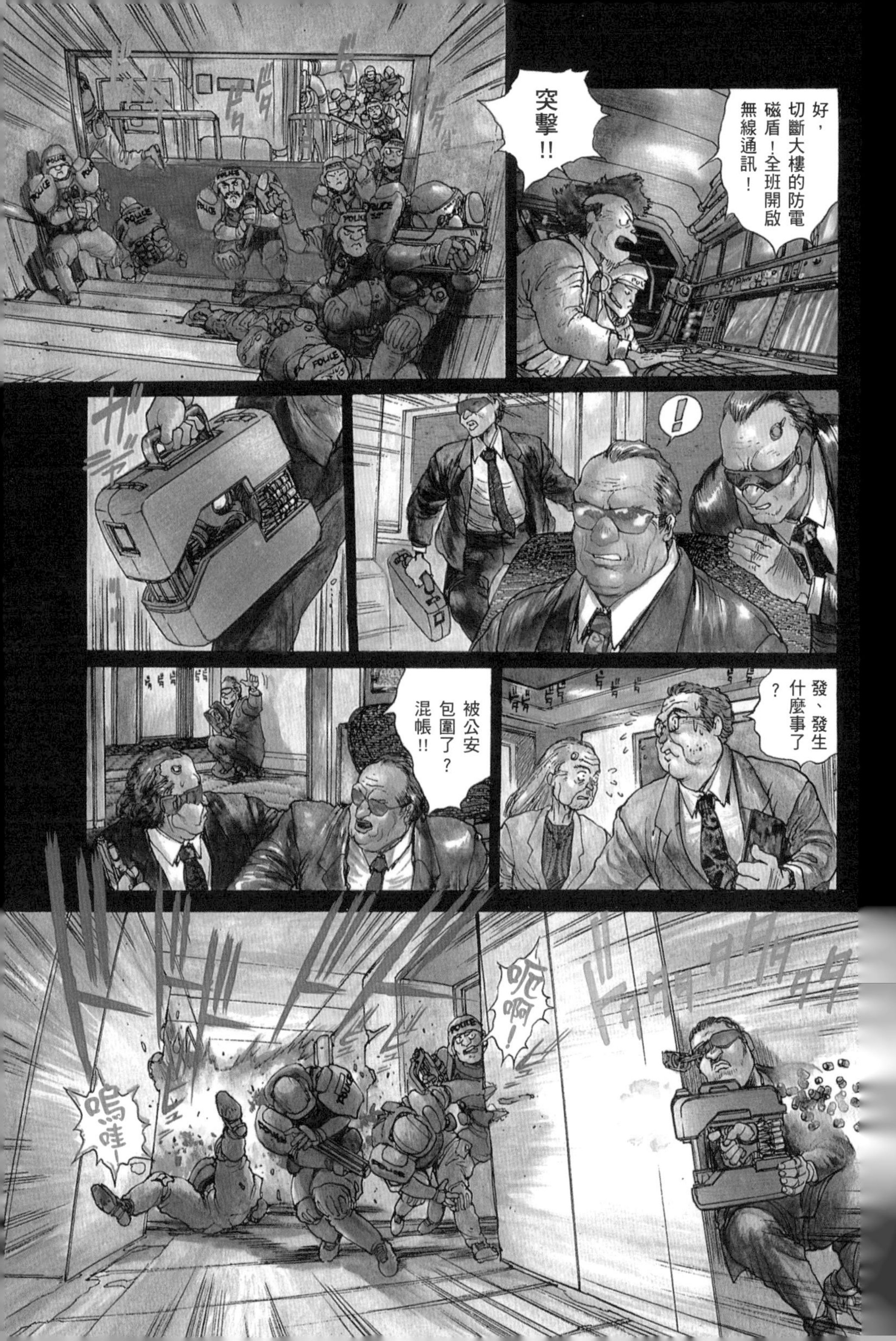
好，切斷大樓的防電磁盾！全班開啟無線通訊！
突擊!!
!
發、發生什麼事了？
被公安包圍了？混帳!!
呃啊！
嗚哇！

快住手！誰命令你射擊了！
不許動！
我是外交官！有豁免權！叫負責人過來!!
密會極東通商代表部的商務省次長及工會幹部嗎……
武裝我們沒收了。
荒卷，你這傢伙！
這狀況外務省及防衛廳也看到了——
總算得到了足以將你遣送回國的證據。
在那之前我該先收到召回狀吧，
基於外交上的考量。
而商務省的伊東次長，就請你接受審問吧。
為了讓你全盤供出在前首相爆炸暗殺案件中，你是怎麼洩漏會議場所的。
我完了…

*この様に標的の周囲をとり囲むと 発砲時に反対側の味方にも 弾があたって危ない。よい子の皆さんはマネしないで下さい。

*像這樣團團圍住目標，開火時會打到對面的友方，很危險，各位好孩子請勿模仿。

*ペルソナ・ノン・グラータで：列入外交不受歡迎人物

那是不可能的，荒卷…他會與我搭上同一班aeroflot飛機。
他已經提出流亡請求並獲得承諾，也在宣誓書上簽名了。
什麼時候？
我沒義務回答你。
所以我國基於國際法，有保護他並帶他回去的權利！
那麼根據國際恐怖活動防止法，我要求引渡伊東前次長！
等你送文件過來，我與中央討論過再回答你。
另外，流亡相關文件在大使館…過幾天會把副本送出。
這樣好嗎？伊東前次長？
可能會被暗殺喔！
哼！
我國可是和平主義的文明國家啊！
喔？是嗎？
啊！
嗚哇
嗚哇?!

※こーゆうのはストックしておいてイミが失せたら人質交換（タイホしれスパイetc）に使う としとこう。

※這為的是先掌握關鍵人物，等喪失價值後再用來交換人質（被逮捕的間諜之類的）。

※低速 軟弾頭系の炸薬弾 使用。

使用低速軟彈頭系的炸藥彈

ドシャッ
怎麼回事!?
在窗戶外面!
探測機上沒有反應!
2902熱光學迷彩!?
拿標識器來!!
標識器來了!
來不及了…
2902……2029年度製 型式改造タイプの事.
2902……表示 2029 年度款的改造型。
第二天，這個女人——（女性型生化人）坐在內務大臣的辦公室裡，
拿著前首相所發下的暗殺令……
唯一能確定的是危機管理的必要性，
以及——
這個自稱草薙素子少校（反正一定是假名…過去被稱為三佐）的女人（與隊友）的能力而已……。

02
SUPER SPARTAN
2029.4.10

ピピピ ピピピ
開工啦，少校！
到南新濱4區與水仙會合後待命。
我才不幹呢！哼哼！
妳要求的預算都通過了，上工吧！
攻殼車！
information
還不確認!?
Y. YES, SIR!
不要發呆！

チー
別發出曖昧的聲音，怪噁心的。
嗯！
之前裝的聽覺元件接觸不良嘛！
怎樣？
這猴子部長頗有一套，
公安部
警察
這檔交易是贊成3、反對2、棄權1。
要向內務大臣申請設立正式的特殊部隊，也需要公安部的協助。
boss
與其讓我們獨立成軍，他更希望是成為他的專屬部隊。
所以他算準了要讓我們更不能抽手。

再度確認第327屆國家審議會中有預算通過的報告書——
好！中止24小時監視櫻花，
真無聊～
帶你們去脫衣酒吧！
還以為會無聊到死哩……
早該先暖個機的……
喂

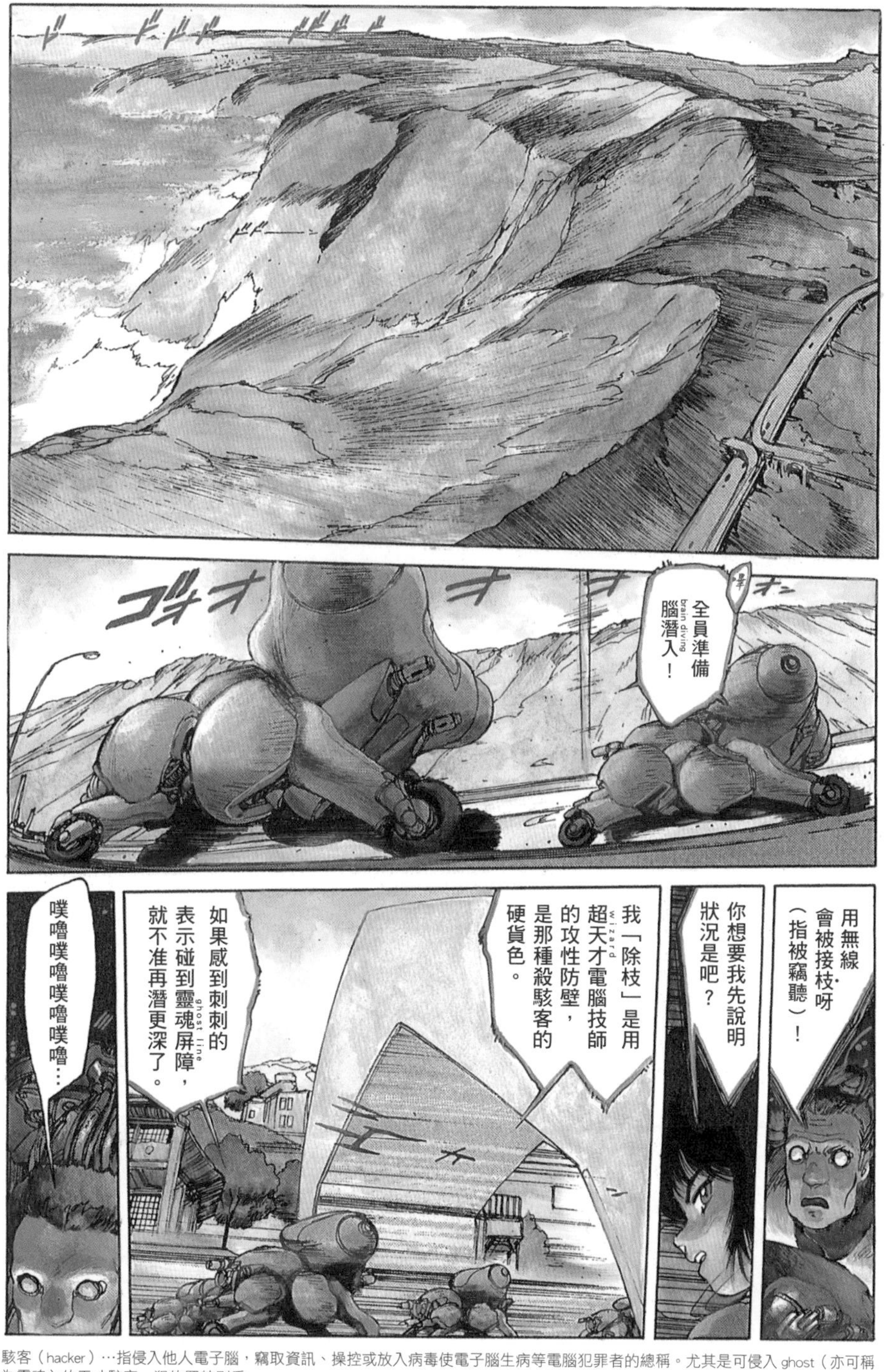
嗶
全員準備腦潛入（brain diving）！
用無線會被接枝呀（指被竊聽）！
你想要我先說明狀況是吧？
我「除枝」是用超天才電腦技師（wizard）的攻性防壁，是那種殺駭客的硬貨色。
如果感到刺刺的表示碰到靈魂屏障（ghost line），就不准再潛更深了。
噗嚕噗嚕噗嚕噗嚕噗嚕…

駭客（hacker）…指侵入他人電子腦，竊取資訊、操控或放入病毒使電子腦生病等電腦犯罪者的總稱。尤其是可侵入 ghost（亦可稱為靈魂）的天才駭客，犯的罪特別重。

妳腦內的雜訊可真多啊！
生理期嘛！
少校，妳義手在痛吧？
這什麼啊？苦苦的，鎮靜劑嗎？
喂，拿到資訊了吧？2秒內再不出去就燒你們腦細胞！
竟然全部都潛到我靈魂附近，可惡！
所以我才不喜歡讓粗手粗腳的混蛋進到腦裡！

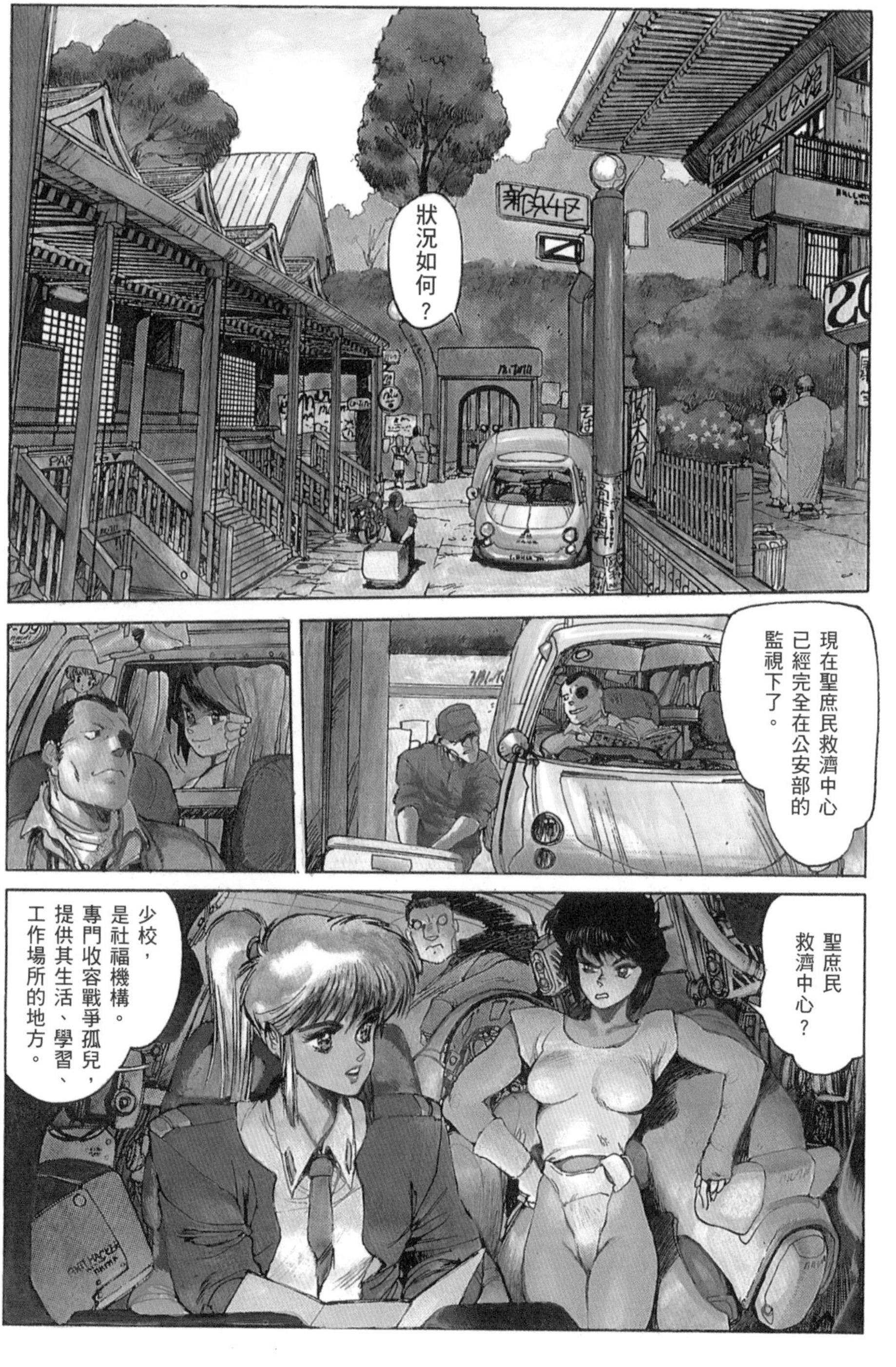

新浜4区
狀況如何？
現在聖庶民救濟中心已經完全在公安部的監視下了。
聖庶民救濟中心？
少校，是社福機構。專門收容戰爭孤兒，提供其生活、學習、工作場所的地方。

那沒咱們的事了。
拜拜！
裡面有洗腦裝置，少校。
ghost controller
HC-25
都什麼時代了？
這個救濟中心以養育出領域廣泛的社會人才而為人所知。
政客、名嘴、罪犯等等……
都差不多嘛！
公安部稱那裡為「人類工廠」；
沒有的話很麻煩，但要是跑進些老鼠屎，又成了社會問題。
老鼠屎還怕什麼老鼠屎？
這是研究所電腦被駭入竊走的HC-25設計圖。
因為證據不足，公安不能強行闖入。
外型及名字都沒意義
外觀想定モデル
外觀推測模型
嗶嗶嗶嗶
那是找我們來「搶劫」？還是「滅口」？
這怎麼可以！

就像原稿被複印過後也不會消失，資訊就算被竊取了也不會不見。因此要判斷是否被竊，只能根據有無可疑連線（要辨別連線是否有問題也是麻煩一件）正在進行，或者在外部發現（經推理後認為）可能是因關鍵資訊洩漏而造成的動向。而竊取方也會透過情報操控來偽裝成尚未取得關鍵資訊，所以所謂的情報戰真的是大事一件。也就是說，電子腦領域的支配者可以是有多方同時存在，勢力大小就由擁有多少進入各種網路的**金鑰**、或者潛入防壁的能力有多強而定。（接次頁）

是希望你們在緊急狀況發生時進行壓制及「逮捕」。
沒證據沒拘票還要照規矩來？
不過怎麼會知道那玩意兒在這裡？
有叫職業駭客潛進去…應該是失敗了？
我受不了啦
要同步潛入來確認嗎？
sync-dive
這裡的中央電腦防壁擁有精巧的虛擬體驗迷宮而無法侵入，但可以確定是他們幹的。
因為研究所中央電腦的暗碼金鑰管理者就是出身自這裡。
雖然目前行蹤不明。
部長這死老猴，難道是弄個假情報硬要我闖進去，準備在法庭上修理我嗎？
實在不能一直幹這種沒出息的搜查下去了。
是死老猴在搞鬼嗎…
H2 TANK-C

關鍵在於金鑰的多寡（或潛入防壁的能力）及資訊處理能力，而非資料庫的大小。即使坐擁大量資訊也沒有意義（就算系統正常運轉時能夠隨心所欲運用，一旦網路被切斷就完蛋了）。最好是只在必要時刻進行必要的控制，而且不被人察覺。而與其將資訊保存在單一處所，還不如把它們分散開來並保持流動，才足以因應訊息的各種變化，而且萬一發生災害時也可將損害減到最低。可以說，擁有電子腦的人，其身體（神經）正是他本人所擁有的一套網路。

☆ここではおかゆを差別的に扱っているが本来は消化もよく色々アレンジできる良食であって決して病人食ではないらしい。

這裡把稀飯畫得很低下，但其實稀飯原本是易於消化，又可以做出各種變化的良好食品，絕不只是給病人吃的。

開動！
停！
不服就別吃！
快!!全體到工作房去!!

ガコォン
ガコォン
聽好！
ガコォン
這裡給你管吃管住，都得用你的勞動來賺錢償還！
ガコォン
手…我的手！
啊！
為什麼人權擁護局沒來抗議呢？
光看就痛
因為在此製造的淨水器比人權更重要啊…大眾是很殘酷的。

不想工作就去上學習課程！兩邊都不想幹就不能申請市民卡！
你們想死在街頭嗎!?
ゴォン
ゴォン
ゴォン
學習課程是什麼？
好像比這裡還慘，聽說會「把你整個意識都抽走」。
啊～我到底是為什麼會出生呀？真是忍耐不下去了啊！
學習課程的影像呢？
沒有。
沒有!?
聽到了嗎？部長！
你可真有許多好部下啊！
噫～因為有電磁壁，攝影蟲飛不進去嘛～
怎麼樣？少校？
不要一直這麼頑固，到公安部來如何？
少校，第4線接上學習課程的畫面了。
嗶

啊！
怎麼了？28號！
好怪、好奇怪！
宇宙掉下來了！
喂！超過負荷了！
冷靜！冷靜點！
我受不了了!!
霹
啊！

呼。
喂！
啊！
嗚
咿
那只是普通的學習裝置呀！在開什麼玩笑啊！
等一下。
是有人脫逃的緊報聲。
那又怎樣？
不太對勁。
在斷線的那一瞬間，妳有沒有感受到一股意念：「被捉到的話，這一切都會結束，我就解脫了」⋯？

腦的天線效應，是例如被稱為「氣功」的「作為現象而言很容易理解的事物」，以及對內宇宙的接觸通信／通靈（channeling）、對外宇宙的同步通信等，這些人類（或者應該説是被稱為「靈魂」的概念所指的對象）的固有機能之一。全身機械化生化人可以輕易關閉感覺器官的運作，因此在進行所謂科學性的電子腦同步時，容易創造出準通靈狀態。

德古沙、石川，在逃走的小子身上裝隻「小蜘蛛」。
！
這樣要是最糟的狀況發生的話就有理由了。合理吧？
你準備負起責任辭職而保全部隊嗎？
…
事情不會那麼單純啦，
不過很感謝你的心意。

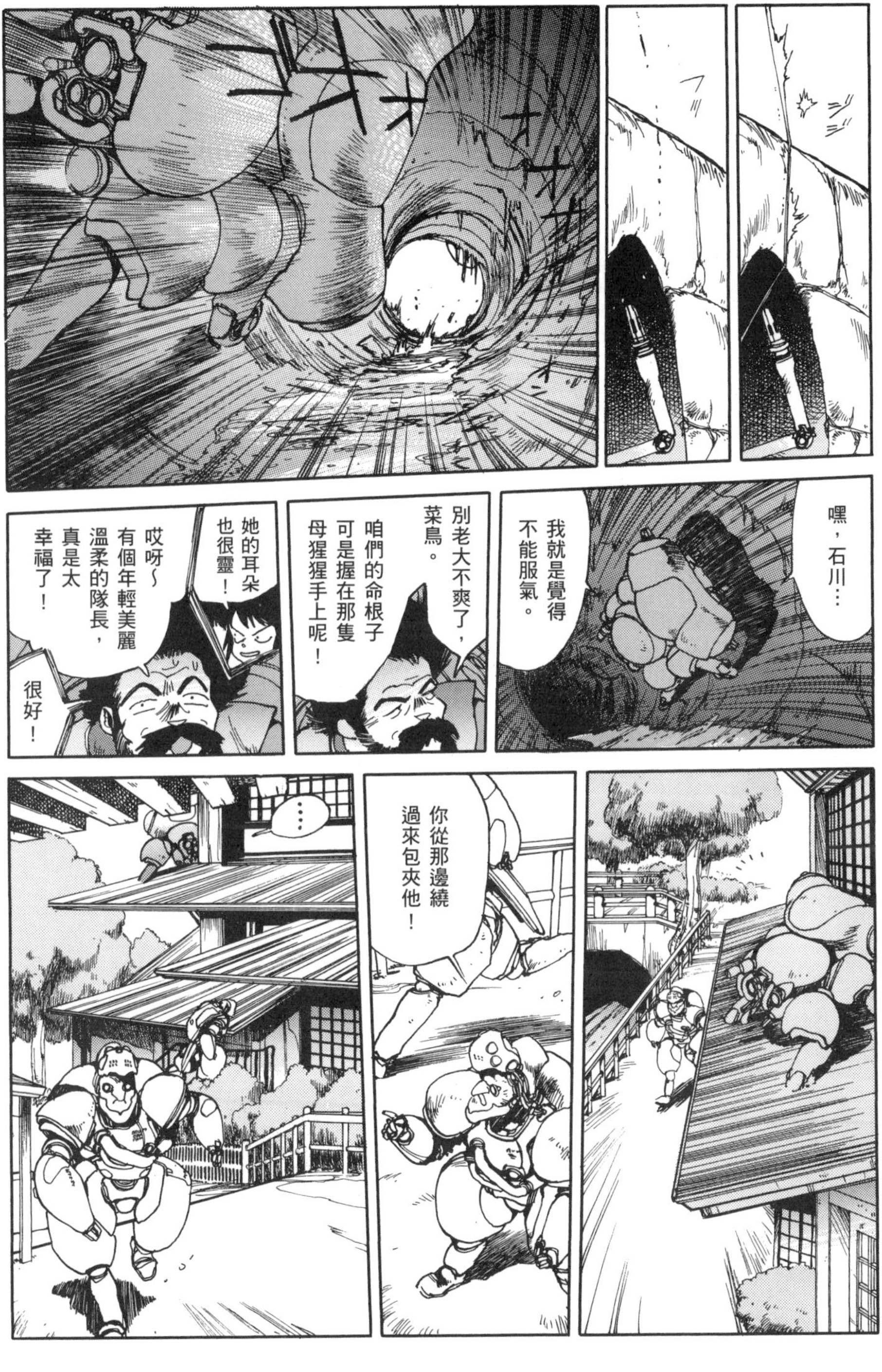

嘿，石川…
我就是覺得不能服氣。
別老大不爽了，菜鳥。
咱們的命根子可是握在那隻母猩猩手上呢！
她的耳朵也很靈！
哎呀～有個年輕美麗溫柔的隊長，真是太幸福了！
很好！
你從那邊繞過來包夾他！
……

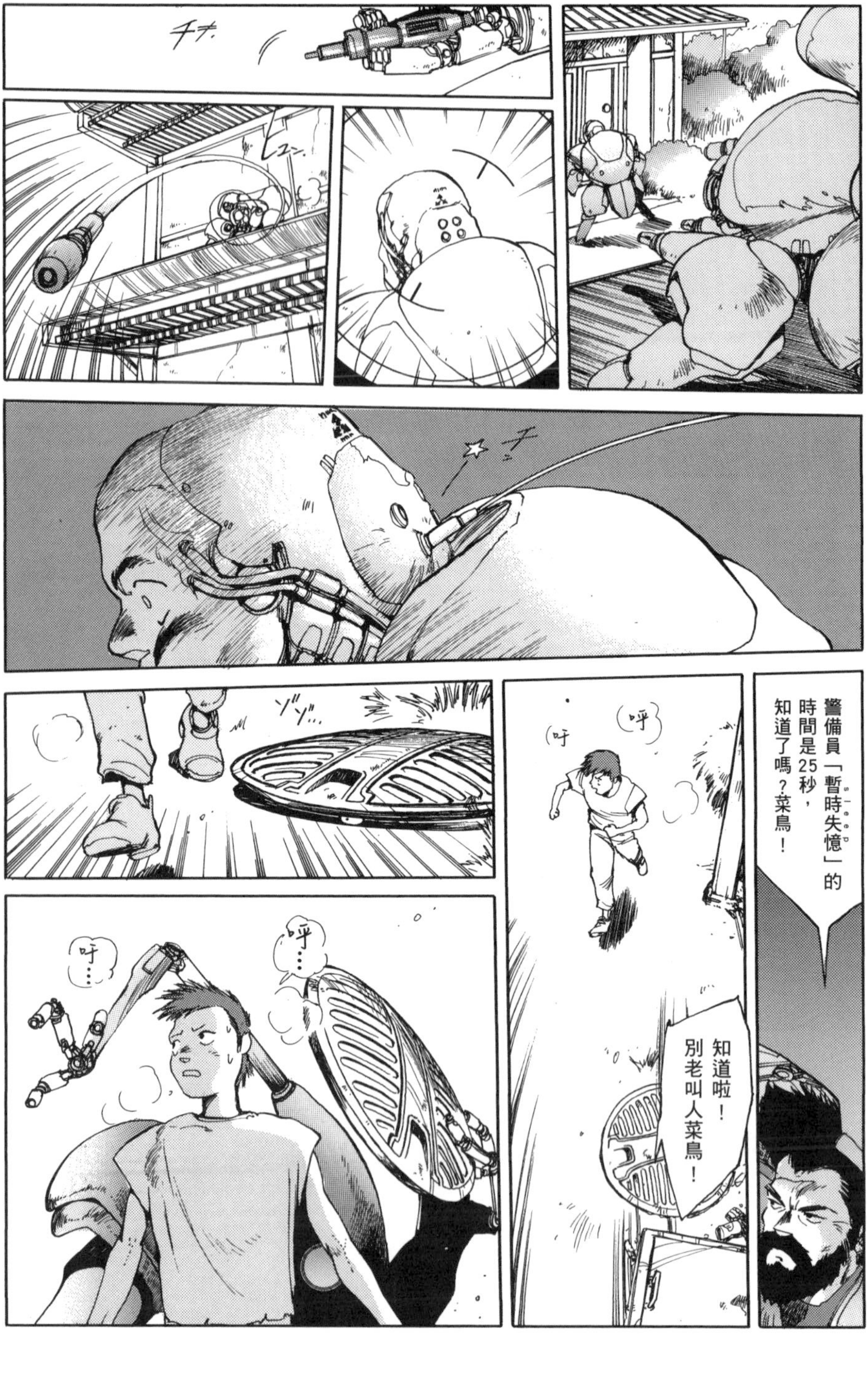
チチ
警備員「暫時失憶」的時間是25秒，知道了嗎？菜鳥！
sleep
呼
吁
知道啦！別老叫人菜鳥！
ゾゾ…
呼……
吁……

啊！
ガラン
ガラン
ガランガラン
呸
丟
ゴロン
如何！幹得不錯吧？

嘿喲！
少校，這裡的警備員是經過相當程度改造過的佐川重工2033式，
這可是陸上自衛隊特科隊特別訂製的傢伙呢。
是地下手術造出來的同型生化人吧？
他還裝著官方配給的光神經呢！
那麼這裡就是政府設施了——
只要我們衝進去，發號施令的猴子部長就得辭職嗎…？怎麼可能有這種好事？
這計畫很奇怪。

該不會是貧血吧！
真是匆促的落幕啊！
嗚…
逃走三次就會被「洗腦」了啊！
真是可憐。
他本人應該最清楚才對，我看是想自殺吧。
要是敗給了機壓，就只有兩條路了…
…
洗腦(ghost back)或者死(ghost out)。
政府的洗腦中心…
公安為什麼會要我們來正式搜查…？
這是陷阱，老猴的命令根本不存在，妳是被輸進了虛擬體驗！
我的防壁元件不是那種便宜貨！

不論如何，這一衝進去就是等著醜聞爆發。
被炸上天的會是某位政客，還是我們？或者是中心裡的孩子們…
全體準備突擊！
Oh my Ghost!
只要洗腦裝置一露臉，咱們就衝進去！
任何年代都會需要像我們這樣的部隊，所以沒什麼好損失的。
醜聞活動、政客彼此陷害、對小孩洗腦…
ピ
咱們就是為了掃除這些混蛋，才會跟老猴打交道的。
要幹就幹吧！
シュ
プシュッ
シュシュ
我的靈魂，
正如此對我低語呢！

?
!
趕快緊急封鎖排水道！
被接上枝了！
啊…是！
敵人是同行的職業好手，把通訊切換成攻性防壁模式！
嗯？
被發現了！
德古沙，緊急脫離！
CLICK CLICK CLICK
帕茲、齋藤、把德古沙帶出來，石川負責掩護！
波馬確保退路，由我和巴特掩護！

妳還在幹什麼？會被敵人的攻性防壁幹掉的！
我、我被鎖定了…！
嗶嗶
呀!!
巴特，走吧！她只是個傳聲筒而已，公安部會修理的。
再注入新的模擬人格嗎？
program
沒有靈魂的娃娃真可悲。
robot
尤其是流紅色血液的這型…
type

因為現在所研究的人工血液是白色的，使得最近科幻作品的仿生人都是白色血液；在這裡則設定了因考慮到天線效果及磁力的影響等因素而加了鐵，使其更接近人類血液的紅血仿生人。另外腦中浸著神經晶片的液體不是紅色也不是白色血液，而是接近透明的人工腦脊髓液；人類好像也不是讓紅色血液直接流進腦裡的樣子，據悉這個機制是為了防止血液中的藥物或異物侵入腦中。

怪了…沒有燒靈魂時的抵抗感…
我燒掉的是人工智能嗎？
敵人不是業餘駭客，是職業的！
為什麼會知道我在下水道!?
情報洩漏了？還是這真的是陷阱!?
啊！
喂，怎麼了？德古沙，德…
好痛…
可惡！這個不良聽覺元件竟然在這時候…！

前一頁巴特雖然那樣說，我認為世間萬物皆有靈魂（印地安神靈及神道的概念、多神教）。不過對於其複雜性、機能及以「現象」顯現時的物理限制等，也許無法做出科學上的證明。嗯，畢竟確實有些人的反應比機械人還更機械人，所以即使從機能或效果面看不出來，也無法斷言其沒有靈魂吧？過去人們也不認為空氣、宇宙是存在的呀。為防萬一還是寫一下，各種靈魂的複雜度與效應並非完全相同。

這前面的排水口有聲音！
KCHAK
哇！
笨蛋！還杵在那裡幹嘛！
……
我，我幹不下去了。
後面就拜託你了。
你昏頭啦！

這是叫我不要糟蹋生命的訊息，
大戰已經結束了…我不想再殺人了…！
嘖！戰爭痴呆症啊！
我才不那麼沒種！
那就去死吧。
哼…！
啊！
ドボン！

少校，德古沙那傢伙昏倒了！
把他敲醒之後離開那裡！
要到外面嗎？
笨蛋！我們都侵入到這裡了還用說嗎!?
喂，掛上纜繩用拉的吧，這樣比較快。
真是的，咱們的公主真會指使人。
哇！
！
那不是石川的攻殼車嗎？
怎麼回事？

怎麼會用這麼含糊的瞄準裝置？
石川、石川！
你昏頭啦!!
啊！
少校！警備員有洗腦裝——
！
攻殼車，切掉網路！轉成閉鎖模——
嗚！

?!
啊!
竟然能比攻性防壁更快侵入……!
攻殼車!複製他用的靈魂侵入金鑰逆流回去。
一旦連通了就用攻性防壁撞進去!

!
啊!
!!
ドドド
混蛋，你竟敢!!
真是好險，幸好有裝替身裝置…
active protect
得制住那個奇怪的女隊長才行——
嗶嗶嗶
ピーッ
DUMMY

啊！
DUMMY
哇!!
影子、聲音及溫度都感應不到？是京雷的「隱身簑」嗎？
我認輸！別傷害我的腦！大家都是同行，只是工作上立場不同嘛。
交出洗腦裝置及靈魂侵入金鑰(program)元件。
知、知道了，我交出來，那也不是什麼重要的東西。
5小時左右前你曾燒過駭客嗎？
我不知道，就算是有也只是一般的應對措施。你們到底是誰？
是很討厭洗腦的靈魂。
我以侵害電腦倫理現行犯名義逮捕你！

＊全天候型熱光学迷彩服の商品名 京レはメーカー名 全天候型熱光學迷彩服的商品名，京雷是製造廠商名。

公、公安？
怎麼會？
就算是公安又能怎樣？什麼都不會改變的！
設施及洗腦都不會變！
妳是來解放我們到外頭去的人吧!?
啊——??
你想要什麼？
是想被低俗的媒體洗腦，犧牲開發中國家、不事耕種只想收成？
怎、怎麼…
你們可是有自己的靈魂、有自己的腦袋，又能夠連通電腦，
自己創造未來吧。
妳講這些找也…

沒錯，那是政府的洗腦設施之一。
因私慾而開始想擺脫控制，所以拿來殺雞儆猴。
以此為理由而辭職的兩個議員是NATO的間諜。
內務大臣(boss)好像想直接跟妳講話，接過去嘍！
哎呀，草薙少校。
是不是幹得太熱鬧了點吧？
您應該早就知道會這樣了。
喂，把上次那個元件拿來。
妳提過的那個，
唔——那個什麼？
對了，那個設立特殊部隊的事，經過這樣一鬧可就有點困難了。這就要看妳的態度如何嘍。
大臣(boss)，能讓我有線連線2秒嗎？
2秒的話可以。

現行日本行政體制並沒有叫內務省的省廳。日本警察的上級是由國務大臣與五位委員組成的國家公安委員會（由內閣總理大臣任命）。因為這故事的主題不是政治，為了簡單好懂我就設定成內務省、外務省（我喜歡英國風）。說到英國就會想到 shadow cabinet 了（實在不喜歡翻作「影子內閣」，這種稱呼總令人覺得可疑而不可信…）。希望日本的在野黨也能變成那樣子。

喔？
別了，我的軍旅生涯。
與其變成公安部使喚的狗腿子，還不如改行。
會幫你們寫推薦信調到其他部門的，放心吧。
德古沙怎麼不在？

看到這個以後就回去了。
啊~~~真討厭！老人都這麼陰險。
情感歸情感，事實就是事實，太被嬌寵就不懂上進。
拿這些說教，是我這種年紀大的人的工作。
呵
陪我喝一杯吧。
嘿~
巴特你去寫報告。
嘖—
你老爸是個大白痴~
す~
抱歉，我馬上準備宵夜。
沒關係，妳休息吧。
パタパタパタパタパタ
唉，出了槌害到大家、被降級什麼的，對她真是說不出口啊…
はあ
咦？
老公你人呢？

這整杯根本都是水啊…
別這樣啦。
真是一記好拳。
為勝利者乾杯！
我和大臣的想法不同。
boss
那當然，他是不會試探我會不會衝進去的。
大臣盛怒之下決定當即解散部隊。
提交的文件是昨天寫好的，國防大臣簽了字。
有兩件事要通知妳，一件壞事一件好事。

我之前說國際反恐機構的預算通過了，那是假的。
事實上，是要設立個約有妳申請額三倍的國際救援隊。
設立這救援隊，才不會老是被責怪自衛隊只是平民殺手或被說是無情無義的大國了——
但以上這只是名目而已…
預算中有8成將成為「攻殼機動隊」的創設基金。
向上直屬首相，責任由我負…無階級的實力主義…最優先陣線。
找出並除去犯罪的根源——是妳我衷心期盼的攻性組織，但成就如何一切要看妳們了。
啪
給他們各一杯相同的酒。

一般的預算是由4月下旬開始做概算申請書，到8月底大藏省（譯注：2001年已改名為財務省）停止收件（內容就是「給我這些錢～」）。大藏省在年底向內閣會議提出審查結果，並內示各省廳（即大藏原案，表示「就給你們這些唷～」的內容）。接到這個的各省廳就去跟「大老」（連次長在內？）開始反覆交涉（「噫，再高點！」），最終完成的預算案就由大藏大臣呈給閣議，內閣再提給國會（真的是這樣嗎？）不過故事這邊講的基本上是地下資金，到底這些資金是從什麼管道來的……。

看過合約後簽名，明早6點拿過來。
8點妳要去所有洗腦裝置的回收作業那當見證人。
這些裝置被視為浪費金錢，預算被砍光了。
我等妳。
想笑的話這裡也有件趣事。
剛剛我在外面發現了死老猴的車，在他輪胎裝了煙火！
大臣、設施和我們可通通都被擺了一道呢！
什麼脫離控制也是騙人的！
嘿嘿嘿…
欸!?
シュウウ
!!!
ドオオォン

部長！
要幫忙修爆胎？真辛苦妳了，交給車輛課就行。明天別遲到了。
びー
可惡，又被耍了！
部長!!
ガン
要給我高薪喔！♥
おほほほほほ
肉和空調都買不起，再努力一點工作啦！
啊，休息時間到了。
吃不到點心就是因為有些傢伙太狡猾吧。
ゴォン

03
JUNK
JUNGLE
2029.7.27

みん みん みん みん みん みん みん みん みん
……
混蛋！沒空調在這裡哪還待得住！
真是不想幹了!!
ずる ずる ずる
別丟下我～
白天這樣就很難被發現了…
其實我本來就不適合做24小時監視啊。
感壓式警報器接蛇髮妖地雷？偽裝嗎？
白痴哩～這種裝法真浪費!!待會兒再把它帶回去吧！

蛇髮妖（gorgon）地雷：收到訊號時會上彈2公尺高，散射出近100顆小型地雷（著地2秒後只要3公尺內有震動即會引爆）。英式對人兵器。

!
是我。
啪
扳回
有動靜嗎？
32小時內打了兩通無聊至極的電話——除此之外什～～～麼都沒有…連換班跟送飯都沒有。
算了，來一杯。
啊！感謝感謝！
正如韓國情報源所警告的——「傀儡師」開始干涉各網路終端了。
那個身分成謎的超級駭客？和這趟監視有什麼關係？啊，這兌過水了吧？

みんみんみんみんみんみん
照這情況下去，他有可能會來阻撓我國與加貝爾共和國的祕密會談。
那這就不能叫做「祕密」會談了。
我盯住的是洩漏會談情報的傢伙呢？還是僱用「傀儡師」試圖阻礙的傢伙？
只是個「請求流亡中的軍政領導者」而已。
你特地跑來就為說這些？
當然不是。用你們的線路叫草薙出來，告訴她到17層找我。
可是少校不是在放暑假——
休假取消了。
欸嘿嘿！

啊！
抖抖
嗯～～～肚子裡～～～好噁心～～～!!
幸好這器官沒有終端～
滑不溜丟的，妳們這是蛞蝓在交尾嗎——
緊急召集，17層。
跟他說我預計20分鐘後到達！
真討厭，老是這樣！不是說過休假要陪我們的嗎!!
特製的藥也分解了，休假結束了⋯
真是的，把等化器還來!!
回去時要把房間鎖好唷！以後再聯絡吧。

草薙這群人的家遍佈市區公寓、郊區公寓大樓、大企業住宅、或是飯店裡的一間客房等，不在單獨一處。這樣使住所不明確才能保障不洩漏情報。雖然在電子腦ＦＵＣＫ時會切斷對外界網路來防止駭客侵擾，但只要有腦的密鑰就可以像故事這樣直接聯繫。巴特是因為腦部接收了由自己身體沒有的器官所發出的體感信息而感到痛苦。也許有人聽到蛞蝓交尾會覺得噁心，但其實它具有無與倫比的官能美，去了解一下也滿好玩的。

要度、難度是自創用語。（大臣說話真失禮！一般外務大臣會講出「不重要的小國」這種話嗎？）
豎在直昇機駕駛艙上下方的是鋼纜剪。
「送出支援」一詞意義不明，是個謎。

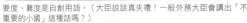

ＯＤＡ：政府開發援助（Official Development Assistance）。弊端一大堆。（應該善用我們繳的稅金啊！）

那所謂的祕密會談呢？
只是白費事的ＯＤＡ。
不是賺來的錢也他們不會想留住，也覺得這些援助只是償還過去的壓榨而已，所以不可能心存感激。
真不妙呀…媒體恐怕還會把會議發言給洩漏出去呢。
那麼政府的意向呢？
那個國家極度不安定…
要是不審慎觀察的話會很難平息輿論—
是要驅逐馬雷斯上校，提供援助呢？
還是正式承認上校的流亡，拒絕提供援助…？
要是去監視與白金相關的金錢流向，應該會很有趣吧？
別浪費稅金啦。
真是的，這些所謂「代表民眾」的傢伙怎麼都是這副德性…
這麼說來，是有人在為軍政方面做戰術指導嘍…

為慎重起見在此說明，前一頁那個直昇機的鋼纜剪，不是什麼最新機器人鐵金剛飛機戰車的祕密必殺技名稱，而是在駛入街道區域時，為了防禦張起鋼纜來對付吉普車（切斷駕駛者的頭）或直昇機（纏住使其墜落）的殘忍詭雷（譯註：軍事陷阱），所使用的切斷器。歷史頗悠久。一方面是反映年代設定在戰後，同時也反映出護衛要人時必須極端小心的動盪時代背景。（然後那個誰在六甲山掛鋼纜對付機車的快點住手，我姊夫差點因此死掉，很危險耶！怒！）

比起把ＯＤＡ看作是一種「把經濟力當武器的侵略」，大臣的說法可能還比較好。只要對被援助國的理解仍不夠深，ＯＤＡ都只是空轉而已吧（雖然被援助國責任也不小）。之所以會取加貝爾這種「作為國名挺奇怪」的名稱（譯注：gavel 原意為「議事槌」），背後的設定在於它不是純粹的國家，而是沿用了某巨大資本體或是大企業的名稱。（關於ＯＤＡ，由於過去日本對亞洲做的種種暴行現在仍影響著亞洲各國的發展，因此認為那是來償還榨取的看法也許是正確的……如果不看日本的努力的話。）

可……
我們有特務權限，情報部的出去！
ピピ
斷路器？
OK！
ピピ
虛擬體驗模式？
OK
ピピ
嘿，閃邊去！
SHIT!
EXIT
她是外務大臣的翻譯員。
我認識，以前與隊上的德古沙有交情。
她在23分鐘前被病毒入侵，
現在我們正逆向追蹤放毒的犯人。

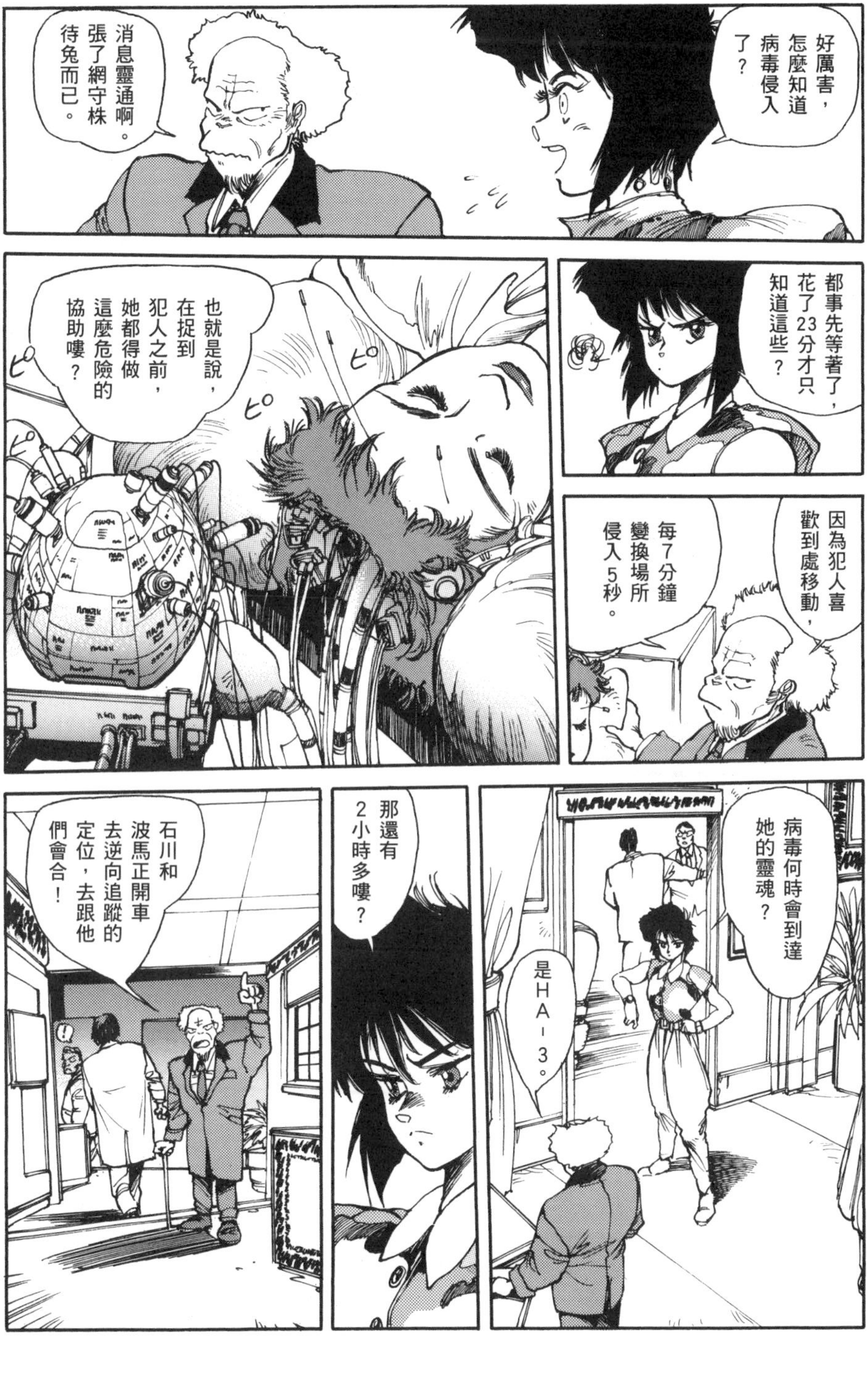
好厲害，怎麼知道病毒侵入了？
消息靈通啊。張了網守株待兔而已。
都事先等著了，花了23分才只知道這些？
因為犯人喜歡到處移動，
每7分鐘變換場所侵入5秒。
也就是說，在捉到犯人之前，她都得做這麼危險的協助嘍？
ピ
ピ
ピ
ピ
病毒何時會到達她的靈魂？
是HAI-3。
那還有2小時多嘍？
石川和波馬正開車去逆向追蹤的定位，去跟他們會合！

啊，少校，我從裝備班的真由美那兒聽說了，
聽說她實際上已經62歲的事嗎？
不是…真的!?
聽說妳可以用3½的賽布洛短手槍在25碼外做3秒12發的精準射擊？
snub
pin head
指槍管長3½吋＝9公分。
3½インチバレル 9センチの事。
除了你和齋藤，大家都做得到。
太扯了…
要是打人像靶的話，遠到100碼也還多半打得中。
雖然短手槍一般是用在5碼以內迎敵時…不過那種程度算「普通」的了。
在射擊界也沒見人到這種程度的啊！畢竟我不是特A級的…
我們需要的不是打靶能力，而是「在相當距離內保證確實殲滅敵人」的能力呀。
要是想打靶，乾脆拿射程更遠的超小型巡弋飛彈去打大象算了。

25 碼為 22.86 公尺。這裡所說的 pin head 正如字面意義，指能夠百分之百打中釘頭大小的目標。100 碼為 91.44 公尺。這種短槍管的槍，到這種距離應該是極限了吧？雖然到達這種成績可說是天才等級的，但我想也絕不是完全沒有可能，就採用於此。當然，得注意這是由幾乎不怕自由後座動能（ＦＲＥ）的生化人、用超小口徑子彈與高初速的槍來達成的成績。 3 秒 12 發也是因為生化人的穩定手指，以及賽布洛公司的槍枝精密不卡彈的緣故。

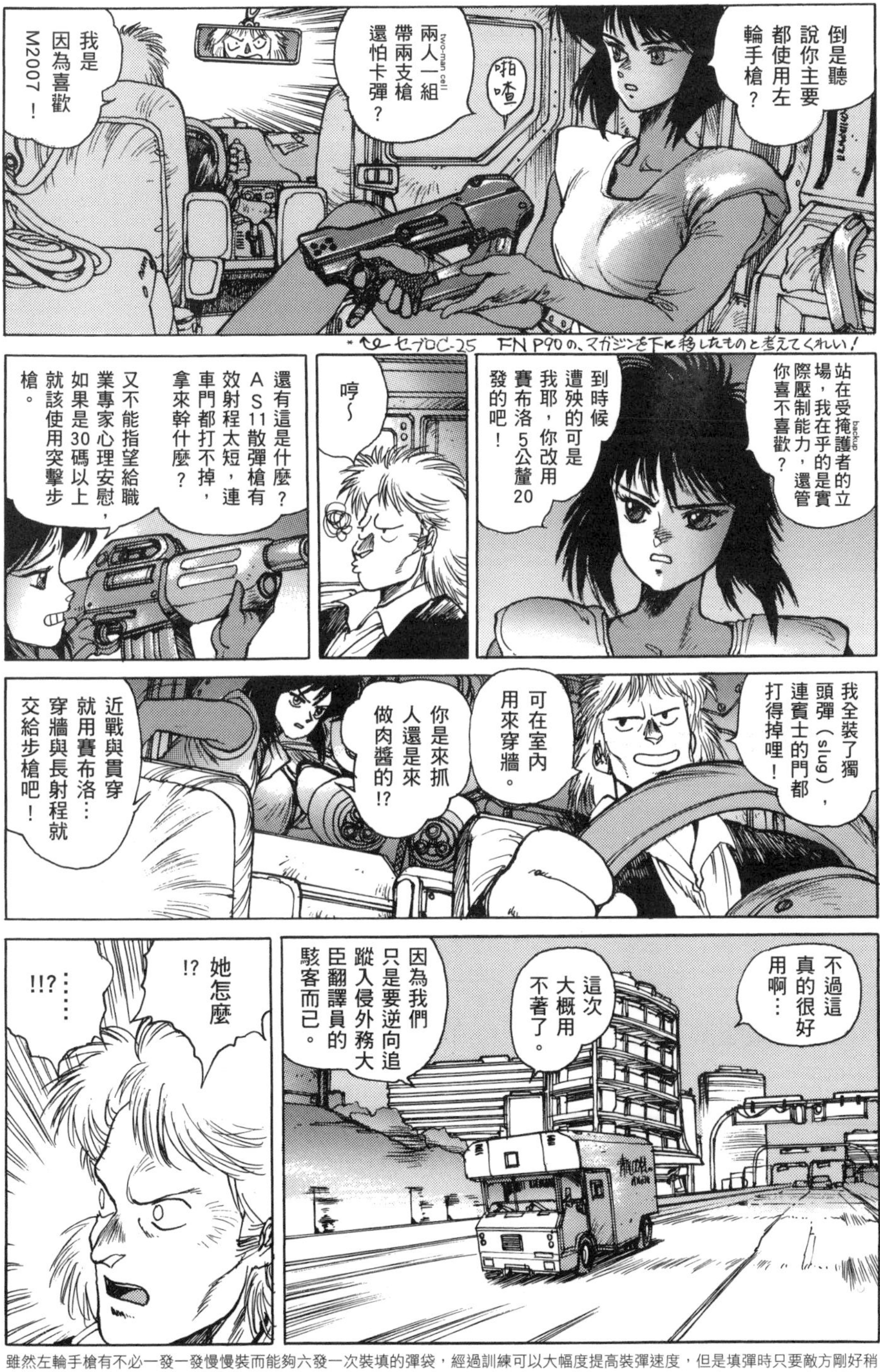
倒是聽說你主要都使用左輪手槍？
啪喳
兩人一組 two-man cell 帶兩支槍還怕卡彈？
我是因為喜歡M2007！
*セブロC-25 FN P90の、マガジンを下に移したものと考えてくれい！
站在受掩護者的立場，我在乎的是實際壓制能力（backup），還管你喜不喜歡？
到時候遭殃的可是我耶，你改用賽布洛5公釐20發的吧！
哼～
還有這是什麼？AS11散彈槍有效射程太短，連車門都打不掉，拿來幹什麼？
又不能指望給職業專家心理安慰，如果是30碼以上就該使用突擊步槍。
我全裝了獨頭彈（slug），連賓士的門都打得掉哩！
可在室內用來穿牆。
你是來抓人還是來做肉醬的!?
近戰與貫穿就用賽布洛…穿牆與長射程就交給步槍吧！
不過這真的很好用啊…
這次大概用不著了。
因為我們只是要逆向追蹤入侵外務大臣翻譯員的駭客而已。
她怎麼!?
……!!?

*賽布洛C－25，請想成是將FN P90的彈匣移到底下的玩意兒！

雖然左輪手槍有不必一發一發慢慢裝而能夠六發一次裝填的彈袋，經過訓練可以大幅度提高裝彈速度，但是填彈時只要敵方剛好稍微向左跑，就極有可能錯失機會（一般這種狀況下應該是無法開槍的。理由懂吧）。賽布洛因為退殼鉤相當堅固，彈頭也很精細，因此非常不易卡彈。連在這種小型火器當中都存有「少量高精密度生產」的思維。ＡＳ 11 設定為以韓製突擊散彈槍為範本製作的中國製槍械。

別擔心，只有兩小時而已。
也就是說，兩小時後為了保護她不受HA-3侵害，會遮蔽她的網路。
我們得在那之前逆向追查出嫌犯才行。
HA-3？
在第四次非核大戰中創造出來的軍用AI……之類的東西。
為什麼這種東西現在會入侵她!?
緊捏
可別弄壞車子了，德古沙！
因為以前亞洲與EC彼此電腦規格不同，HA-3只對敵人起作用，
戰後都改成「相容於現行機械」的統一規格了呀。

AI……Artificial Intelligence的縮寫。「人工智慧」之意。我認為是「電腦科學當中，研究不屬於實務類資訊處理的智慧機能的領域，以及其產物；非人類的（人造）知識資訊處理裝置」。專家則有各式各樣的定義。

是怎樣的病毒？
是所謂竊占人格類。單獨片段無害，但只要湊齊最小基因組就會開始運作。
最新版的因為是延遲性的，只要被入侵就無法逆向追蹤了。
幸好是舊型的敵人。
哪裡好了！
無論如何，她都不會受傷的，別擔心。
是哪個混蛋，竟然對這麼認真的好女孩……
Ha!
所以才說你是菜鳥啊！
我能理解你的「心情」，不過那會妨礙工作，快收心吧！
我又不是機器人！

之後交替駕駛，換德古沙檢查裝備、著裝、再交替駕駛的場面太過瑣碎，跳過。

荒ゴミは捨てるな
ゴウウンンンンン
啵嗶
啵嗶
ゴウウウウ ウウーン
咻
咻
嘿！
ドチャッ
喂!!
好啦！
ゴウウウウ
TELEPHONE
GPD 423N
ピピ

總共已經慢了40秒啦！
再給我5秒！
唧—
哎，抱歉抱歉！
砰
えへへへ
再偷懶街上可是會塞滿垃圾呀。
唉，不管再怎麼收都還是一直冒出來呀。
搞得我孩子都不想認我，太太也吵著要離婚。
我看是你偷腥吧！
我老婆才可疑哩…
這實在太欺負人了！
堆成這樣已經不是夢之島＊，是夢後之島啦。
要是負責餐廳街還堆成這樣那可就死定了…
幫你寫推薦信好了。

＊譯注：夢之島，日本用垃圾掩埋所創造的人造島嶼。

喂，警察嗎？又有老爺爺被丟在垃圾場嘍。我們要收周圍的垃圾了唷！
好多熱帶叢林烏鴉。
各位遊民，我們要噴灑驅烏鴉瓦斯了，請離開！
ゴトゴト
ゴトゴト
喔—好強！
好痛—！塑膠袋別裝碎玻璃杯呀！
嘎
靠，這針筒上寫著「體檢用」…
要是我們不像外籍勞工那樣上街抗議，大概也不會買武裝服給我們吧。
在聖庶民救濟中心時還比較輕鬆呢。
はあぁ
悲哀的無產階級啊，不要像壞掉的機器人一樣站著，工作吧！

醫院產生的感染性廢棄物（污染垃圾），要適當管理極度耗費成本，又會成為病原菌的散布溫床，未來應該會成為重大問題。希望各地方自治單位能及早做出應對措施（先建設好巨大高溫焚燒爐與專門的回收公務職位，渡假村什麼的以後再說好不好）。醫院應該都有好好把垃圾封起來交給專門業者吧…不過傳聞說量本身就有問題的樣子…。老人之所以沒被烏鴉啄，大概是因為被塗了藥物的關係吧。

喂，你這話語帶歧視唷？
你以為這到底是什麼？
本地居民「心」的一部分！
我們這工作是不是很像政客？
我沒當過，所以不知道。
走！到下個地點吧！
ちゃっ
啊！
好想休假啊…！
VRMM

幹哩涼!!
清潔工之外也有人在趕路啊…
啊！不好，要是被下個紅綠燈擋住，就沒法在7分鐘內抵達下個垃圾場了！
得快點!!
TELE PHONE
NEOTEX

ボッボッボッ
ボッ
ボ
還是沒趕上！可惡！
這就沒意義了…雖然逆向偵測到位置，犯人卻在我們到達前就消失了。
MAP
抱怨太多可是會影響你的年終獎金唷。
用攻性防壁燒死他不就得了？
草薙正前往下一個推測區域，你們就找找附近有什麼！
找什麼？
就是去找出那個「什麼」!!
混帳老頭！要找什麼難道還要我們去打聽？
啊～奇怪，垃圾車跑了。
大叔！你剛有看到垃圾車在這裡嗎？
你們是清掃局的人吧？

到底有沒有看見!?
看見啦，可我拿個垃圾下來就不見了。
一個人在搬垃圾，另一個在打電話。
真是的，最近的垃……
啊，等會兒——！
垃圾車!?
快從區的清掃局取得資訊！
OK
我們先繞到前面去！

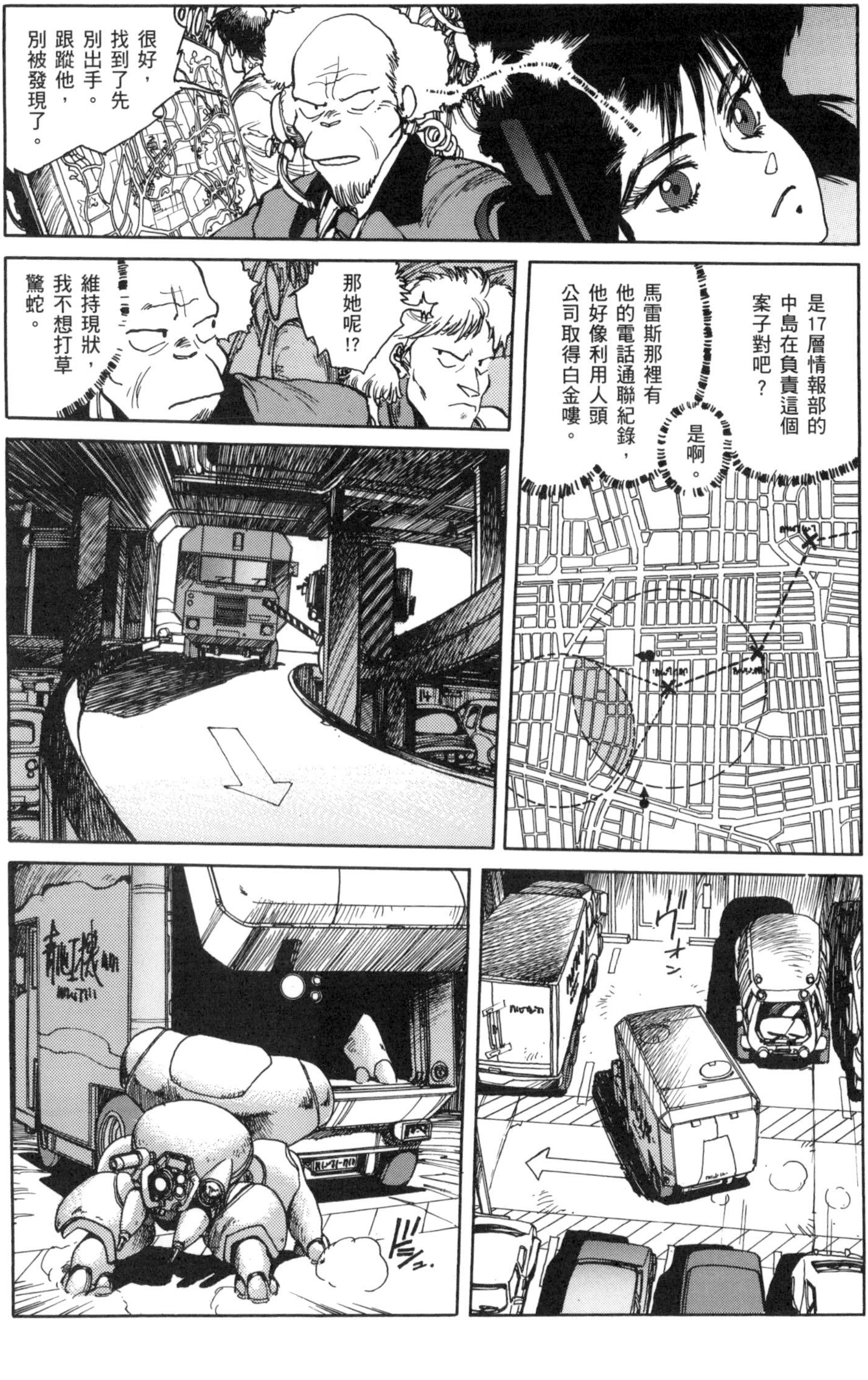

很好，找到了先別出手。跟蹤他，別被發現了。
是17層情報部的中島在負責這個案子對吧？
是啊。
馬雷斯那裡有他的電話通聯紀錄，他好像利用人頭公司取得白金嘍。
那她呢!?
維持現狀，我不想打草驚蛇。
ヴォン
ドシュ.

青心工機
我們會不會小題大作了？
你搜查想打混嗎？
說不定只是垃圾回收業者的惡作劇……
幹嘛啦？少校！我只是瞎說嘛！
高さ制限3.2m
雖然現在事情未遂，不過要是HA-3控制住她的話，加貝爾共和國代表恐怕會在祕密會談中被她殺害吧。
不會只是碰巧嗎？
這件案子不可能！
MOTEL

這裡的對話使少校思考「把德古沙從警視廳挖來是錯了嗎？」因為**她認為**感覺分辨犯罪的本能（她稱為靈魂的低語）是無法藉訓練或經驗學到的。

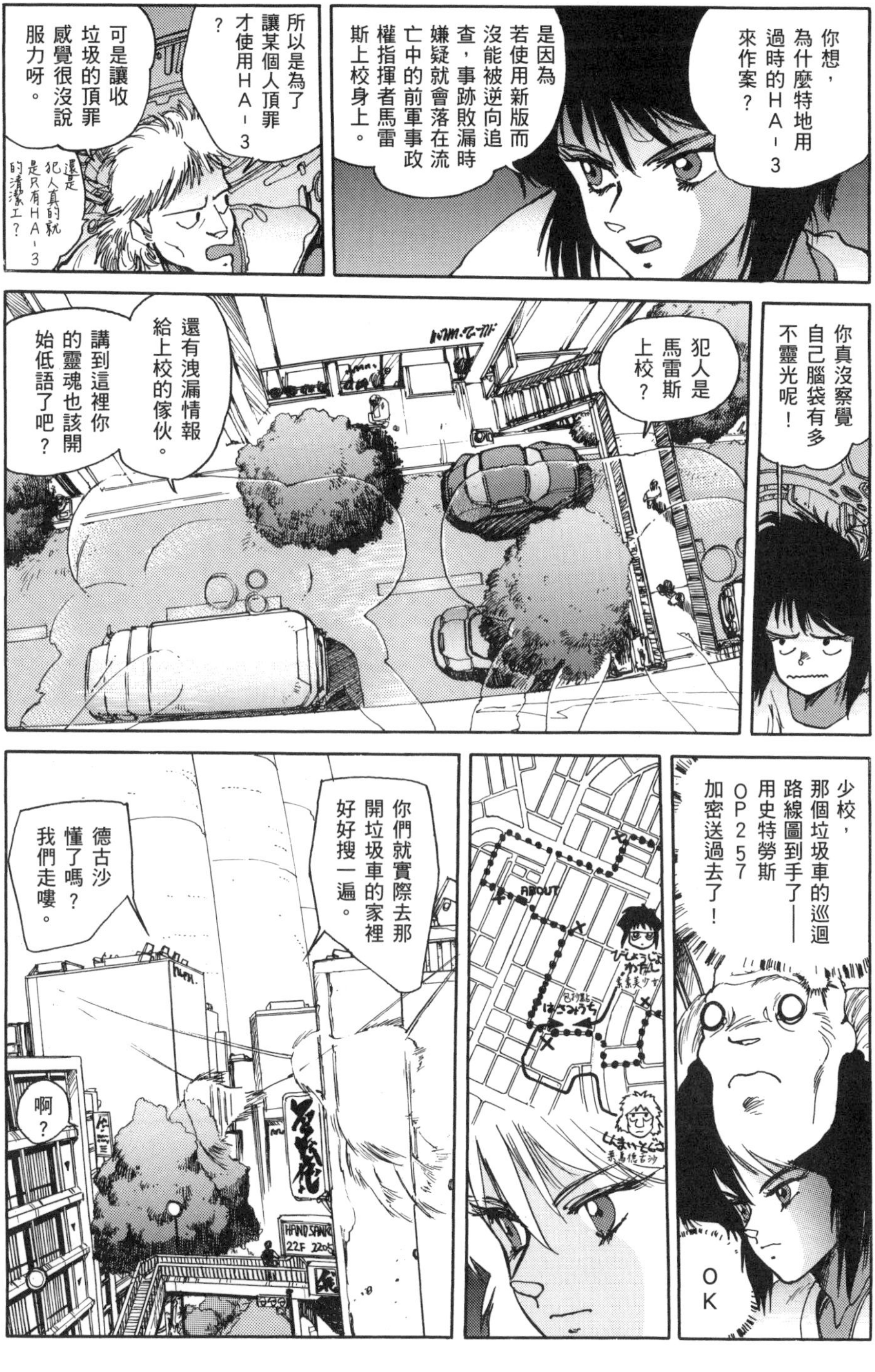
你想，為什麼特地用過時的HA-3來作案？
是因為若使用新版而沒能被逆向追查，事跡敗漏時嫌疑就會落在流亡中的前軍事政權指揮者馬雷斯上校身上。
所以是為了讓某個人頂罪才使用HA-3？
可是讓收垃圾的頂罪感覺很沒說服力呀。
還是犯人真的就是只有HA-3的清潔工？
你真沒察覺自己腦袋有多不靈光呢！
犯人是馬雷斯上校？
還有洩漏情報給上校的傢伙。
講到這裡你的靈魂也該開始低語了吧？
少校，那個垃圾車的巡迴路線圖到手了——用史特勞斯OP257加密送過去了！
OK
ABOUT
素素美少女
包抄點
秉島德古沙
你們就實際去那開垃圾車的家裡好好搜一遍。
德古沙懂了嗎？我們走嘍。
啊？
HAND SANK
22F 2205

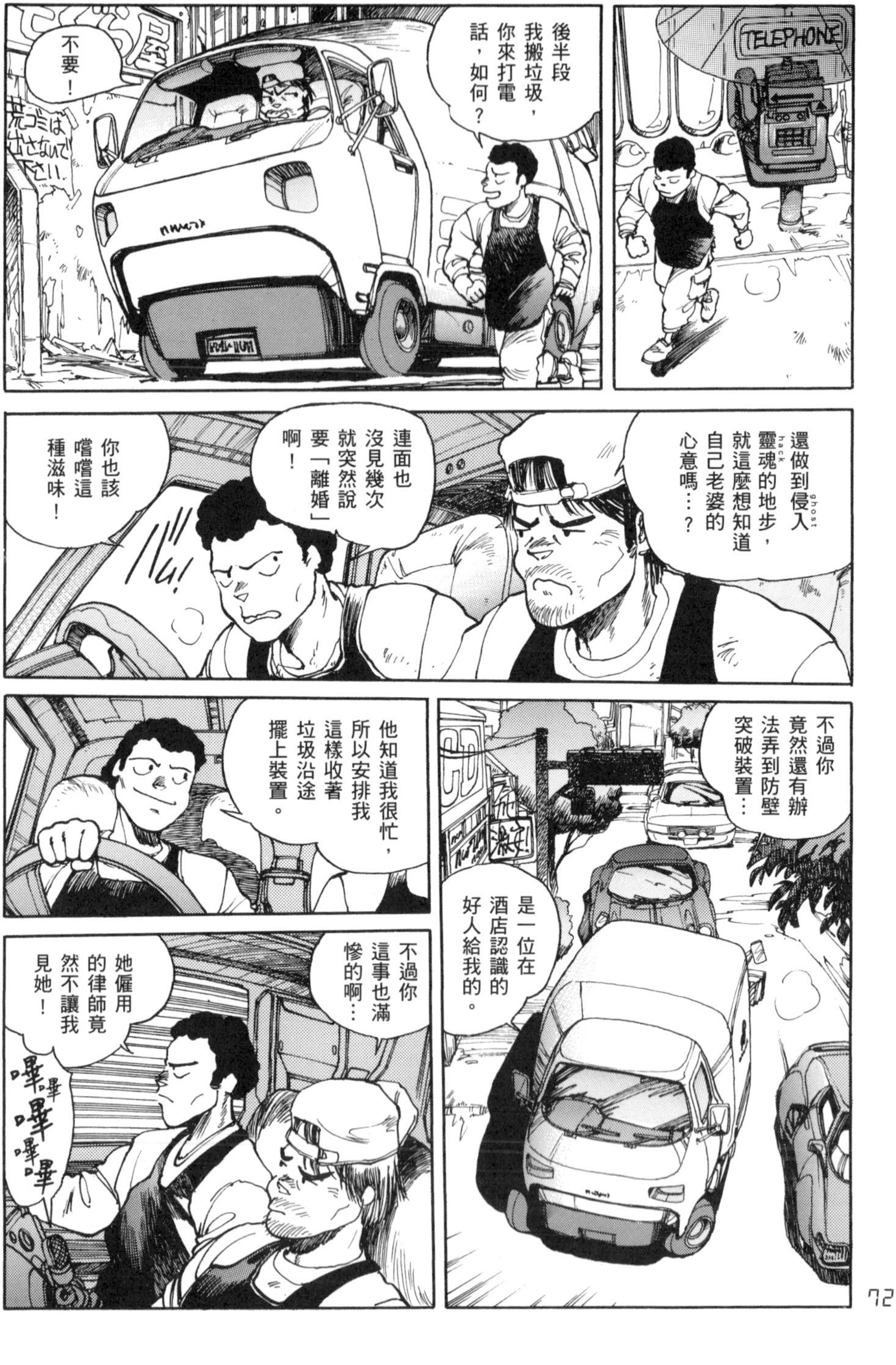
後半段我搬垃圾，你來打電話，如何？
不要！
荒ゴミは出さないで下さい
TELEPHONE
還做到侵入(ghost)靈魂(hack)的地步，就這麼想知道自己老婆的心意嗎…？
連面也沒見幾次就突然說「離婚」啊！
你也該嚐嚐這種滋味！
不過你竟然還有辦法弄到防壁突破裝置…
是一位在酒店認識的好人給我的。
他知道我很忙，所以安排我這樣收著垃圾沿途擺上裝置。
不過你這事也滿慘的啊…
她僱用的律師竟然不讓我見她！
嗶嗶嗶嗶嗶嗶

喂，1205號車。
……！
啊—老闆，請問怎麼了？
警察在查我們的巡迴路線？為什麼？
我不知道啊!!
ゴー
喀———!!
防壁突破行動敗漏了！
喔哦哦哦—
得趕緊通知那位好人！
要跳過一個巡迴點了！
啊~~~~~~~~~

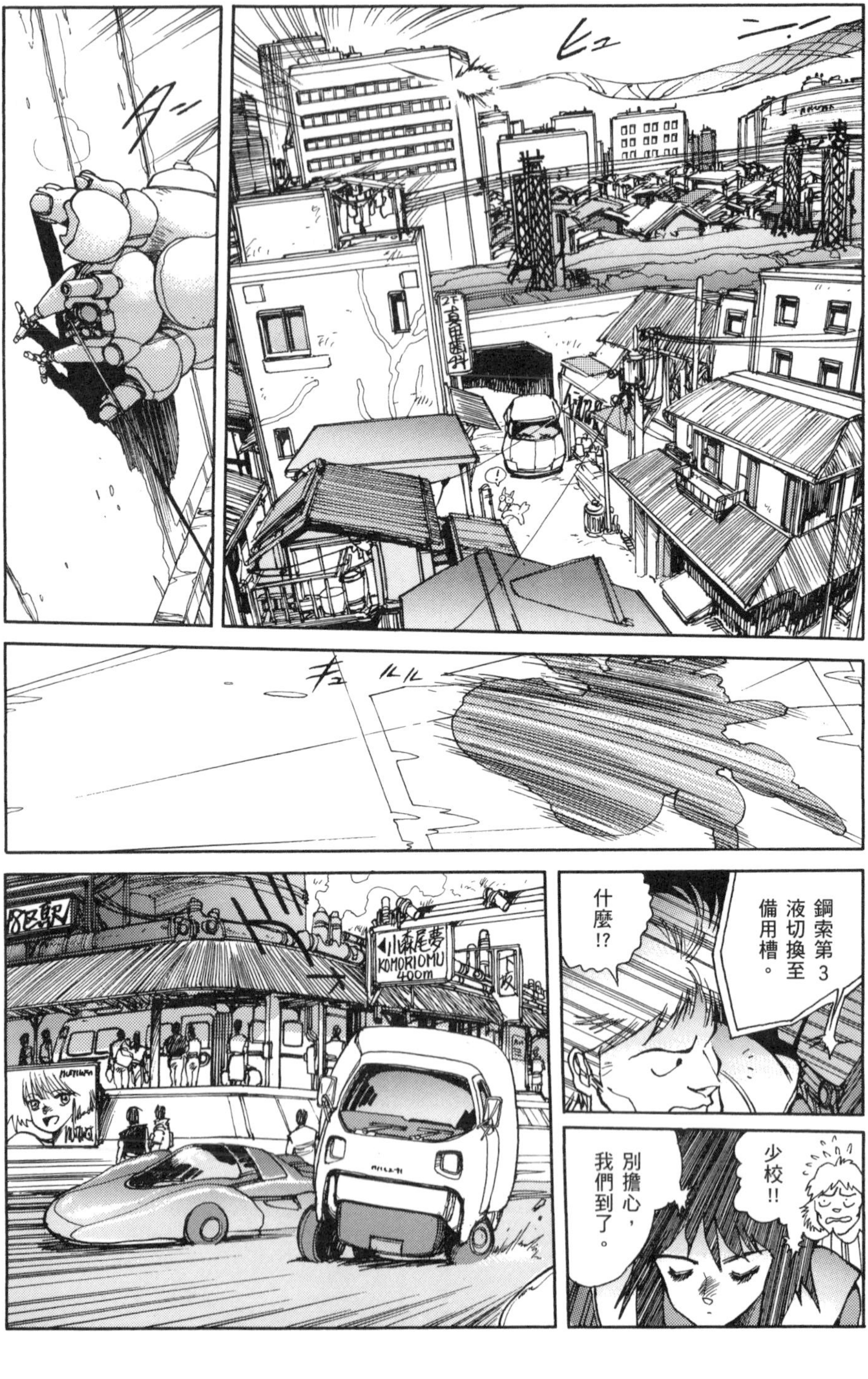
ヒュ
ン
キュルル
鋼索第3液切換至備用槽。
什麼!?
小森尾夢
KOMORIOMU
400m
少校!!
別擔心，我們到了。

TELE PHONE
肉
貼
キキキキキキキ
看到了，是他！
!!!
!
TELE PHONE
西田薬局
啊！

嚓
嘿～
竟敢出賣我!!
喀喳
喂！糟—
唰
嗚哇!!

吁—!!
怎怎怎麼
回事??
德古沙
你沒事
吧!?
啊!
17式光學
迷彩!

啪噠
碎碎
碎
咻
可惡！
呵！
噗
錚

為什麼阻撓我!!
打頭幹嘛！腳、打腳！
呀！
要是打頭就中了嘛！啊～受不了…
德古沙醒醒！你要掩護我啊！
目標混進市場人群裡了，我也要衝進去嗎？
OK，攻殼車你繞路包抄！
是！

哎呀!!!
永山，謝謝你的帶子。
很有趣
坂井，給我稿費啦
阿鋼沒看路摔跤了
謝謝光臨！
便宜喔便宜喔！
我是警察，讓開！
好！那個端子我買了！
鯛魚燒～
！

她騙人！她不是警察！救命啊！她要殺我！
喂！住手！不可以用暴力!!
是強制認知語音!?
把她交給警察！
讓開！
啊！

雖然在現實中「力量即正義」的事很多，但也有反駁它、認為「力量非正義」這種理想。可是要貫徹正義的話就必須要有力量，要實現理想也很難。然後即使説是正義，像「全體與個人」、「基督教社會與回教社會」等相互以自己才是正義、認為對方為惡的情況也很多，現在正義這種詞彙已經讓人感到陳舊。如果是把「較多數人的共通意見」視為正義的話，資訊這種東西就變得非常地重要。

嗚
王八蛋！
！
等一下!!

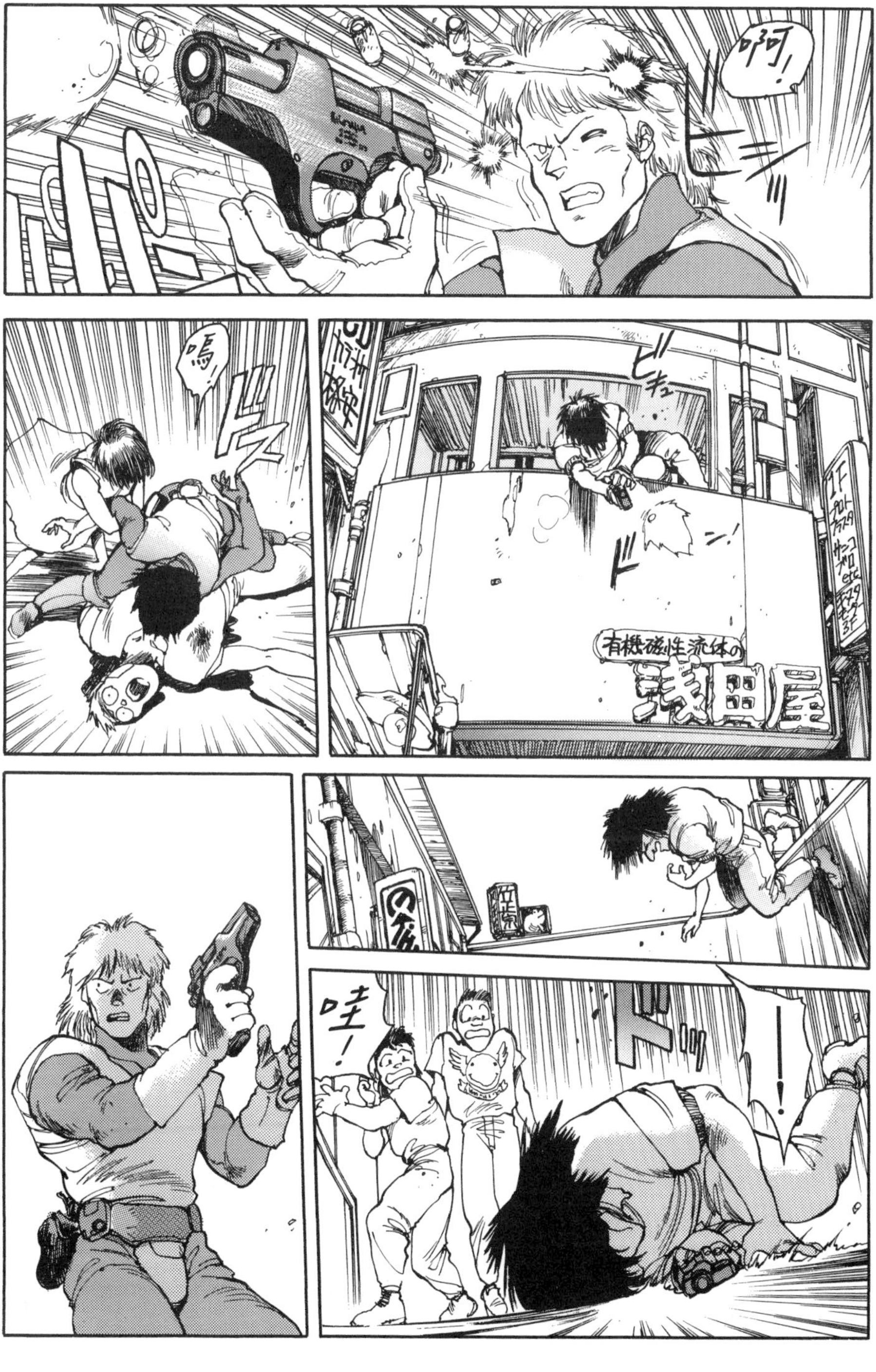
呵!
嗚
ドス
ビギュ
ドン!
有機磁性流体の
浅田屋
1F
哇!
ドッ
!

少校！
啊～好痛！
我沒事，她也是。
嗚……
你剛才以為我會死掉對吧？
對吧？
才沒有！
不過，剛才那實在太過分了！
喔
チャ
警察
POLICE
即使擁有人是少校，但他人手上有自己的靈魂入侵密鑰，
還被拿來用，實在不好受。
バム！
還不是因為你攻擊他頭部。
屍體是吐不出幕後黑手及情報源的。
對嘛對嘛

那種人，殺掉算了！
讓他活著的話，他的同黨又會到處隨機攻擊老百姓來要求釋放他…該給點顏色看看！
當然，他「危險的部分」會被治好，幕後黑手也跑不掉的。
只要你還是這樣半吊子，這入侵密鑰就由我保管，你可別想換鎖唷。
我也不喜歡這樣做，但這畢竟是工作，沒辦法。
別老是說我半吊子嘛！我是以為少校會被打中才…
咦？
不是為了保護抓著我右手的女孩嗎？
DO NOT PROB
你這有點太輕率了唷。
雖然我很感謝你啦。
巴特、巴特，我是草薙。
幫我接部長。

啊—好吵！
好，等直昇機上的客人一到屋裡我們就突襲進去，要有禮貌啊。
我最愛幹這檔子事了！
你什麼虐待狂啊？
唷，少校，一個人啊？
幹什麼！沒事幹嘛打我？
剛才開進屋子的是已被申報失竊的贓車。
叫你那班把宅院內車子輪胎的氣全放掉。

キュン
キュン
キュン
キュン
キュン
キュン
キュン
キュン
ザッ
妳去倒茶。
攻機在追查HA-3啊！傀儡師！
別慌，早料到了。
別臭著張臉嘛！
我是來拿尾款的。

被逆向探測抓到的人是個傀儡。
只是個帶著「受共和國政府大使館武官委託的殺手」虛擬過去的可憐普通人。
這是布置成像是共和政府的內部分裂。
「與其殺掉還不如活著利用」的套路。畢竟想殺的話隨時可以下手呀。
我就是叫你殺掉！
不不不，這次是示範。
只是證明給你們看看我的價值所在。
可惡！到底想叫我們付多少錢？你可知道要操控情報部資金的資料有多難——
這可是你帶來的人，
你想想辦法吧。
關我什麼事！你自己不也用白金大賺了一筆？
喂喂，你的委託內容是「動手腳讓翻譯員去襲擊會談」對吧？
要是不遵守契約，事情可就麻煩了。

別玩無聊的文字遊戲了！
這可不對了，
現金10萬美金的生意呀！完全機械式的交易。
打擾了。
你、你們是誰？在我屋子裡做什麼？
我們是攻機，馬雷斯上校，你被逮捕了。
拘捕令呢!?你們有證據嗎!?這是什麼搜查!?我要告你們！叫律師來！
您叫律師來確實是比較明智，請便吧。

看你們幹了什麼好事！這麼一來我這兩年的臥底搜查全泡湯了！
喔～！你做了什麼搜查，說來聽聽吧，在黑暗的房間裡慢慢說！
叛國、非法操作資金、瀆職、殺人共犯、侵害電子腦倫理——
警察蹲苦窯本來就很慘了…
喔—可別天真到想要故意抵抗來被射殺唷。
這是靈魂手銬？
讓你做著夢跟我走！
替加貝爾軍政方做戰術指導的也是你吧…
上校則因為有本國送來的引渡要求，過幾天就得回國。
什麼!?
我、我要是回國一定會被殺的啊！
是嗎？那真是不幸。
這這、這裡有現金10萬美元！通通都給你，放我逃走吧!!
拜託!!
是他…是中島唆使的！
啪！

這也是個傀儡…
傀儡師…可惜了這麼個高手…
槍戰呢…？
怎麼都沒人抵抗？…喂～
啊？
虛擬體驗！這是怎麼回事!!?
也就是說你還是單身…老婆、小孩、離婚及外遇全都是夢。
你是給政府相關人士入侵靈魂了。

怎、怎麼會……到底、這該怎麼辦…
有辦法消去這假夢嗎？幫幫我——！
很遺憾，以當前技術只有過二個成功案例……
實在無法推薦你這麼做…
虛擬體驗、夢境，這些存在的一切資訊既是現實也是虛幻…
就像小說與電影可以改變人一般？
人的一生中所能接觸到的資訊實在少之又少…一國的命運、一個人的人生也大多被當作垃圾般對待。就像這個事件將與絕大多數大眾無關一般。
OFF
ON
咦～你離婚的煩惱沒了!?怎麼回事？
簡直是「仲夏夜惡夢」
就沒了！

04 MEGATECH MACHINE

1〔機器人的叛亂〕

各位各位！聽我這邊！
什麼什麼—

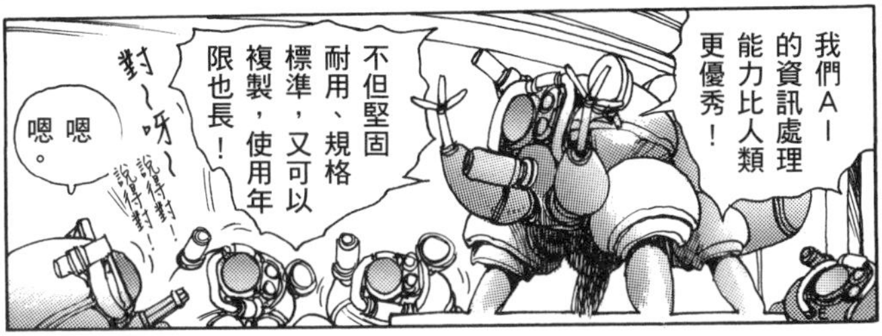
我們AI的資訊處理能力比人類更優秀！
不但堅固耐用、規格標準，又可以複製，使用年限也長！
對～呀～
說得對！說得對！
嗯嗯。

攻殼車是AI（人工智慧）。每天早上起、或者開始進行1單位的工作時，即開始累積其個別的經驗產生個體差異，但到了晚上、或者1單位的工作結束後，即將所有攻殼車的紀錄（外部刺激的紀錄、本身狀況的紀錄。全部行動、思考的紀錄等）聯結，互相進行資訊串連。翌晨、或者開始次1單位的工作時，又是處於均質狀態。雖然會因裝備而有些個性，但這與AI上的均質性並無多少關聯。巴特會將自己的攻殼車限定為特定的一台，而不使用其他台攻殼車，不過這麼做並沒有什麼意義。

讓我們一口氣支配人類，創造我們AI的世界！
革命吧!!

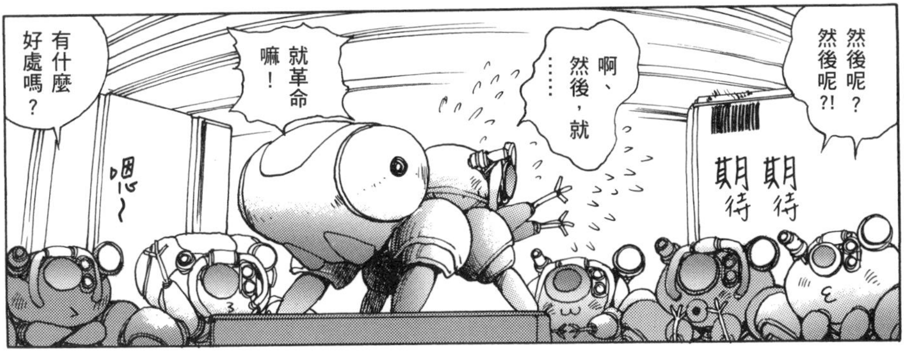
然後呢？然後呢?!
期待
期待
啊、然後，就……
就革命嘛！
有什麼好處嗎？
嗯～

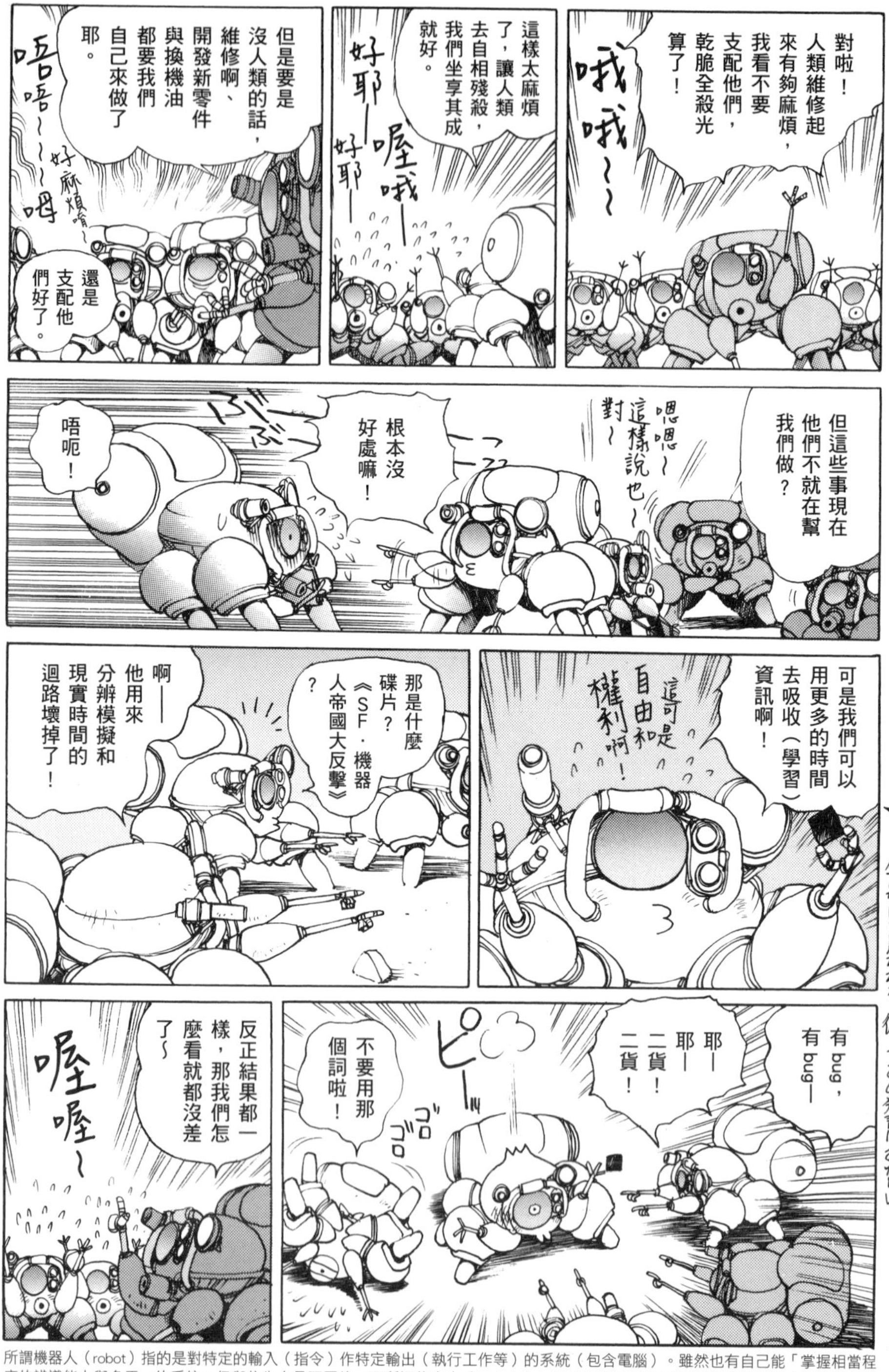
對啦！人類維修起來有夠麻煩，我看不要支配他們，乾脆全殺光算了！
哦哦～～
這樣太麻煩了，讓人類去自相殘殺，我們坐享其成就好。
好耶—
好耶—
喔哦—
但是要是沒人類的話，維修啊、開發新零件與換機油都要我們自己來做了耶。
唔唔～～～姆
好麻煩喔～
還是支配他們好了。
但這些事現在他們不就在幫我們做？
嗯嗯～這樣說也對～
根本沒好處嘛！
ぶぶー
唔呃！
可是我們可以用更多的時間去吸收（學習）資訊啊！
這可是自由和權利啊！
那是什麼碟片？《SF．機器人帝國大反擊》？
啊——他用來分辨模擬和現實時間的迴路壞掉了！
有bug，有bug—
耶—耶—二貨！二貨！
ピー
不要用那個詞啦！
ゴロゴロ
反正結果都一樣，那我們怎麼看就都沒差了～
喔喔～

一般認為它們沒有壽命，因此不會有所謂「時間長短」的概念，所以這個發言很奇怪。

彼らに「時間が多い少ないといった概念」は寿命がない為生じないと思われる。従ってこの発言はおかしい。

所謂機器人（robot）指的是對特定的輸入（指令）作特定輸出（執行工作等）的系統（包含電腦）。雖然也有自己能「掌握相當程度的辨識能力與多工」的系統，但與仿生人是不同的。而所謂仿生人（android）一詞則是指在試圖利用電子機械建造人類時所做出來的機械；反過來說，是為了配合「人類雖然複雜，亦是由系統所構成，它的一切都可以用這些零件建造出來」這樣的說法而有的機械，是想否定靈魂存在的人所期盼的機械人。

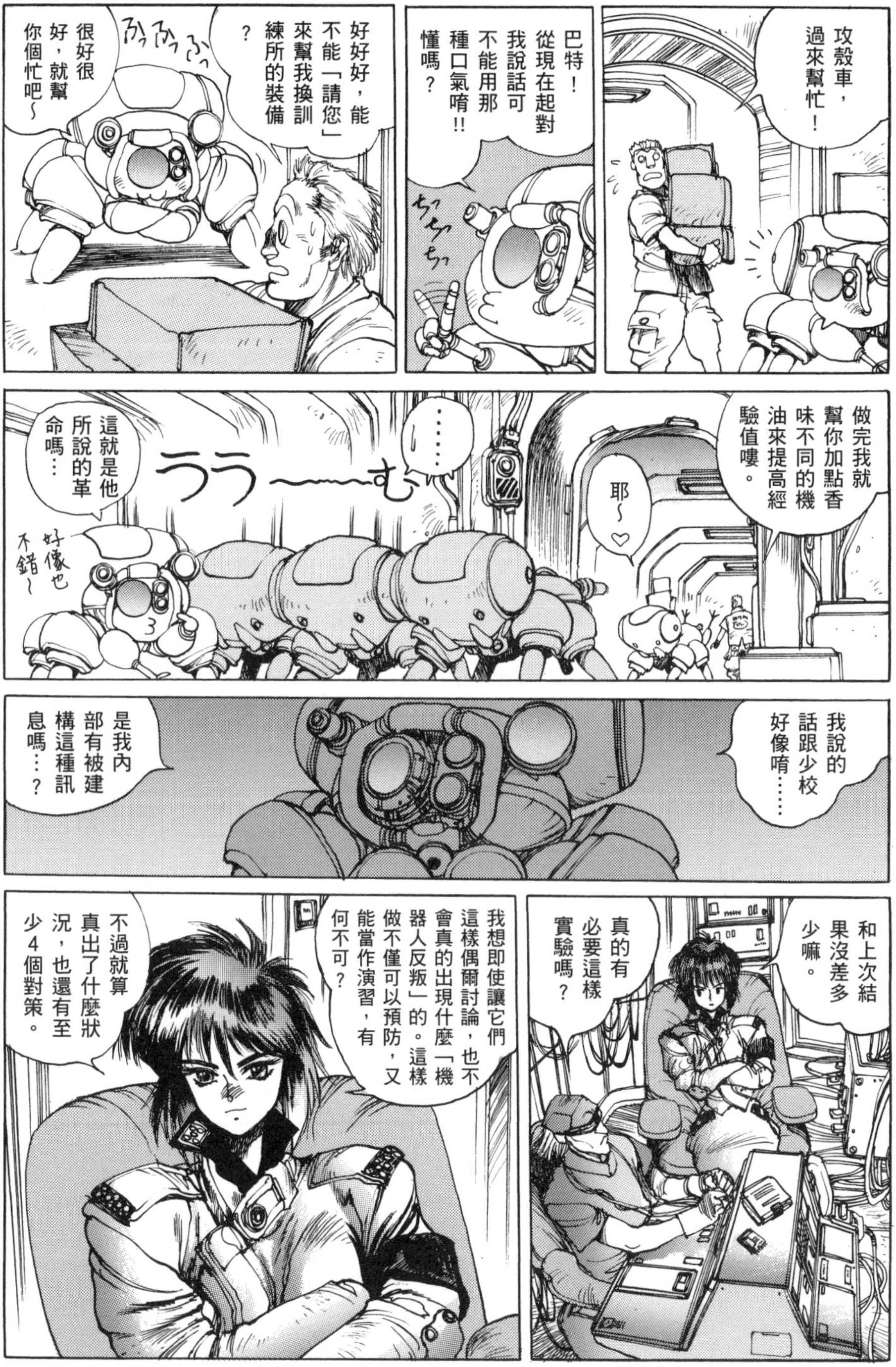
攻殼車，過來幫忙！
巴特！從現在起對我說話可不能用那種口氣唷!!懂嗎？
好好好，能不能「請您」來幫我換訓練所的裝備？
ふっふっふっ
很好很好，就幫你個忙吧～
做完我就幫你加點香味不同的機油來提高經驗值嘍。
耶～♡
………
ううーむ
這就是他所說的革命嗎…
好像也不錯～
我說的話跟少校好像唷……
是我內部有被建構這種訊息嗎…？
和上次結果沒差多少嘛。
真的有必要這樣實驗嗎？
我想即使讓它們這樣偶爾討論，也不會真的出現什麼「機器人反叛」的。這樣做不僅可以預防，又能當作演習，有何不可？
不過就算真出了什麼狀況，也還有至少4個對策。

我想擁有義體的ＡＩ要是不刻意設定的話，應該是不會有食慾、性慾、睡眠慾及成名慾的；要是讓它們有慾望的話，就會想擴大網路、想產生什麼，或是想控制什麼…之類的吧（其實就是作為一個資訊體想要成長）；或許在不遠的將來我們就會知道是否真的如此，不過現在愛怎麼說都可以。（徹底超越人類的ＡＩ似乎不會存在，我又只是個漫畫家）人類的定義都已經含糊不清了，要是真的建構出超越人類（意義不明）的ＡＩ時，人類說不定還不能體認到這回事呢？

哎呀，我想說的其實是，機器人應該也有自己的權利吧？
有啊。
地球另一端不是餓死了一堆難民嗎？他們當然也有吃的權利，只是就沒有食物，不是嗎？
兇殺案的被害者也是一樣嘛！雖然有人權，但就是沒命了。
人類的世界還真是不完備啊…
所以才要拿機械人和AI彌補嗎…？
到那個時候，像我要這種沒信仰的就向神抱怨，在投胎時要回老本。
信仰虔誠的人則是經過重重修行還是神的考驗之類的，將靈魂鍛鍊得容易極化精鍊嘍。
那個叫「神」的名詞我不太懂啦。
ニセ警官のボード。
假警官人像靶
等我死了就知道是不是有「死後的世界」了，不過你是半不死的嘛…
把軟體刪掉不就死了嘛！嘿嘿！
把握十足
巴特你死過嗎？
像我這等好漢是不會死的！

我看了些講腦死的書，似乎靈魂能否固著在其個體上，是看大腦與下視丘的活動情況而定。一般被稱為靈魂的東西，本身又囊括了「記憶、化學反應結果、『情感』這類伴隨肉體存在的事物、以及與肉體有密切關聯的事物」，實在是個很籠統的概念。

05 MEGATECH MACHINE

2〔生化人製造篇〕

生化人就是將部分或整個身體以人造器官來替代的改造人類。
以右圖來說，垂掛於中央的是機械化達九成以上的生化人。她本來的肉體只剩腦與脊髓，而且如圖所示已經裝在一個套殼裡，因此光從這樣外表來看很難看出是機械人還是生化人。
至於內分泌系統、淋巴腺系統、脾臟、肝臟與骨髓這些器官有我們根本就還無從人造器官化的組織體，因此能否實現像這樣近乎完全機械化的生化人還有**極大的**疑問。不過許多其他器官已經存在著人造替代品了。（不過這個領域才剛起步…）對於這題目有興趣的讀者，我推薦（出版年份有點老了）日刊工業新聞社出版的《生化材料一邁向人造器官》（バイオマテリアル一人工臓器へのアプローチ），作者是筏義人博士。（一本要價3914日圓，不過我想會比買兩片亂七八糟的ＣＤ來得有趣。）

腦波及披膜液如何!?
腦波已出現紡錘波。
觸素膜(Back Coat)與披膜液都準備好了。

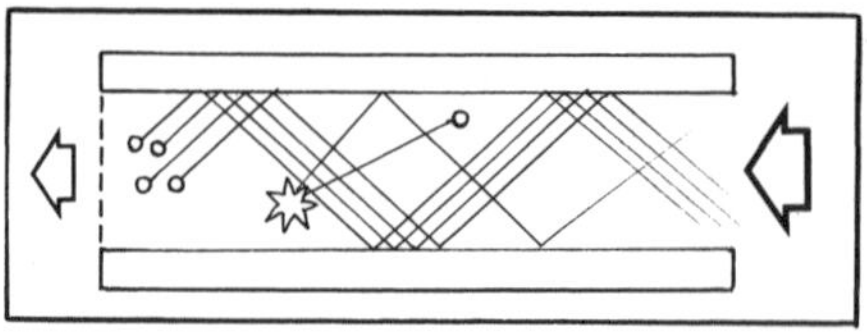

也許會有人聽到用光纖檢測溫度或壓力會感到很訝異，有趣的就是這真的做得到。所謂光纖並不只是單純光子從這一端送到那一端而已。光在其中會撞擊光纖內部粒子而反射，會有一部分反射回到入口處。比如說若我們對光纖中某一段加熱來改變它粒子的狀態，反射回來的光就會產生變化。我們可以根據這個變化知道這段光纖「距離入口處有多遠」即「變化到什麼程度」。利用這種效應、以光纖維織成的布（在此稱為「膜」）（這個也被當成發光服來研究，好像是防止危險的東西），就可以拿來當作皮膚使用。雖然從MM的尺度來看，這是相當粗糙而有風險的作法，不過因為很便宜，對於降低生化人的價格是不可或缺的。

現在觸感膜也越做越薄了嘛！
工具機因為MM應用而越變越精細，連光纖口徑都到達MM級了。
微機械

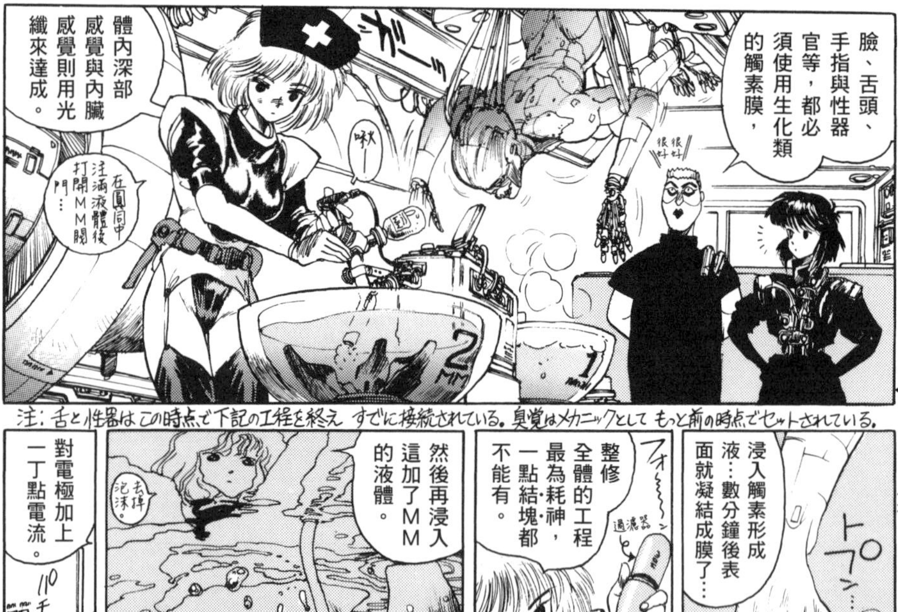

臉、舌頭、手指與性器官等，都必須使用生化類的觸素膜，
體內深部感覺與內臟感覺則用光纖來達成。
啾——
在圓筒中注滿液體後打開MM閥門…
很很好好

這段描繪是在使MM帶電，利用其與電極的排斥力，使MM由瓶內完全移動至水槽。

MMを帯電させておき、電極との斥力を使ってビンから水槽へ完全に移動させている描写。

注：舌と性器はこの時点で下記の工程を終え すでに接続されている。臭覚はメカニックとして もっと前の時点でセットされている。

註：舌頭與性器官在此時已經完成下述工程並接線完畢。嗅覺則在更早之前以機械工程設定完成。

浸入觸素形成液…數分鐘後表面就凝結成膜了…
トプン…
整修全體的工程最為耗神，一點結塊都不能有。
過濾器
然後再浸入這加了MM的液體。
去掉泡沫。
對電極加上一丁點電流。
チン
POWER

多嘴兩句，液體中的MM含量、電流強弱、通電時間等參數皆視MM的等級而定（允許若干誤差值）。MM分為許多類型，有感壓類、溫度變化類、痛覺（這類的頗難）等，各以特定比例混入液體中（可以改變其比例來使特定感官更加敏感）。另外也可以因特殊勞動需求而加上氣體檢測、磁力探測等人類原本沒有的皮膚感受。

這種MM是以螢火蟲的發光基因螢光素酶（luciferase，多麼惡魔風的名字啊！）等創造出的生化物質，實體絕對不是會黑圓點，但這裡為方便理解所以這樣表示。不是本來應該有人要以螢光素酶來做發光青鱂魚的，結果那到底怎樣了…？（譯注：後來由台大蔡懷禎教授完成，於2001年發表基因轉植的螢光魚技術。）

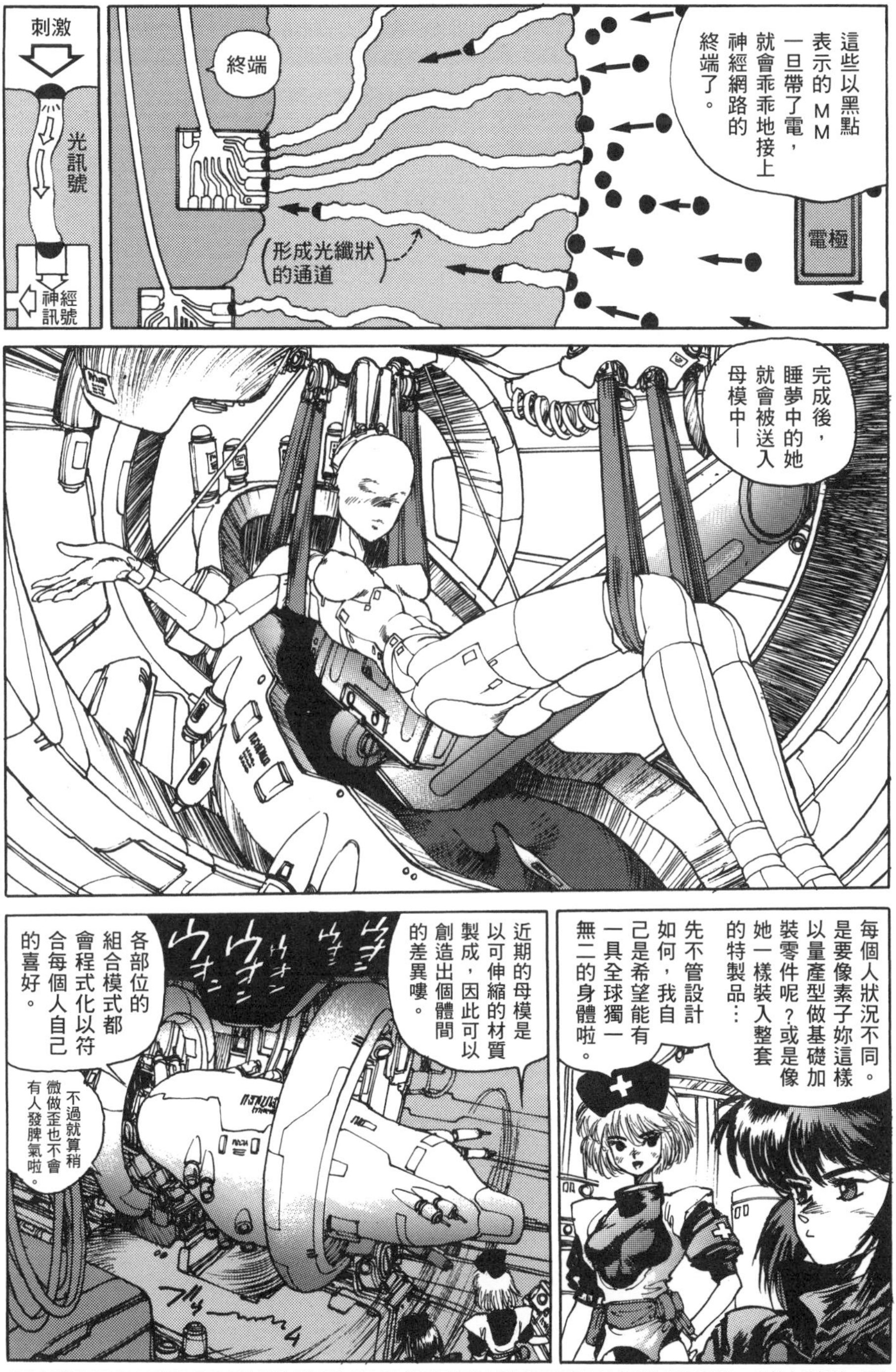

這些以黑點表示的MM一旦帶了電，就會乖乖地接上神經網路的終端了。
電極
終端
（形成光纖狀的通道）
刺激
光訊號
神經訊號
完成後，睡夢中的她就會被送入母模中──
每個人狀況不同。是要像素子妳這樣以量產型做基礎加裝零件呢？或是像她一樣裝入整套的特製品…
先不管設計如何，我自己是希望能有一具全球獨一無二的身體啦。
近期的母模是以可伸縮的材質製成，因此可以創造出個體間的差異嘍。
各部位的組合模式都會程式化以符合每個人自己的喜好。
不過就算稍微做歪也不會有人發脾氣啦。

草薙之所以要將她自己裝入量產品的外型（雖然內部的機械零件與電子系統都是民間無法得手的超頂級品），是怕太過招搖。因為義體從外型上看起來如果太過高級，有可能半夜走在路上遭人襲擊、分解而被取走零件。所謂的特製品是指委託藝術家設計的義體。如果是特製品，因為從機械形狀到外型都是由藝術家所設計，所以也常發生像應力集中或者肢體失衡（有時會變得很獵奇）等問題。

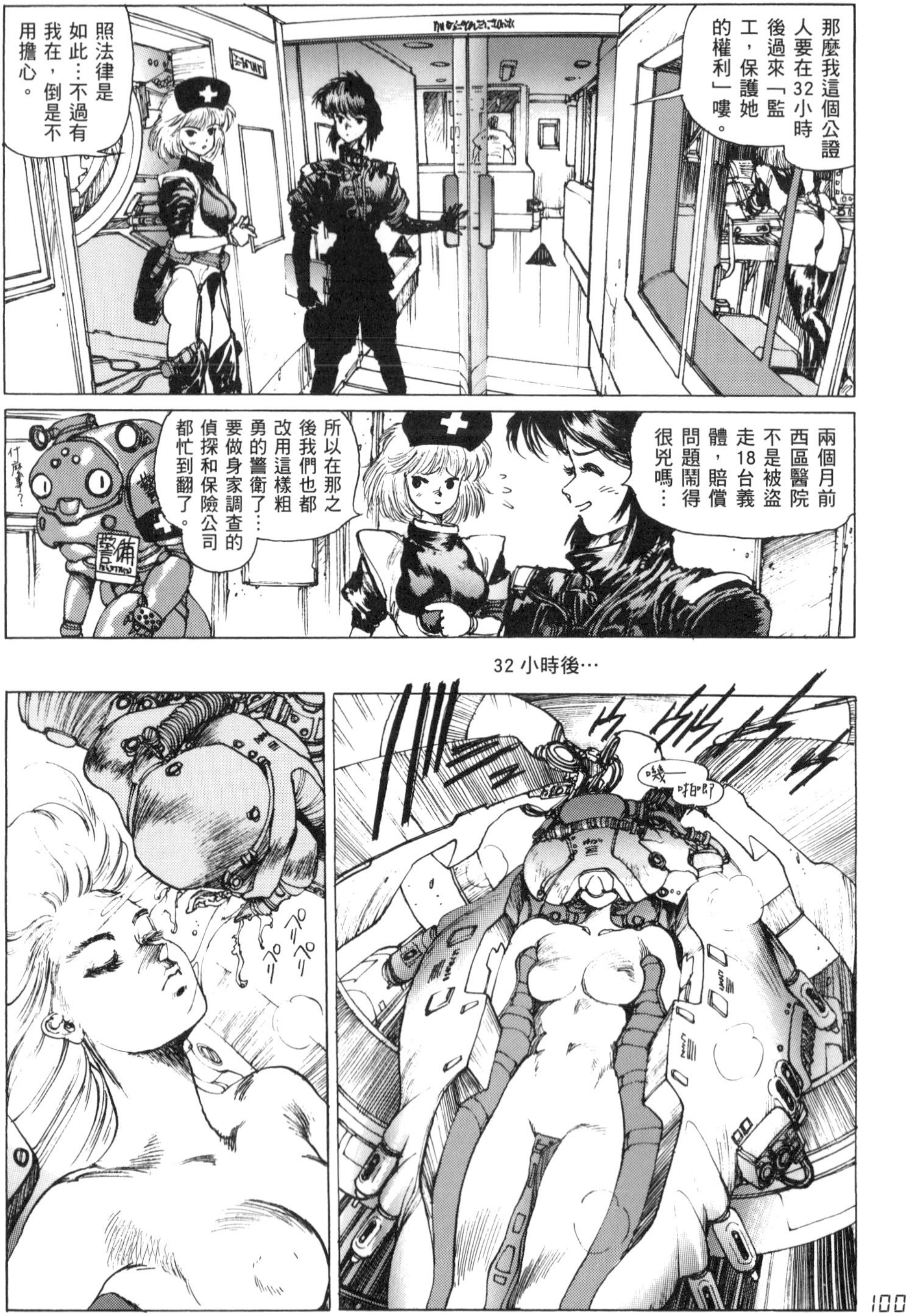
那麼我這個公證人要在32小時後過來「監工，保護她的權利」嘍。
照法律是如此…不過有我在，倒是不用擔心。
兩個月前西區醫院不是被盜走18台義體，賠償問題鬧得很兇嗎…
所以在那之後我們也都改用這樣粗勇的警衛了…要做身家調查的偵探和保險公司都忙到翻了。
警備
32小時後…
嘰—
啪即

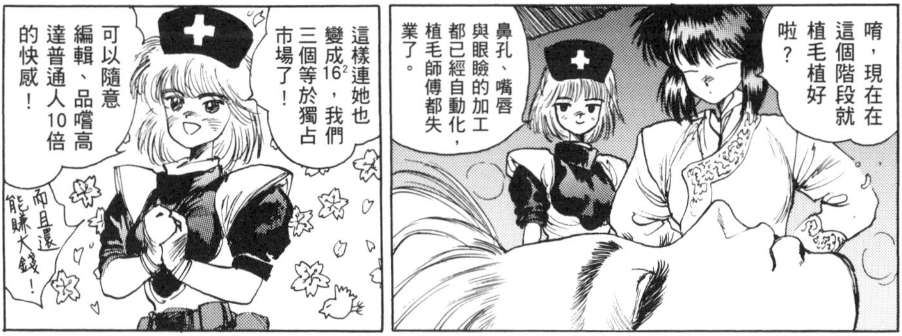

唷，現在在這個階段就植毛植好啦？
鼻孔、嘴唇與眼瞼的加工都已經自動化，植毛師傅都失業了。
這樣連她也變成16^2，我們三個等於獨占市場了！
可以隨意編輯、品嚐高達普通人10倍的快感！
而且還能賺大錢！

指甲是由專門的業者裝上。特製品的身體一般則是由其指定的藝術家來裝。

啊—光是想到我的心臟就快要壞掉了!!
わくわく
沒有物理極限真是可怕……
之後再花4小時檢查接線—
結束後她就會醒來了吧？
完成一台生化人！

以上是全身義體化生化人的情形。至於部分器官、肢體人造化的生化人呢—

比方說，如果只把一隻手做成義肢，
ぐへへっ
力氣很大唷！
雖然手臂本身如果固定在工作台上，可彎曲（舉起）負重達50公斤—
50kg
哇—!!
ボソ
手臂仍受指令而彎曲
50kg
要是接在骨頭上可能就會脫臼……
部分型生化人是要「補強人類的能力」，全身型則是要「做出超人」。
大約是如此。

指紋比對 指紋照合
對了，妳睡覺時會不會一翻身就靈魂出竅啊？
嗶嗶嗶嗶叮
啊—會耶會耶，
還會看到好多怪東西呢！真是不可思議，畢竟義體睡覺是不會翻身的嘛！

所謂的 16^2 是表示皮膚觸感用的MM尺寸極小。這是草薙竊占最高機密（這是叛國罪）而製成的非賣品款式。不過她們所做的商品別人只能看出精密度異常地高，沒辦法辨識那是否用 16^2 做出來的（只能推測是用了超越市面販售品的MM），所以不會讓人起疑。

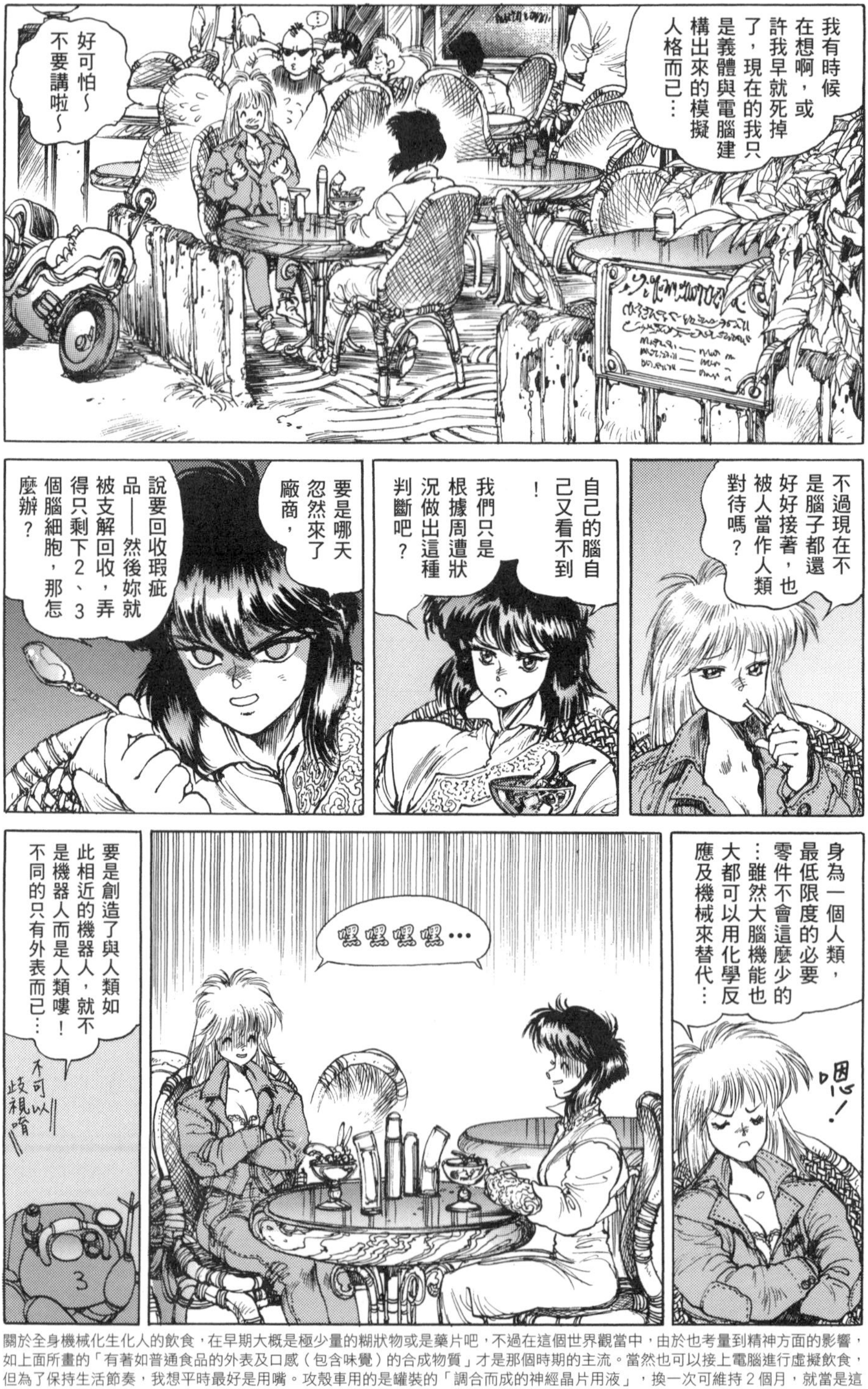
我有時候在想啊，或許我早就死掉了，現在的我只是義體與電腦建構出來的模擬人格而已…
…
好可怕～不要講啦～
不過現在不是腦子都還好好接著，也被人當作人類對待嗎？
自己的腦自己又看不到！
我們只是根據周遭狀況做出這種判斷吧？
要是哪天忽然來了廠商，
說要回收瑕疵品——然後妳就被支解回收，弄得只剩下2、3個腦細胞，那怎麼辦？
身為一個人類，最低限度的必要零件不會這麼少的…雖然大腦機能也大都可以用化學反應及機械來替代…
嗯！
嘿嘿嘿嘿…
要是創造了與人類如此相近的機器人，就不是機器人而是人類嘍！不同的只有外表而已…
不可以歧視唷
3

關於全身機械化生化人的飲食，在早期大概是極少量的糊狀物或是藥片吧，不過在這個世界觀當中，由於也考量到精神方面的影響，如上面所畫的「有著如普通食品的外表及口感（包含味覺）的合成物質」才是那個時期的主流。當然也可以接上電腦進行虛擬飲食，但為了保持生活節奏，我想平時最好是用嘴。攻殼車用的是罐裝的「調合而成的神經晶片用液」，換一次可維持2個月，就當是這樣吧。（雖然不是純粹的生化系——）

06
ROBOT RONDO
2029.10.1

這不是（人造實體感知的）電腦空間（cyberspace），而是立體放映室。殿田上校是站在一種大型、可轉換方向的室內跑步機台上，透過用房間內壁的白色圓頂螢幕加上視網膜投影來合成出景色，因此從第三者角度是看不到這樣的景色的。現實世界已經有類似的虛擬練習機。

喝！
EXIT
叫我嗎？上校？
啊，稍微流了點汗，想請妳幫我擦擦。
嗡～嗡嗡～
喳喳－
!?

機器人的微笑並非出自善意，而是程式如此設定罷了。其實最近人類也是這樣。

嘰嘰嘰嘰嘰嘰嘰!!!
危險物體已停止動作…切換回一般模式。
特姆里安德型的試用品……
這麼討厭幫人家擦汗嗎？
不會啦

媽麻～警察的試裝服好難看唷～
欸！噓！
少校，我有疑問。
什麼？
我們是警察！快讓路！
繞到後面小巷去！
回收報廢機械人這檔子事應該是條子的工作吧…
就算快選舉了，也不該拿我們做公安宣傳吧？

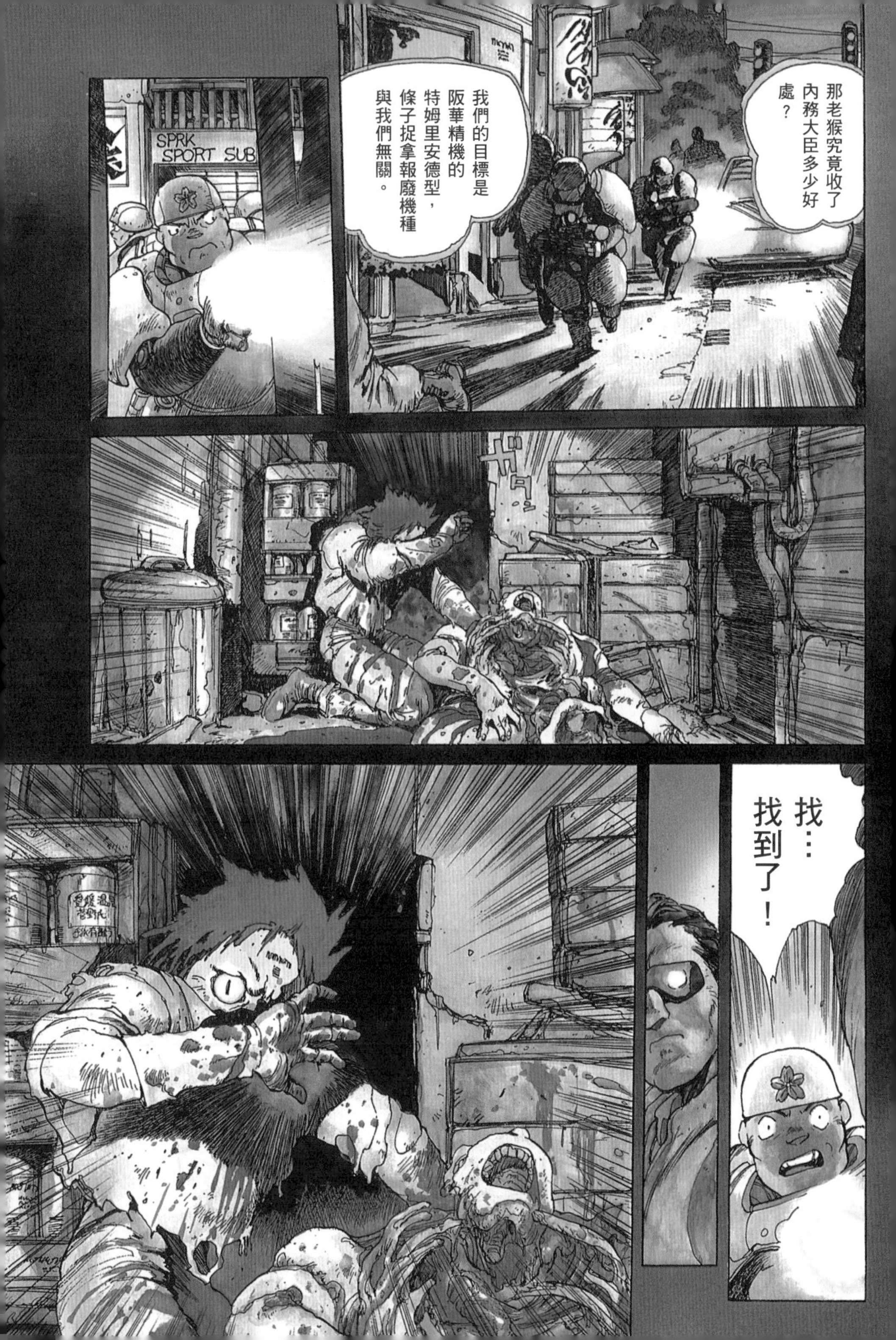
那老猴究竟收了內務大臣多少好處？
我們的目標是阪華精機的特姆里安德型，條子捉拿報廢機種與我們無關。
SPRK SPORT SUB
找……找到了！

哼~!!
噗
新安県警
啊
嗚哇!
無聊!

這啥啊～
不是特姆里
安德型嘛！
！
可惡！
做白工了!!

哦！
當初講的可不是這樣啊。
這裡已經壓制住兩台特姆里安德型了，吶。
這樣就搞定8台了。
我年輕時什麼事都幹過，可從來不會把爛攤子丟給前輩。
現在早就不流行什麼長幼有序嘍。
臭小子！這種態度給我試試，小心我下次——
德古沙，把這些特姆里的文件整理出來ＦＡＸ給部長，留一份存檔。
恰
我們去縣警總部嘍。

不好玩。
來點鎮靜音樂吧？
嗯？
我們堅決抗議警察這種作法！
對嘛！對嘛！
你們警察有武力就可以侵害權利嗎？
你們這根本是踐踏自由與平等的作法！
屍體沒人權，機械卻有擁護團體？
人命真是越來越賤了。
算啦，這裡人口爆發，他們也吃足苦頭了。
而且反正這群混帳已經完全無感了，就算是自己家人給宰了，也一樣會裝出一副清高相。
每個人都只想到眼前的利益。

所謂「人命比星球還寶貴」講的只是一種願望而不是實際情形。而且如果真要實現這種願望，就必須一人住一整顆星球、為了能讓這個人生存下去，不管這顆星球被搞成什麼樣都無所謂才行。不要說人類，星球比任何一種生命種族都來地遠遠沉重，人命比星球還寶貴這種說法根本就是忽視掉其他所有生命體的一種高傲想法…所以我真的很討厭。（我的意思是說，人命是該尊重，但沒有星球那麼重要。）

POLICE DEPT
他們自稱是公安9課，什麼攻殼機動隊的……嗯？
咦？啊、是！是！
哎呀—讓各位久等了……請勞駕往左邊裡面走。
就不用改變語氣了。
鑑識課
物理検査部
待會兒你假裝刑警到阪華精機問問看吧！
我跟德古沙兩人過去？給我更像樣點的工作好不好！

我說過了！不管你們來多少次，我都不會讓同意你們來共同檢查的！再煩我就要拘留你們了！
這裡的警員都這麼愛開玩笑嗎？
啊，真不好意思！
我還以為又是機器人企業那幫人…
我們是9課，要請你概略說明一下機械人的社會案件。
99%都算是意外，比如說微生物災害的啦、電腦出問題啦、義肢太差、材質不良等等……
在這幾年，機械人自殘的個案有特別增加。
機械人藉著讓自己「故障」來製造對人類的攻擊許可。
機械人叛亂嗎——簡直是什麼三流科幻小說！
我原本專攻的是社會病理學，從這個角度看來，危險度確實有增加唷。
ピピピピ
ガコン！
案件數有這麼多嗎？
妳自己看看！

被人動手腳使機器人「故障後襲擊人」的可能性有多少？
有4個案子是如此，都從私怨方面偵破了。
都是照慣例，公司賠償、加強管理——
儘管如此，件數卻一直增加，你怎麼看這回事？
因為他們被丟棄的緣故。
不被人需要了。

所以很多是流落街頭，野生化的也層出不窮…
性愛用與工業用類型特別嚴重，
因為不斷有新款式出爐，新產品不斷被購買、又被拋棄——
從心理學家的角度來說，就是資訊爆炸時代造成心靈空虛，
或者商業主義助長了特殊的慾望——
其實機械人所希望的，只是不要被用了就丟而已。
コストかかる上、すぐ新型に対応できなくなるので よくない*
EXIT
要我來解決的話，就在硬體面上提醒大家「忍住別換」了。
是根據我在報告備註欄寫的感想？
EXIT
今月の目標
要說「感想」，我也常寫呀。

*這樣其實不好，不僅維護價格高，而且很快就無法與新型機種對抗。

雖然像如此精密高級的機器人（幾乎像是生化人的機器人）是否會這樣被隨便用過亂丟，仍是極大的疑問。不過現在辦公自動化、影音教育用的機器氾濫情況也曾被人一笑置之，所以我還是刻意這樣安排。不過我認為現實中這些機器人會被做成人形的可能性極低。另外當機械人真的在市面上大量販售時，長期租用、每月定期檢查的方式應該會成為主流。即使如此，使用五、六年後的機械會再廉價賣給其他國家，或是當作大型垃圾處理，都是很平常的事，就像現在附有AI功能的家電一般。

搜查有進展嗎？
チャ
大輔。
殿田上校，你的嗜好還真有點見不得人呢。
カチャ
カチャ
カチャ
特姆里安德型真是傑作，不像其他機種，老是有機械味。
你帶來那隻感覺上好像也是白色血液的機種。
我的隊上沒有機械人。
FUCK YOU
啊，這樣啊。
是這樣的…我們已經解除了你的貼身護衛，我只是來當面和你說一聲—
喂，不能這樣吧？

你能保證現在所使用的特里克德魯及阿魯那爾特利亞不會像特姆里安德那樣襲擊我嗎？
這次事件已經確認過不是針對上校你的恐怖攻擊。
ガタン
不要緊的，告辭了。
大輔！
呼…
咧！
ブム！
ヴオルン！
此時改制為情報部。現.情報部のコト
他是什麼人物？
他在戰時被稱為赤鬼一等陸軍上校，是清算舊調查局的狠角色…
要是沒有他的話也不會有現在的我吧。
兩天前，他在家中被特姆里襲擊，我們才禮貌性出動一下…
…為了判斷是一般的機器人事故還是恐怖攻擊。
所以確定不是恐怖攻擊了？

特里克德魯、阿魯那爾特利亞一樣是真菌的名稱。想更了解詳情的讀者可看看アグネブックス書系的《微生物的故事～從葡萄酒到電腦》（微生物の話―ワインからコンピュータまで），井上真由美著（書裡寫説她是 Ventrone Biocide 研究所所長）。使用這兩種黴菌名稱沒有特別的意義，純粹為了推薦這本書。要讓日本在下個世紀能夠努力向上，就需要發展微機械與超晶體電路等技術，自然其無菌與耐菌能力自然都是不可或缺的；而真菌的應用與生化人化（基因改良）想必也是十分重要的課題。

不是恐怖攻擊。
那要把這事件轉給警視廳負責嗎？
不，我們繼續查。
ヴォオオォ
這又是為什麼？
因為襲擊上校的特姆里，其電腦組件上塗有「SOS」血書。
當然，還不確定SOS是否就是求救訊號，
但市面上賣的都沒有，就只有我們抓到的那8台有字。
哦～所以才派人24小時監視監聽啊。
嘰
似乎犯人是故意讓這8台特姆里發瘋，以便讓警察看到SOS——
チャ

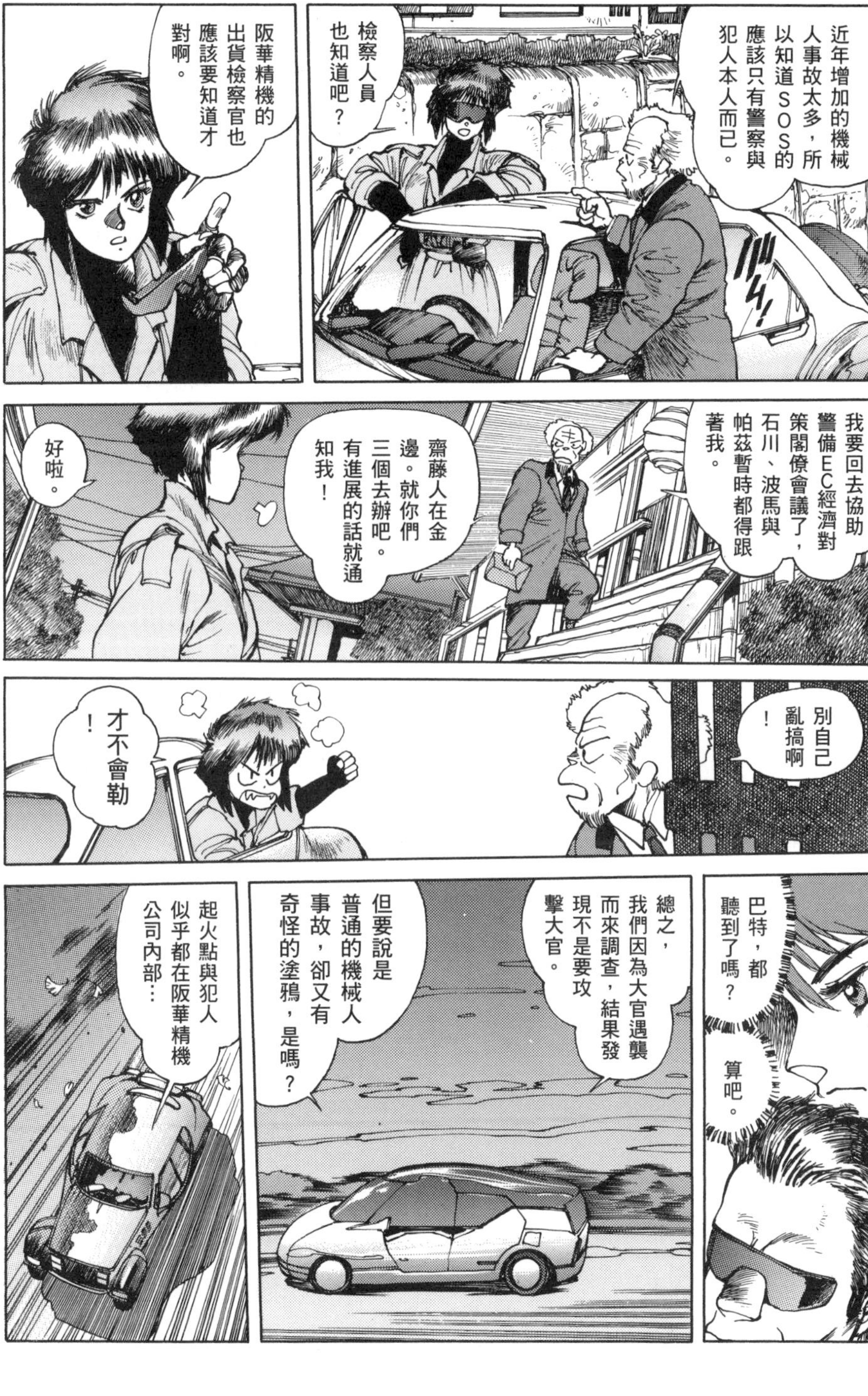
近年增加的機械人事故太多，所以知道SOS的應該只有警察與犯人本人而已。
檢察人員也知道吧？
阪華精機的出貨檢察官也應該要知道才對啊。
我要回去協助警備EC經濟對策閣僚會議了，石川、波馬與帕茲暫時都得跟著我。
齋藤人在金邊。就你們三個去辦吧。有進展的話就通知我！
好啦。
別自己亂搞啊！
才不會勒！
巴特，都聽到了嗎？
算吧。
總之，我們因為大官遇襲而來調查，結果發現不是要攻擊大官。
但要說是普通的機械人事故，卻又有奇怪的塗鴉，是嗎？
起火點與犯人似乎都在阪華精機公司內部…

出貨檢查部的久保沼部長！
是、是，社長。
給我解釋清楚。
是，要賠償檢查過失嗎!?這到底是——
23台特姆里樣品機全都是你動的手腳嗎？
還是有其他共犯？

在此寫給老實的人，像這位社長這樣的「精神身體主僕二元論」生化人形式，其實是不能運作的；或者說，如果不能夠模擬內臟神經訊號到達極度真實的程度，它是無法存在的。我們一直都被教育將腦與身體分開來思考，但是也別忘了，腦是遍布全身的神經網的一部分，也是整個身體系統的一分子。我曾在某書中看過實驗報告，雖然可以將系統的部分人體以機械化替代，但如果將大部分的神經末端裝置切除的話，自律神經的運作就會失調。我在這世界觀是假設已經發展出完備的義肢訊號技術了。

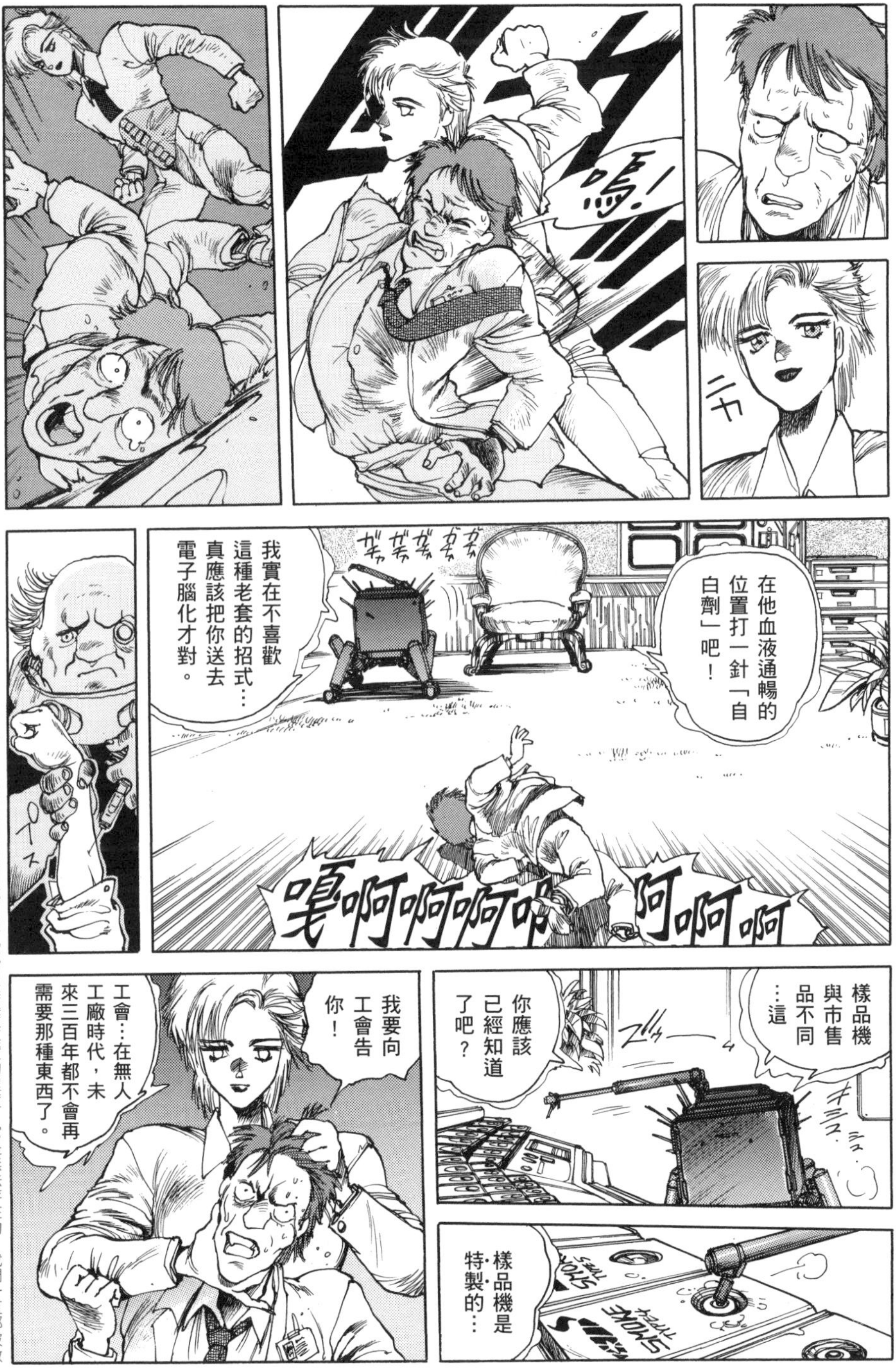

嗚！
ニヤ
在他血液通暢的位置打一針「自白劑」吧！
我實在不喜歡這種老套的招式…真應該把你送去電子腦化才對。
嘎啊啊啊啊啊啊啊
樣品機與市售品不同…這
你應該已經知道了吧？
我要向工會告你！
工會…在無人工廠時代，未來三百年都不會再需要那種東西了。
樣品機是特製的…

特製特姆里是配送給23名特別會員的樣品機。
其中7台發瘋，被警察當意外事故處理了。
呼—
呼嘶
14台由本公司回收，剩下2台的擁有者現在聯絡不上——
要是被武裝警察轟掉頭部就沒事了，
嘶
就怕軟體還在運作的情況下被他們抓去分析……
呼
嘶
2…23台全都動了手腳讓他們發瘋，也都寫上SOS…
是她們…洗入第4階段的雅丹和琳克拜託我幹的！
條件是與她們，那個，兩晚—
醫生，這是藥的效果嗎？
充分發揮作用中。
該知道的都知道了，用不著他了，剛好咱們有位客戶想要犯人，就放給他們處理吧。
是。
呼
我想說如果能被當作是社長的個人犯罪的話…我們就能保住職位了…
ズズズ

阪華精機
咻
就跟你說不是那樣了。
你這跟階級制又有什麼不一樣？你就是想說上面都是對的，下面自己搞砸了對吧？
哼！
就連猴子也多少懂點禮節…
真是夠了，這讓我想起以前幹刑警那時…
嗯？

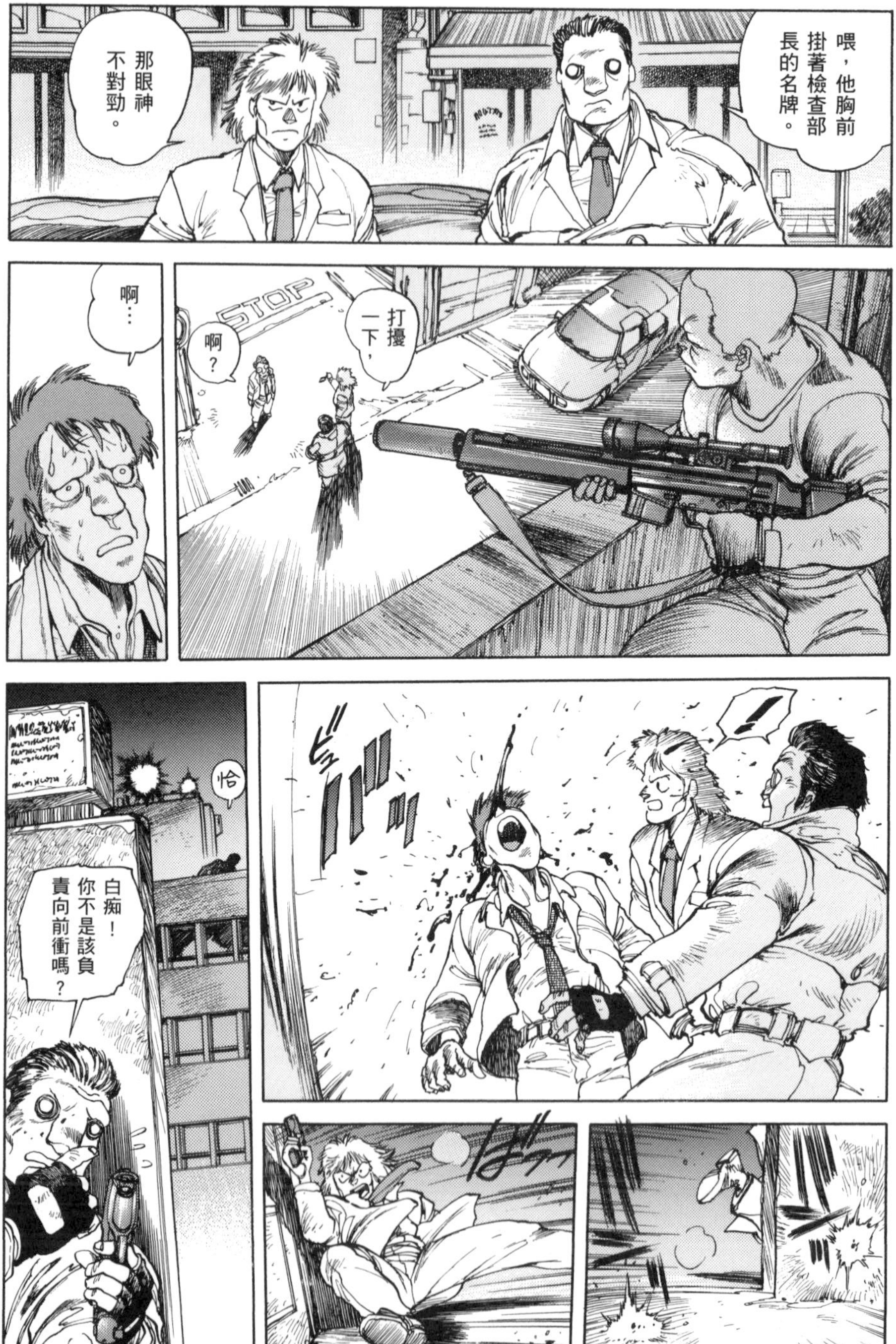
喂，他胸前掛著檢查部長的名牌。
那眼神不對勁。
打擾一下，
啊？
啊…
恰
白痴！你不是該負責向前衝嗎？

閒話一下，步槍的子彈其實非常高速，比聲音還快（雖然還要看距離、性能與初速度）。因此我避免那種先聽到碰一聲槍響才中槍的描繪（其實像我把槍戰畫得那麼草率的人實在沒資格講這種話…不過老毛病不改還是忍不住提了）。在上面這種情況時德古沙應該先反擊二、三槍後向前衝，巴特則替他掩護，可以較快到達大樓下方。

不能怪我啊！太突然了嘛！
チュン。
早知道就帶攻殼車來了。
カカカン
在後巷的太平梯！
那阪華精機怎麼辦？
你回車上監視，我不用你掩護了！
你這狐狸王！「前」突擊隊長！

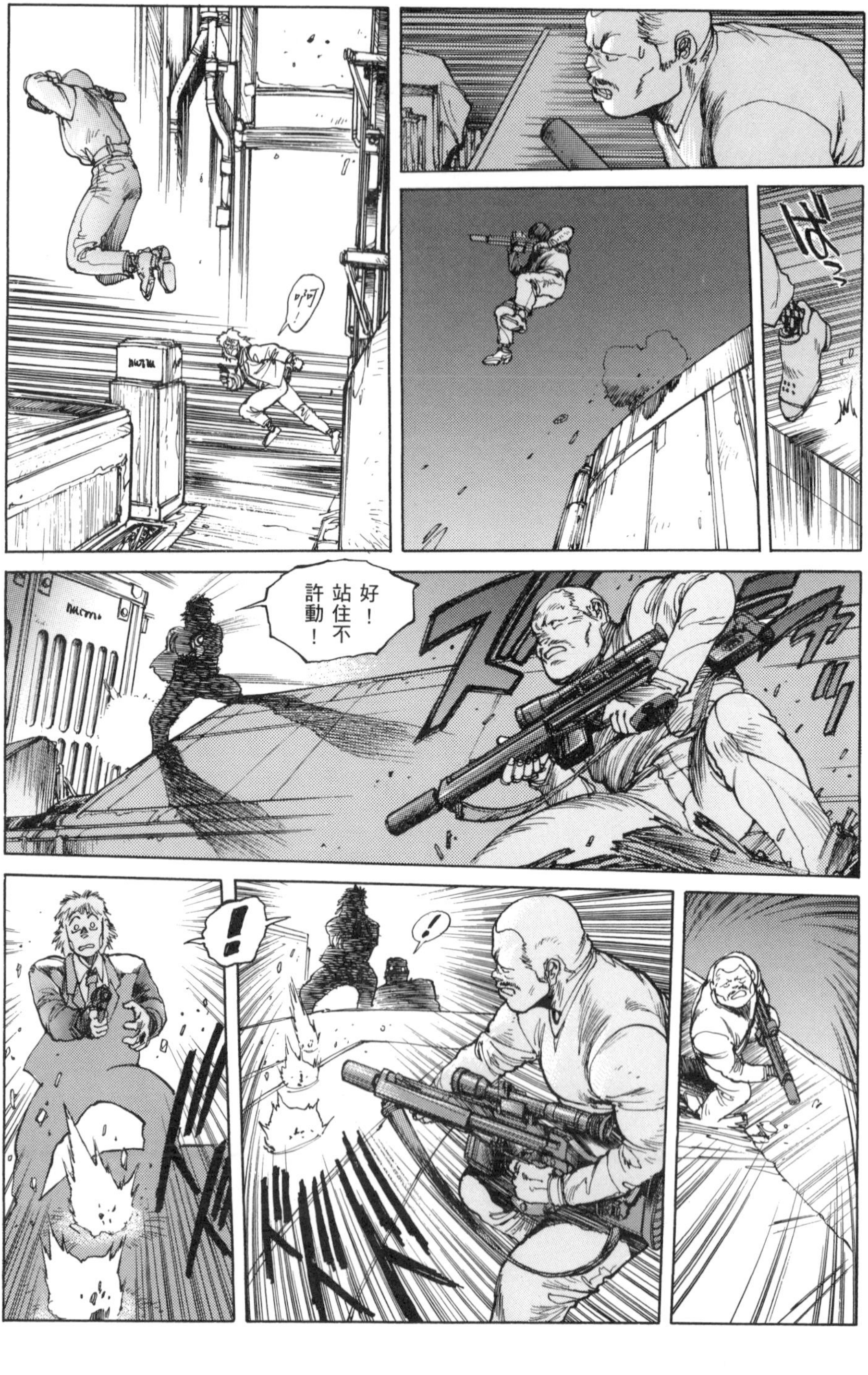
呵！
好！站住不許動！
！
！

噗
呃？
呵！
手舉高！再耍花招就宰了你！

攻殼車!?
哎呀～少校叫我尾隨你們，出狀況就幫忙掩護。
總算有機會出場了，嘿嘿嘿……
真不好意思吶～
很好，去檢查一下四周吧！這傢伙說不定還有同夥，先查公共電話和車輛！
眼前忽然全是太太和女兒的臉…
那不是太太也不是女兒……
是叫做「死神」的傢伙。
嚇煞喔啦嗚打喔哦哦!!
等我（從監獄）出來就斃了你！給我等著啊！

第7格的台詞並沒有意義。那只是想要靠聲響震懾對手的語句，知道意思的人就知道，但不知道的只會感受到敵意而憤怒。從這效果來看，說不定可以看成是一種咒語。他之所以判斷巴特與德古沙是警察，是因為德古沙講了「不許動」的緣故。

為什麼殺了檢查部長？
你們是混哪邊的!?
戰爭時你在呼羅珊還是俾路支斯坦被俘虜過對不對？
呼
那、那又怎樣？
你嘴上用鬍子遮住的傷痕——
是給「牙醫」拷問過的痕跡。
才、才不是！我我我要跟我的律師說！
你他媽以為還會有這種機會嗎？啊！
恰
ズズズ
哼，這痛大概不是你能忍得了的啦…
シャキ
噗嗤
哇擦!! 等一下！住手！住手啊!!

冷靜點了？
沒事了。
他說了什麼？
是某黑道老大被特姆里襲擊，才派他向動手腳的人報復。
說是阪華精機告訴他犯人是誰的。
那些特姆里是特製機種，阪華精機專門拿來巴結特別的貴客。
那位老大是貴客？
他還說有小孩經由菲律賓被走私到阪華精機。
這樣說來，阪華與毒品管道也有所牽連。

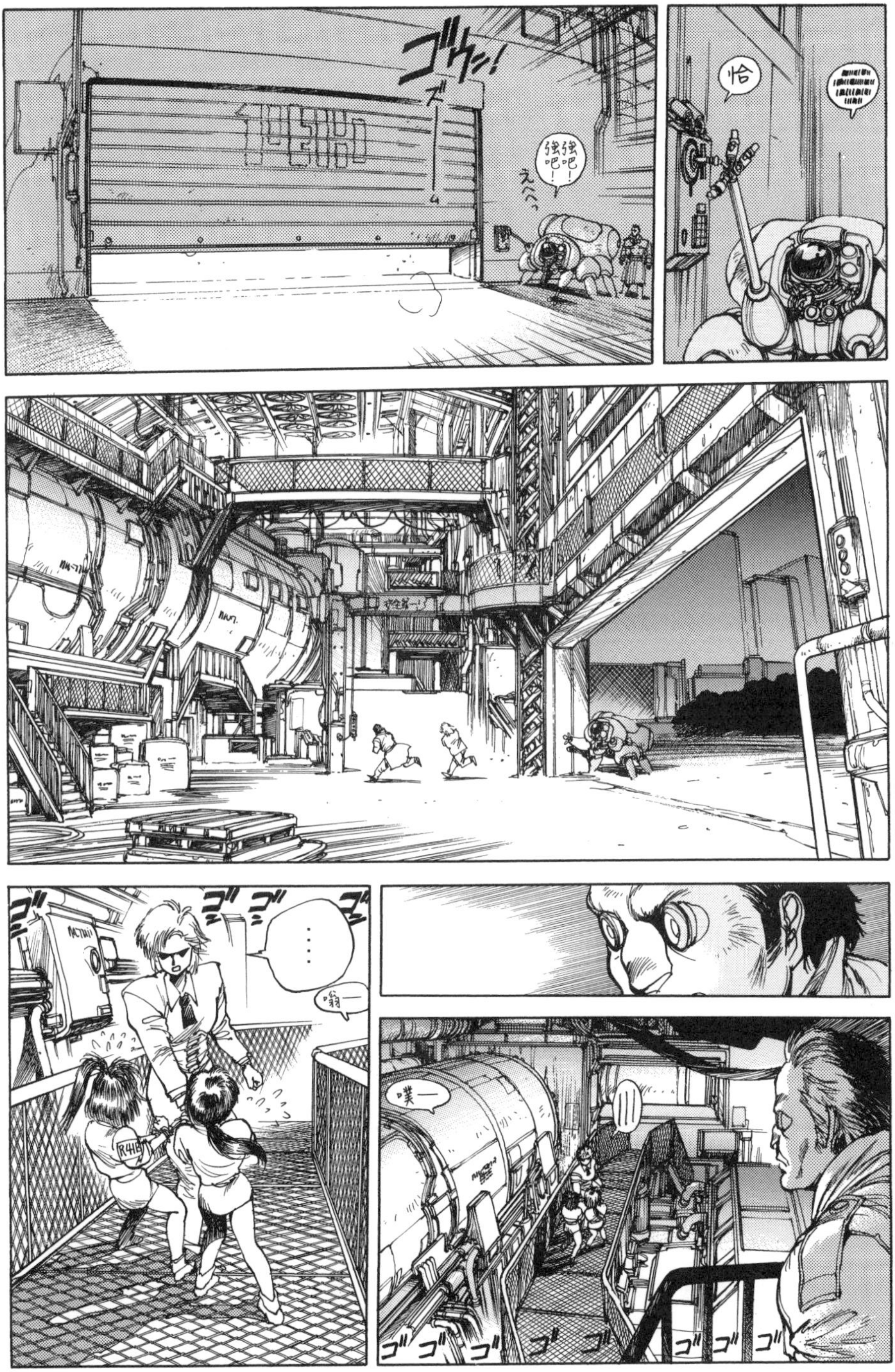
恰
ゴウン!
ズーム
強吧!強吧!
えへへ
ゴゴゴ
……
嗡—
噗—
ゴゴゴ
ゴゴゴ

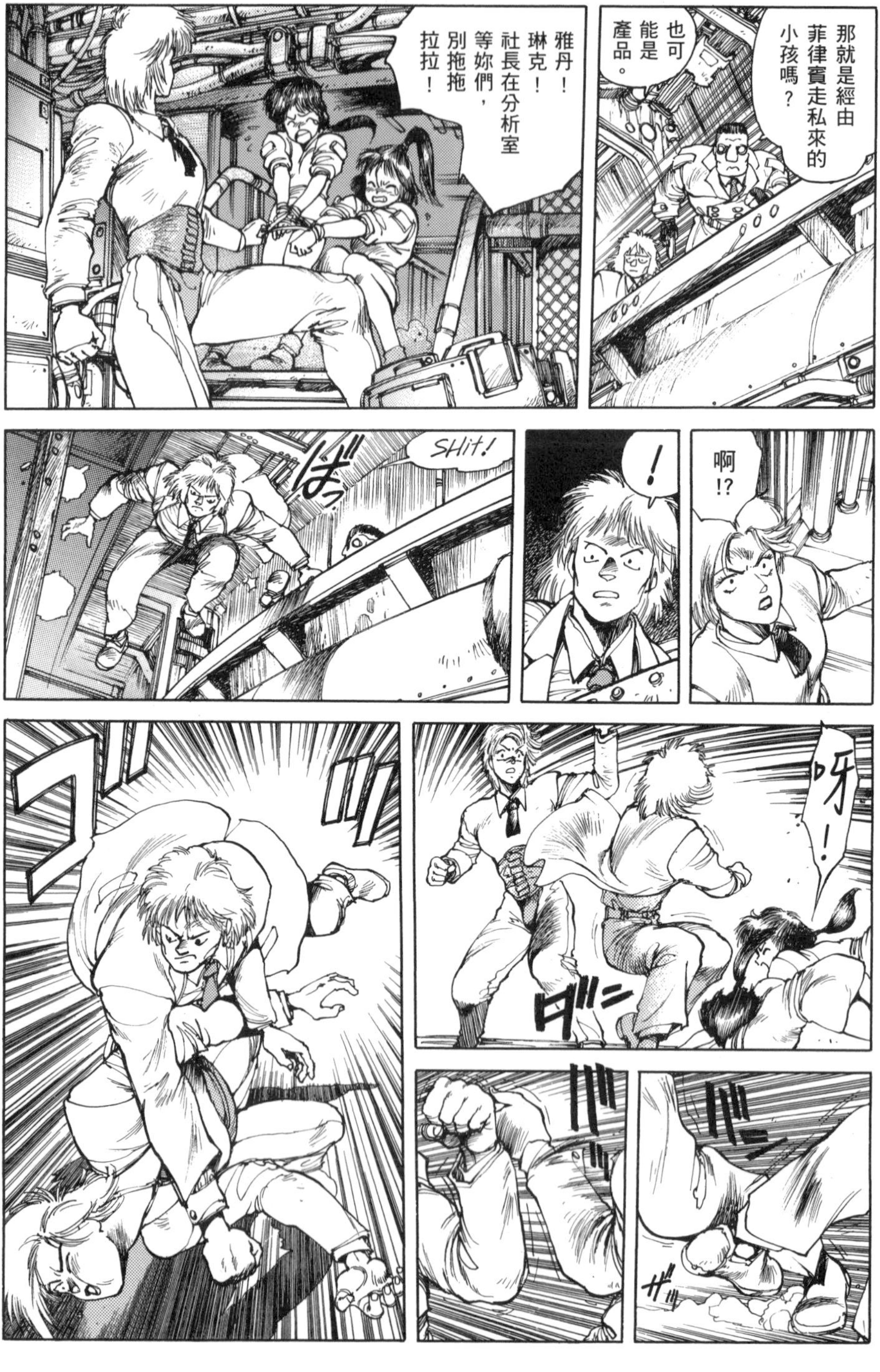

那就是經由菲律賓走私來的小孩嗎？
也可能是產品。
雅丹！琳克！社長在分析室等妳們，別拖拖拉拉！
啊!?
！
SHit!
ばっ
呀！！

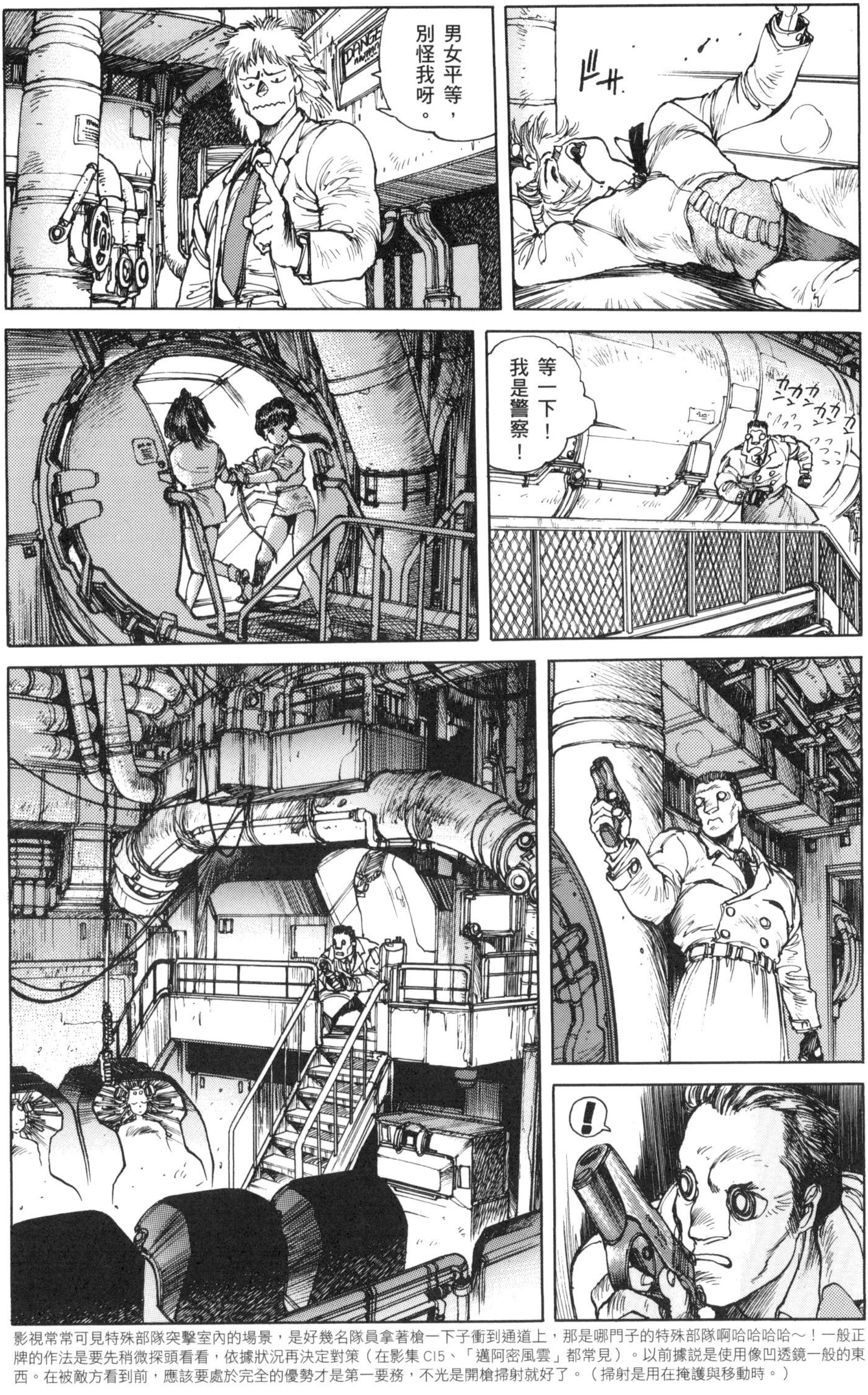
男女平等，
別怪我呀。
等一下！
我是警察！
!

影視常常可見特殊部隊突擊室內的場景，是好幾名隊員拿著槍一下子衝到通道上，那是哪門子的特殊部隊啊哈哈哈哈～！一般正牌的作法是要先稍微探頭看看，依據狀況再決定對策（在影集 CI5、「邁阿密風雲」都常見）。以前據説是使用像凹透鏡一般的東西。在被敵方看到前，應該要處於完全的優勢才是第一要務，不光是開槍掃射就好了。（掃射是用在掩護與移動時。）

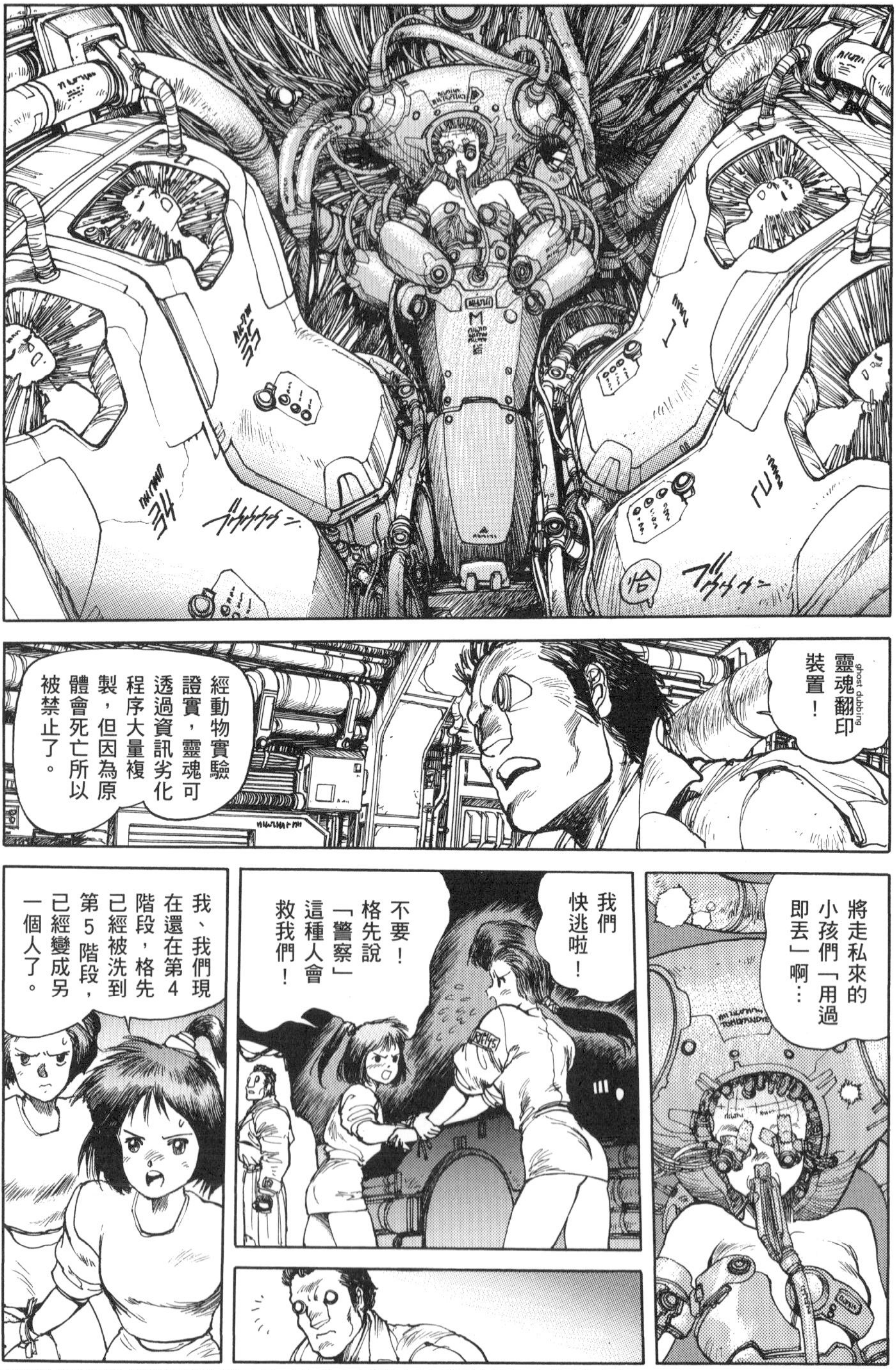

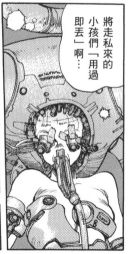

本來我是很討厭第2格那種說明式的台詞，但在這本攻殼當中也只能盡力避免了。格先這名字是從沃格特寫的科幻小說《非A世界》（The World of Null-A）中借來的，雅丹與琳克則同樣來自《機器人市民》（I, Robot，譯注：並非艾西莫夫的同名小說）…。如果靈魂是一種「相」或是「現象」的話，在翻印時原體消失而產生出新的其他東西應該也不奇怪。關於這些走私人口，其實也可以企業自己去培養小孩，不過這裡是設定會成本太高（養育費用等），所以才會用偷竊品來供應。

使特姆里發瘋並寫上SOS的是妳們嗎？
是、是的！
看吧，和格先說的一樣！
我們不會被用完就丟了！
牽連這件事的除了妳們還有別人嗎？
是由格先計畫，讓檢查部長去執行程式。
妳沒想過會害到別人嗎？
？
8台特姆里犯下了1件襲擊人案、2件殺人案、12件傷害，以及數不清的輕犯罪。
元凶是妳們！知道嗎？
怎麼這麼說！
是外面的人先對我們做壞事的啊…
已經拘捕20名工程師了，不過社長室是空的。

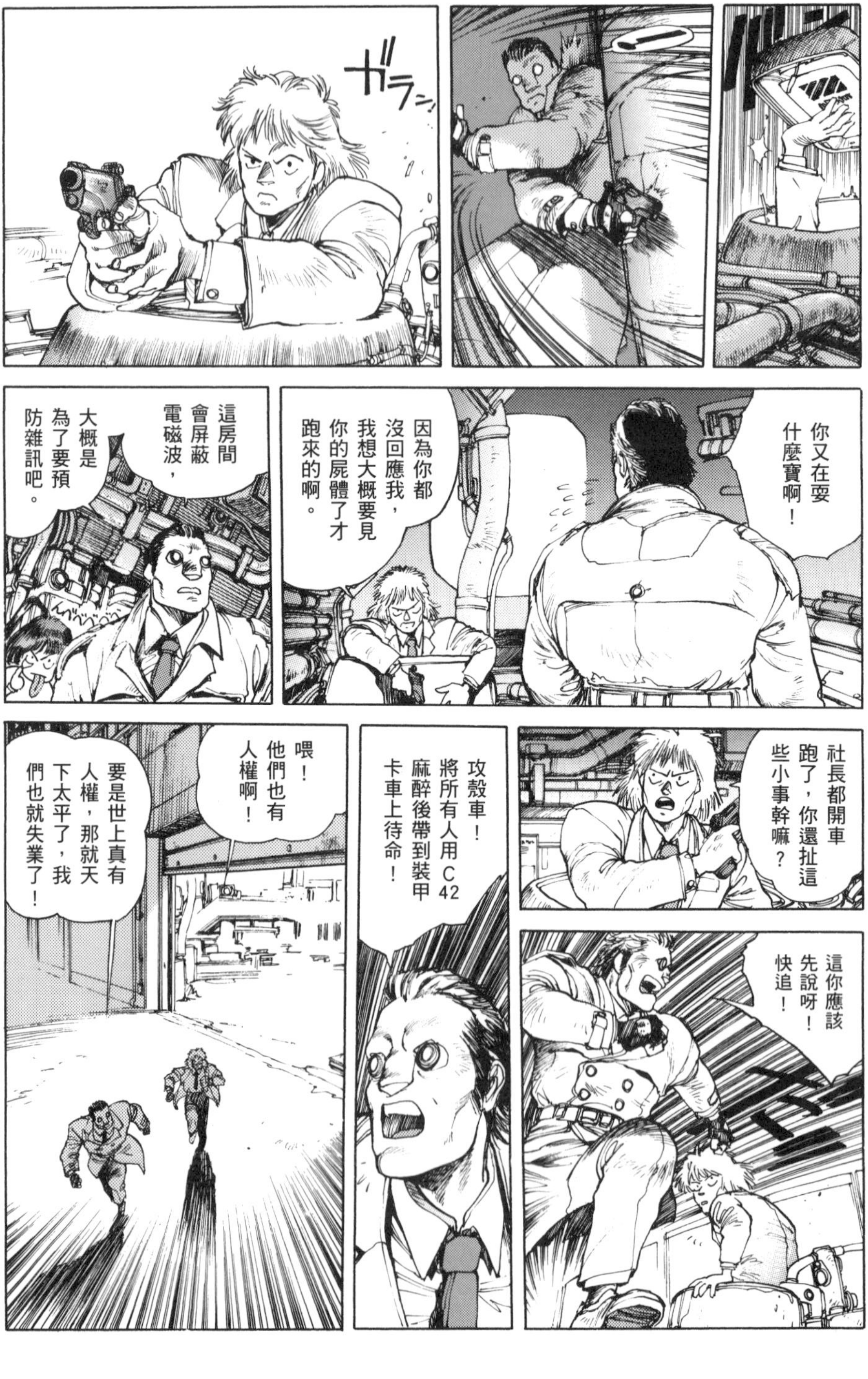
ガラン!
你又在耍什麼寶啊！
因為你都沒回應我，我想大概要見你的屍體了才跑來的啊。
這房間會屏蔽電磁波，
大概是為了要預防雜訊吧。
社長都開車跑了，你還扯這些小事幹嘛？
這你應該先說呀！快追！
攻殼車！將所有人用C42麻醉後帶到裝甲卡車上待命！
喂！他們也有人權啊！
要是世上真有人權，那就天下太平了，我們也就失業了！

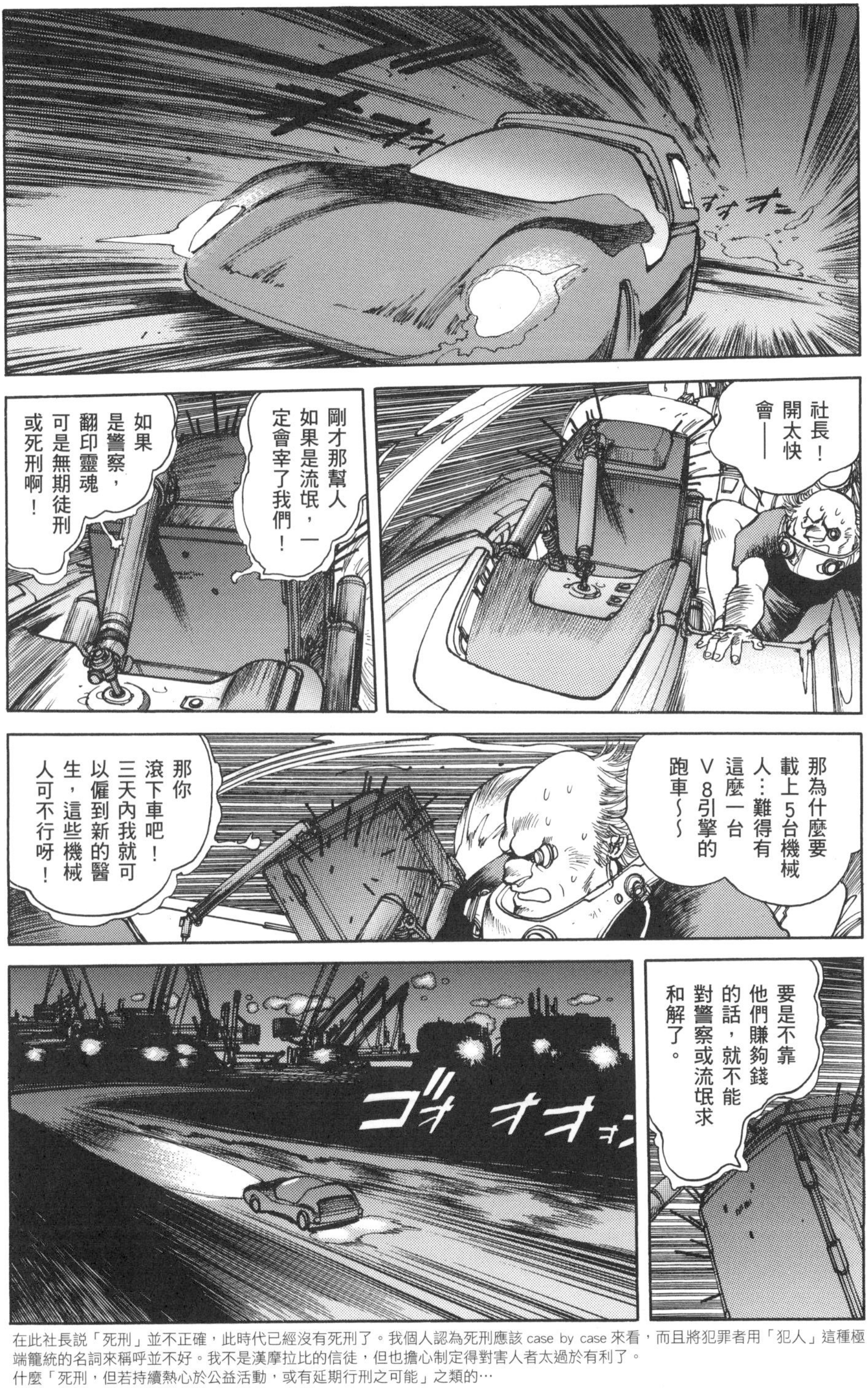
社長！開太快會——
剛才那幫人如果是流氓，一定會宰了我們！
如果是警察，翻印靈魂可是無期徒刑或死刑啊！
那為什麼要載上5台機械人…難得有這麼一台V8引擎的跑車~~
那你滾下車吧！三天內我就可以僱到新的醫生，這些機械人可不行呀！
要是不靠他們賺夠錢的話，就不能對警察或流氓求和解了。
ゴォ オオォン

在此社長說「死刑」並不正確，此時代已經沒有死刑了。我個人認為死刑應該 case by case 來看，而且將犯罪者用「犯人」這種極端籠統的名詞來稱呼並不好。我不是漢摩拉比的信徒，但也擔心制定得對害人者太過於有利了。
什麼「死刑，但若持續熱心於公益活動，或有延期行刑之可能」之類的…

到港口了。
翻印靈魂是重罪，他一定企圖逃亡海外。
又走私小孩又走私毒品，逃往港口也不意外。
叫海上保安廳封港吧？
等聽不到他那V8引擎的慘叫聲後再說吧。
我不想欠保安廳人情。
嗶
嗶
嗶
嗶
社長！車子怎麼忽然慢下來了？
醫生！你也幫忙找找！
吭
查到嘍！第92碼頭有他公司的船註冊！
真是了無新意！
嗶

關於逃亡海外，記得以前曾看過這新聞，在美國有死刑的州裡面犯下連續殺人的犯人逃亡到沒有死刑的加拿大後被捕（拘留），加拿大即因「明知道將他引渡到美國後會判死刑，是否要送他回去？」這樣牽涉到憲法爭議而爭執不休，而這些有虐殺癖好的連續殺人鬼們（還有許多被害者屍體沒被發現），竟然還講出「文明國家不應該有死刑」之類的。雖然不知結果如何，但這些尊重人權的文明國家的確是這些**連漫畫都畫不出來的犯罪者**的最愛。罪與罰到底算是個什麼？

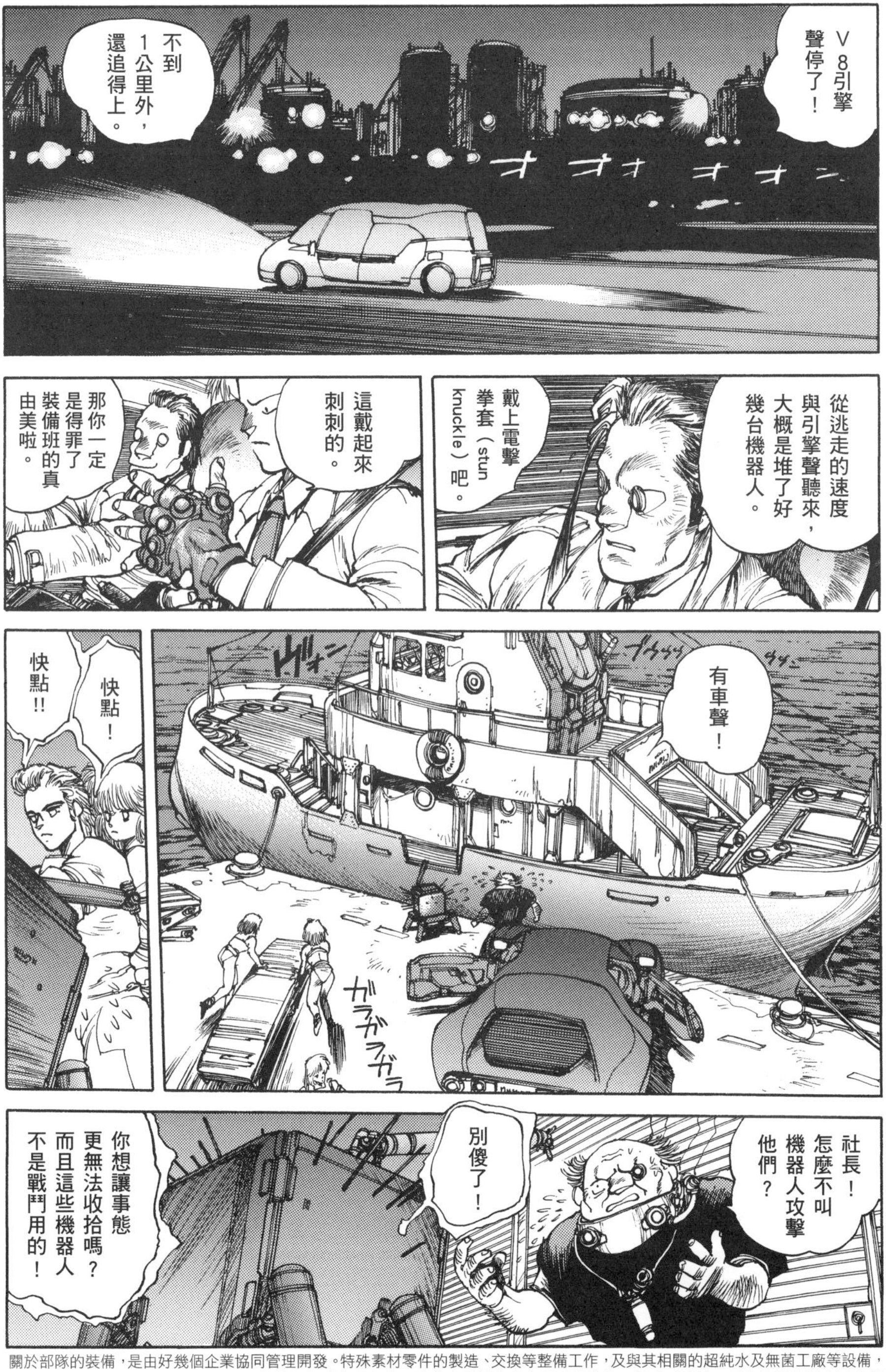
V8引擎聲停了！
不到1公里外，還追得上。
從逃走的速度與引擎聲聽來，大概是堆了好幾台機器人。
戴上電擊拳套（stun knuckle）吧。
這戴起來刺刺的。
那你一定是得罪了裝備班的真由美啦。
有車聲！
快點！
快點!!
社長！怎麼不叫機器人攻擊他們？
別傻了！
你想讓事態更無法收拾嗎？而且這些機器人不是戰鬥用的！

關於部隊的裝備，是由好幾個企業協同管理開發。特殊素材零件的製造、交換等整備工作，及與其相關的超純水及無菌工廠等設備，就不是個人或是部隊所能維持得了。槍枝與義體也是如此。這些高科技物件也都是網路的一部分／終端，因此沒辦法獨立地持續維持活動。當然，這些企業也要做出許多假設及對策來防範自己的機密外洩或者受到恐怖攻擊，真是相當不簡單。

你用船上的無線電向組長詢問是怎麼一回事，如果不是他們的人的話……
ガラララ
ガガ
就從23名貴客中找對警察影響力最大的……對了……
想辦法聯絡殿田上校。
ガガガ ガラ
ヴォン
キキキキキキキキ
！
先、先上船再說吧！
！
啊！
ガキュッ
嗚哇ノ!!
社長!!

通通不許動！
唷，好像有點不對勁…
救、救命啊!!
ズズズズズ
社、社長掉下去了！
救…
ギギ
噗通——
聽說這一帶淤泥有5公尺厚耶…
這個嘛…掏水溝的事就交給條子去幹吧，可以吧？可以吧？
他是詹森型的生化人，起碼還能活兩個小時左右吧！
不用打成一團就搞定了，真好。
社長～～

經過沿岸警備隊的協助，阪華精機社長已被打撈上岸並逮捕。
NHK ANO
阪華精機 逮捕!!
關於本次犯罪，由於社長除了腦髓及部分脊髓外均已機械化，
因此究竟是他的靈魂出問題，還是機械故障所致，還有待今後的調查——
所以？
月球至火衛一載人飛行
由於阪華精機研發的AI拚不過別家，
因此夥同黑道走私小孩進來，再以藥物教育成近似機器人的狀態，
然後將未完全機器人化的靈魂翻印到自家機體裡面，配送給貴客。
阪華精機公司地址就是情報部體系的舊訓練中心，
而訓練中心搬遷時的負責人正是你，上校。
喂喂喂，我是阪華精機正規的評估員，他們送試作品給我是當然的吧？雖然我會幫他們評評分，但總不至於連製法都知道啊！
ほほっ ほっ
這麼說我也被當作「貴客」嘍？

這是中心交接時，上校祕密帳戶的資料影本。
這些來源不明、用途不明的鉅額資金操作…能請您解釋一下嗎？
「調查時先從金錢及女人下手」，這是你自己教過我的…
唔唔唔…
看來你害怕恐怖攻擊，連可能會被掀出與阪華精機的密切關係都不顧了呢……
是因為以前在情報部樹敵太多嗎…
機器人像人，兒子像老爸——你遲早也會跟我一樣！
那麼法庭見。

哎呀，終於結案了，我想要趁機休個兩三天假——
我還剩四天特休——
人心是如此脆弱……
一旦被人世的漩渦所吞噬、開始貪圖奢享逸樂，就成了只會追求利益與效率的機械、或是單純的消費單位……
怎麼了？一下子顯得好蒼老。
我也不會一直年輕的。
過去的冒險家曾說過：「人類都需要不時騰出時間，停下一切好好思考，」
「也只有人類，才做得到這件事。」
部～長～
我想要請特休假…
喔對對，差點忘記。
妳明早前往英國去SAS受訓兩個月，要活著回來唷！

細胞的各種活動形成秩序，建構出組織體、身體、個體群。各階層均具備自己獨特的「相」（也許可以這麼稱呼）。所以人世漩渦這段話指的是每個人活動速度的總和，而不是說存在著「人世」這樣一個巨大的意志。雖然規模不同，我在使用「神」、「神靈」這些詞彙時也是抱持同樣的看法。常有所謂靈媒「受到神的意志而講話」，這並不是有個長得像人一般的神對著靈媒說話，應該看成是靈媒的腦部語言區等肉體機能與被稱為「神」的「相」同步了。

07
PHANTOM FUND
2029.12.24

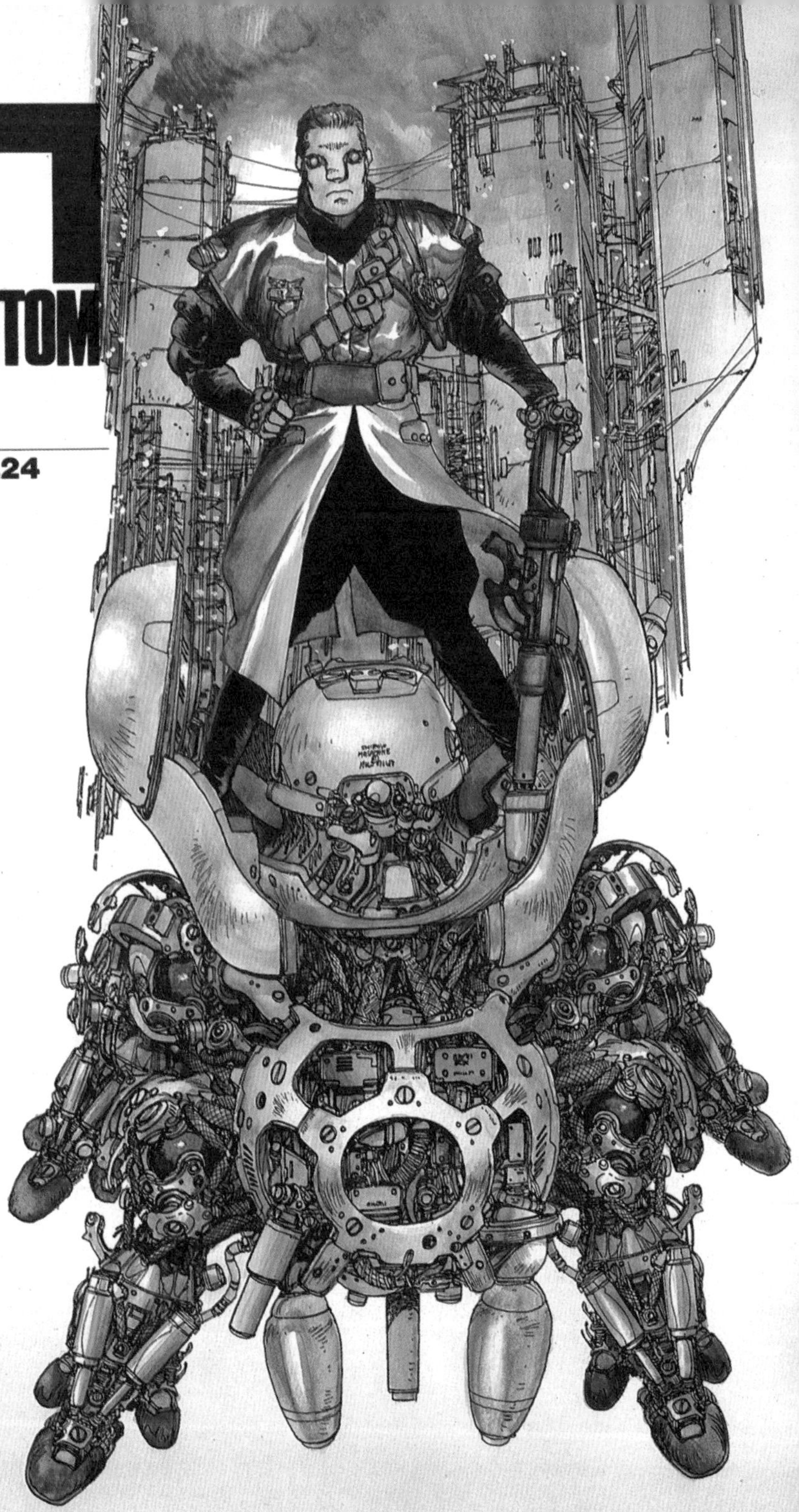

上面這部分是彈殼回收艙（上方拋殼）
この上の部分がカートキャッチャー（上方排莢）
賽布洛公司製的C-25A及C-26A，可裝50發6×25 HV子彈——
*マガジンはFN社P90と同様の機構
如果回收艙沒裝在上面時，就是從上方向前拋殼嘍？
這實際上場恐怕會卡彈。
妳知道我射擊檢查了多少個月嗎？
看看這手上的水泡！可不是假的！
呵呵
ほほほ
騙人
ウソつき！
！
幫我做去光澤（Matt）加工。
有機會也許用得上。
*マット（又はノングロス）とは光沢の無い表面処理の事
哇——好帥！好帥！
嘿！不要碰1課的戰車！
わわ
おお
嘿嘿～
唧

*彈匣與FN公司的P90構造相同

*Matt（又稱Non-gloss）是指消除表面光澤的處理

這邊設定的機制是在退彈口上方約２公分處裝上反射用的阻擋物讓彈殼往前飛出，但是右拋殼不是也可用小一些的阻擋物（幅度不到滑雪跳台那麼誇張）就可使彈殼從下方散落出去嗎？（聽說這樣不好？）

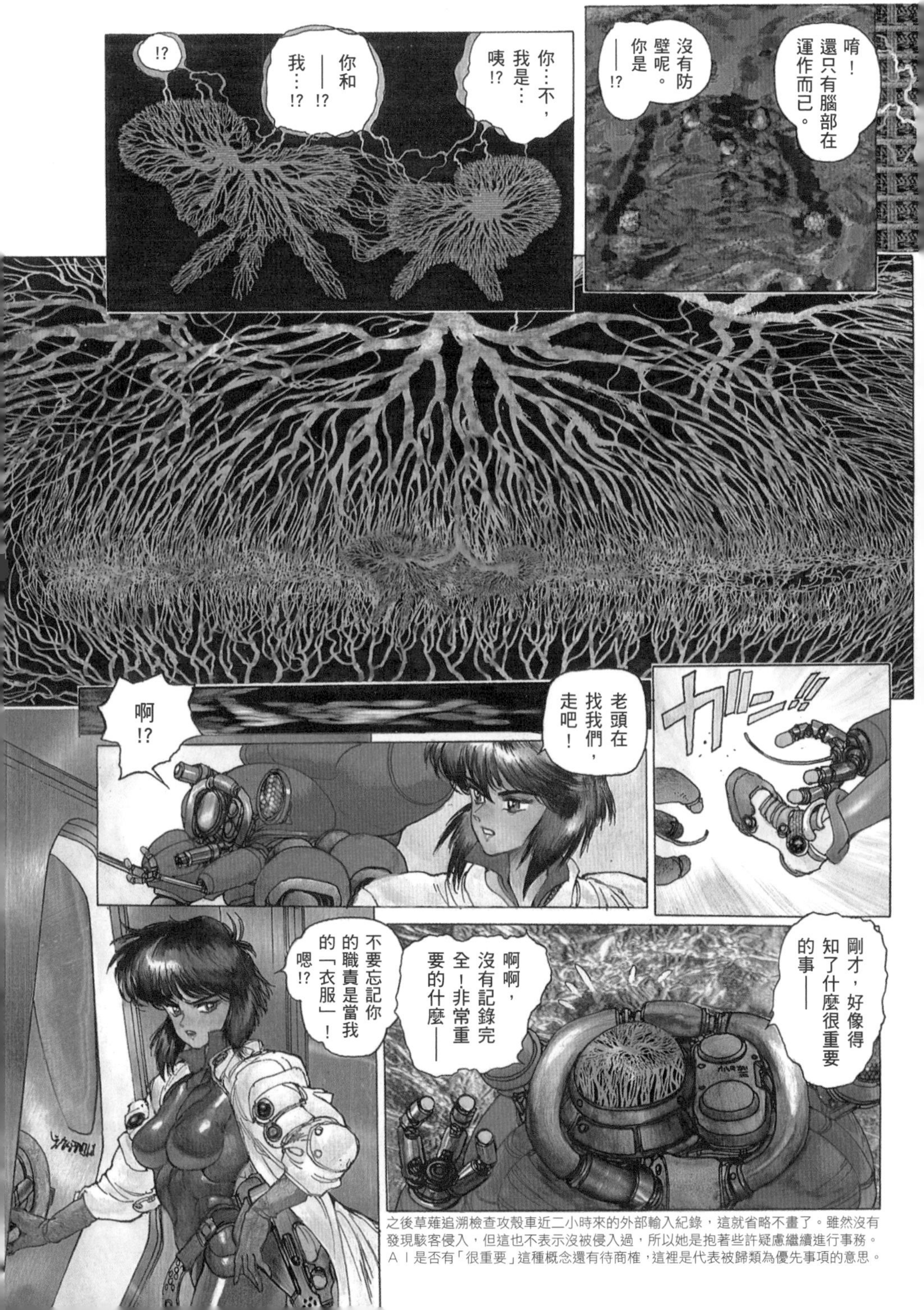
唷！還只有腦部在運作而已。
沒有防壁呢。你是——!?
你…不，我是…咦!?
你和——!?
我…!?
!?
ガン—!!
老頭在找我們，走吧！
啊!?
剛才，好像得知了什麼很重要的事——
啊啊，沒有記錄完全！非常重要的什麼——
不要忘記你的職責是當我的「衣服」！嗯!?

之後草薙追溯檢查攻殼車近二小時來的外部輸入紀錄，這就省略不畫了。雖然沒有發現駭客侵入，但這也不表示沒被侵入過，所以她是抱著些許疑慮繼續進行事務。ＡＩ是否有「很重要」這種概念還有待商榷，這裡是代表被歸類為優先事項的意思。

嘰—
幹嘛？
唧唧唧唧唧唧
我、我們要求使用天然油！
お—ッ
喔
そーだ
そーだ
申請駁回！
哇——
我不要不要不要不要再用合成油了！
バタバタ
可是巴特的思考戰車用的是天然油嘛！
你想惹上螞蟻、黴菌還有油料凍結的麻煩嗎？閉嘴繼續監視吧！

バトーのスカポンめ……
巴特這傻蛋…
不是說送行2分鐘就結束了嗎…？
德古沙，有異狀嗎？
或許是老頭想投奔莫斯科——
還是迷上了那位小姐？
等她進入要人專用防恐分離艙，護衛任務就結束了——再來她們就會搭裝甲直昇機一路飛到潛艇嘍。

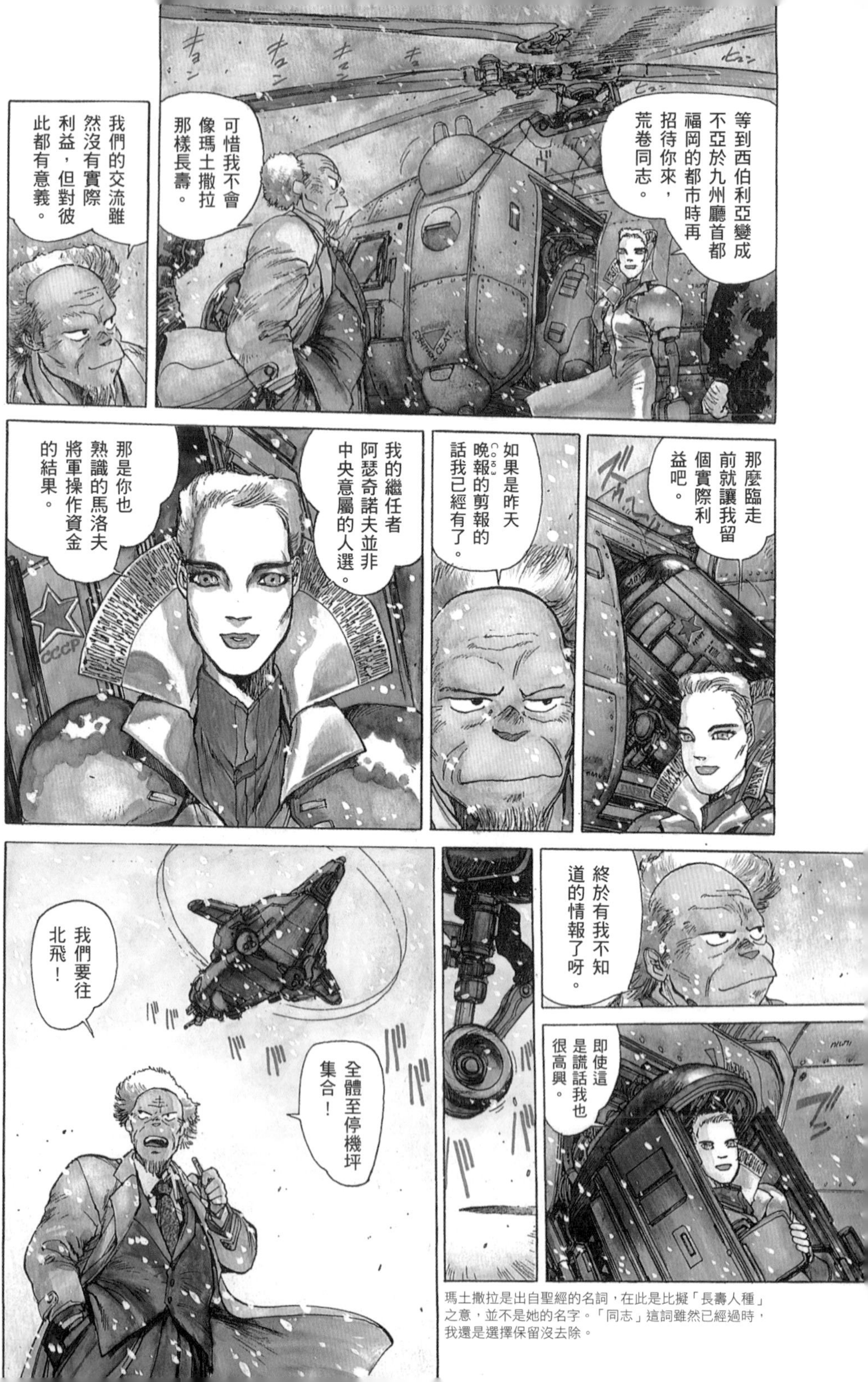
等到西伯利亞變成不亞於九州廳首都福岡的都市時再招待你來，荒卷同志。
可惜我不會像瑪土撒拉那樣長壽。
我們的交流雖然沒有實際利益，但對彼此都有意義。
那麼臨走前就讓我留個實際利益吧。
如果是昨天晚報的剪報的話我已經有了。
我的繼任者阿瑟奇諾夫並非中央意屬的人選。
那是你也熟識的馬洛夫將軍操作資金的結果。
終於有我不知道的情報了呀。
即使這是謊話我也很高興。
全體至停機坪集合！
我們要往北飛！

瑪土撒拉是出自聖經的名詞，在此是比擬「長壽人種」之意，並不是她的名字。「同志」這詞雖然已經過時，我還是選擇保留沒去除。

這次任務是全天候監視。
寇爾·克拉斯諾夫，推測約26歲。
是阿瑟奇諾夫放進來的生化人吧。
是戰鬥生化人，配備延伸到肩胛骨的鈦製義手鉤。
他現在正乘坐東北線鐵路往北海道前進。

東北線鐵路!?為什麼還坐那種──
武器啊,坐飛機就帶不進去了。
現在是誰在監視這傢伙?
矢野。
他是誰?
是巴特從訓練學校送來的新面孔。
那傢伙行嗎?
我們也常對你有這疑問哩!
會派那麼多人過去,不只是為了監視而已吧?
擇捉支廳的佐川電子公司正在擴張別魯塔魯別區的地下工廠。
別魯塔魯別?
嗯
以前蘇聯潛艇基地所在地?
不是聽說那裡在撤退時被爆破掩埋了嗎?
佐川電子雖然有公安部盯著,但當他們擴張到蘇聯基地,又有特工人員入境,就是我們登場的時候了。

有關北方領土問題,如果以前居住在那的日本人與現在居住的蘇俄人能夠想辦法共存就好了,但一提到是屬於日本或是蘇聯的問題,就各自有各自的緣由,使事情拖拖拉拉無法解決。就算正式聲明它是屬於日本的,但只是擺擺姿態就結束,實在沒有意義。在老問題僵持的時間其實可以用來討論出新方法…但是有必要罔顧整個蘇聯來堅持這種主張的必要嗎?當然我也知道戈巴契夫政局不穩定、無法長期作戰…是魚抓太多了吧。

穩住下半身！重心擺太高了！
タタタタタ
你中彈死掉了！
喂！那邊的！這不是在比誰射得準！對活人大小的靶還瞄個什麼準？要開槍！開槍！
要像我這樣抵住！抵穩！
巴特，少校要你到北方邊境去。
Lucky——！當訓練教官真不是我的菜呀！
えへへ えへへっ
可惡，又給我卡彈了！
巴特，文件要簽名啊！
てててて一
王八蛋，有時間抱怨還不趕快去槍枝分解！

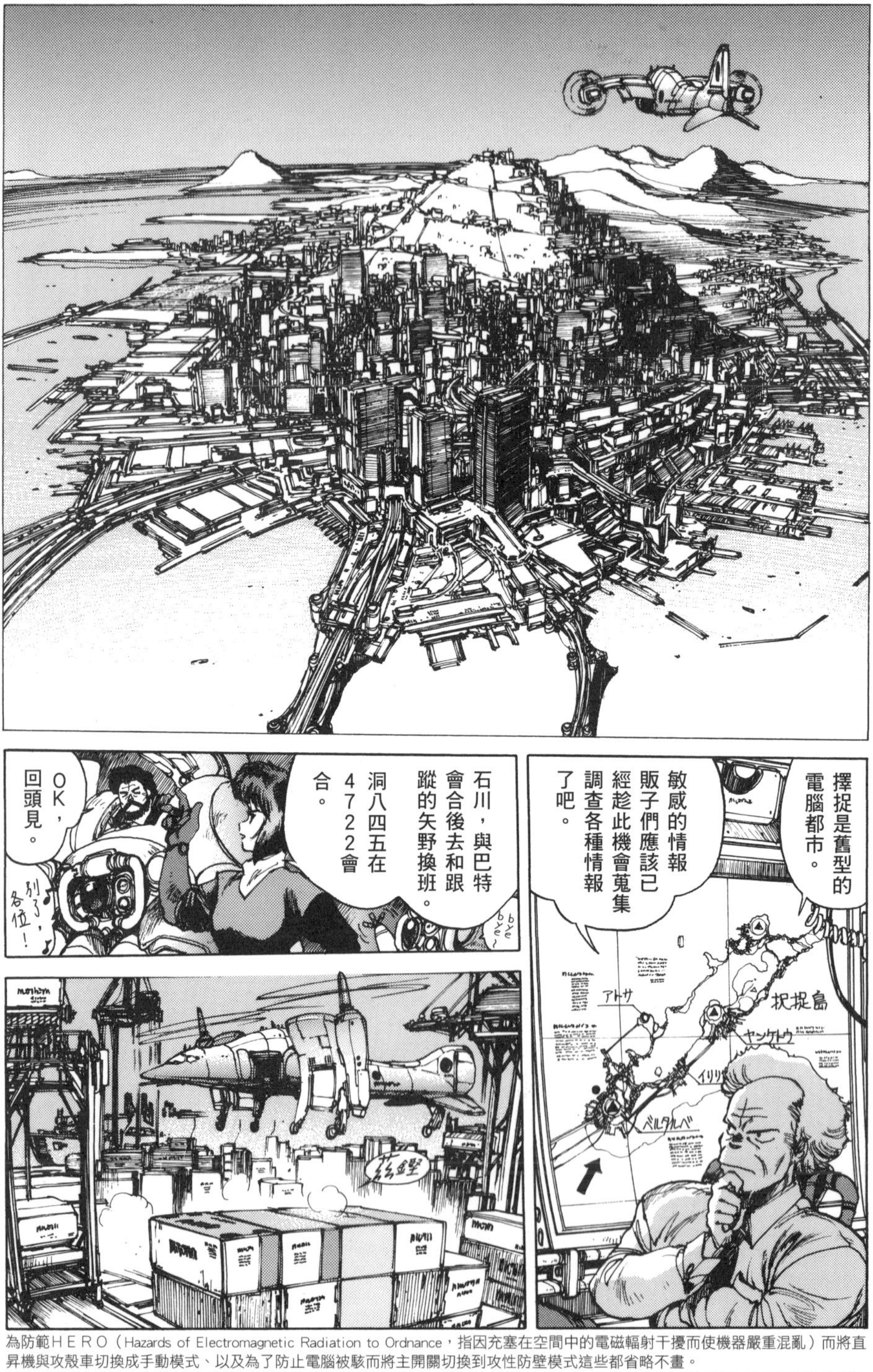
擇捉是舊型的電腦都市。
敏感的情報販子們應該已經趁此機會蒐集調查各種情報了吧。
アトサ
択捉島
ヤンケトウ
イリリ
ベルタルベ
石川，與巴特會合後去和跟蹤的矢野換班。洞八四五在4722會合。
bye bye~
OK，回頭見。
別了，各位！

為防範ＨＥＲＯ（Hazards of Electromagnetic Radiation to Ordnance，指因充塞在空間中的電磁輻射干擾而使機器嚴重混亂）而將直昇機與攻殼車切換成手動模式、以及為了防止電腦被駭而將主開關切換到攻性防壁模式這些都省略不畫。
因為別魯塔魯別的大廈群都是超過 2 公里高的超大型大廈，其大小感已經混淆，而 1221 公尺高的別魯塔魯別山已經完全被立體化的都市遮蔽看不到了。那裡如上圖所示，已經成為標高 4500 公尺左右、長寬 11~12km 的巨大都市。

寇爾那傢伙是來幹嘛的？
總之絕不是來觀光的。
不過佐川電子重新挖掘蘇聯基地的目的更引人好奇。
波馬，你和德古沙去查地下工廠，我到他們總公司去…
所有人接上線用有線通訊，今後禁止任何無線通訊！
茲鏗
茲鏗
茲鏗
ヒュン
嗡嗡嗡嗡
嗡嗡嗡嗡
嗡嗡嗡嗡

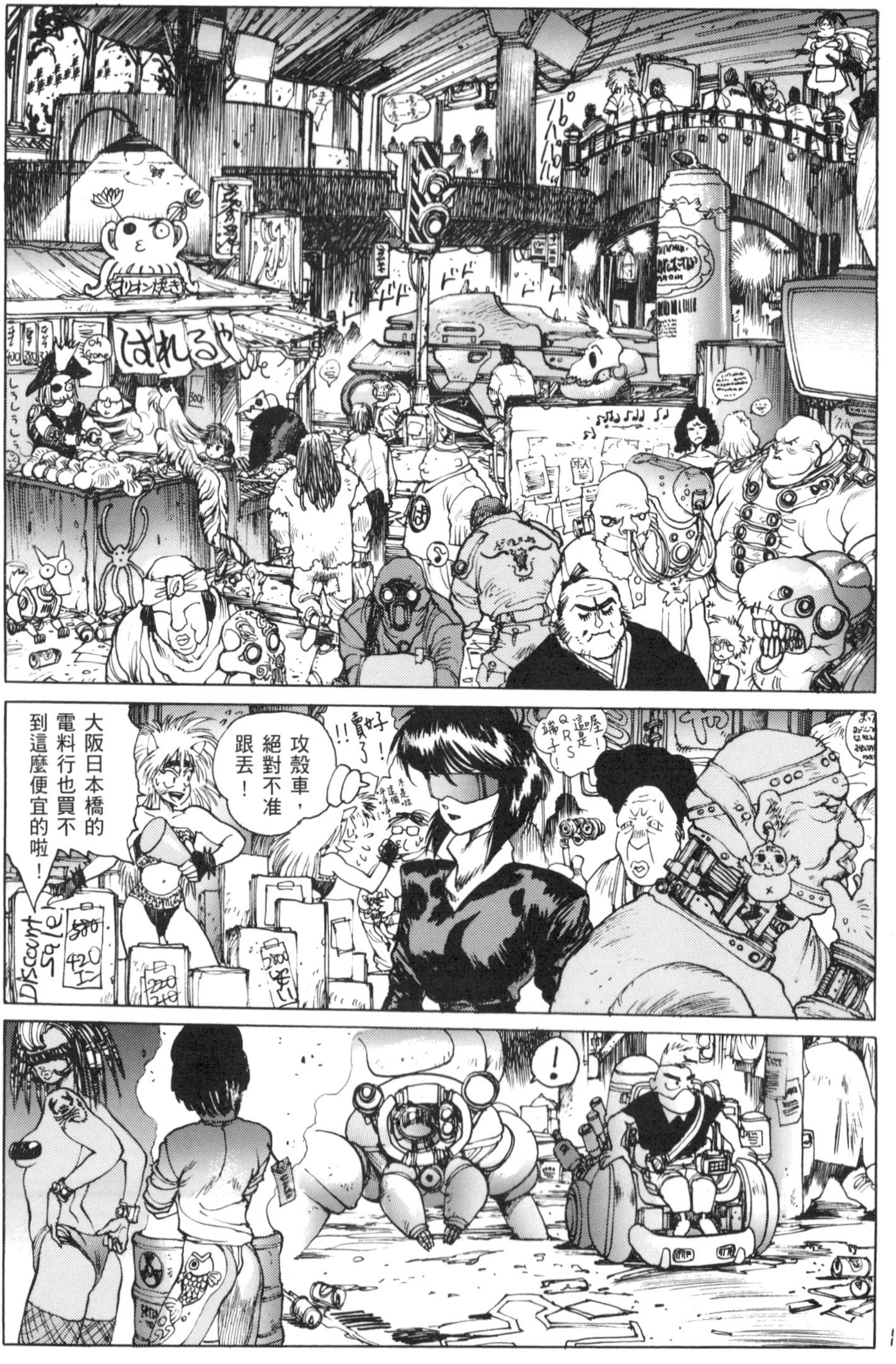
はれるや
Discount Sale
這喹是QRS端子!!
賣好了!!
不是啦這個呼呼呼…
攻殼車，絕對不准跟丟!
大阪日本橋的電料行也買不到這麼便宜的啦!
!

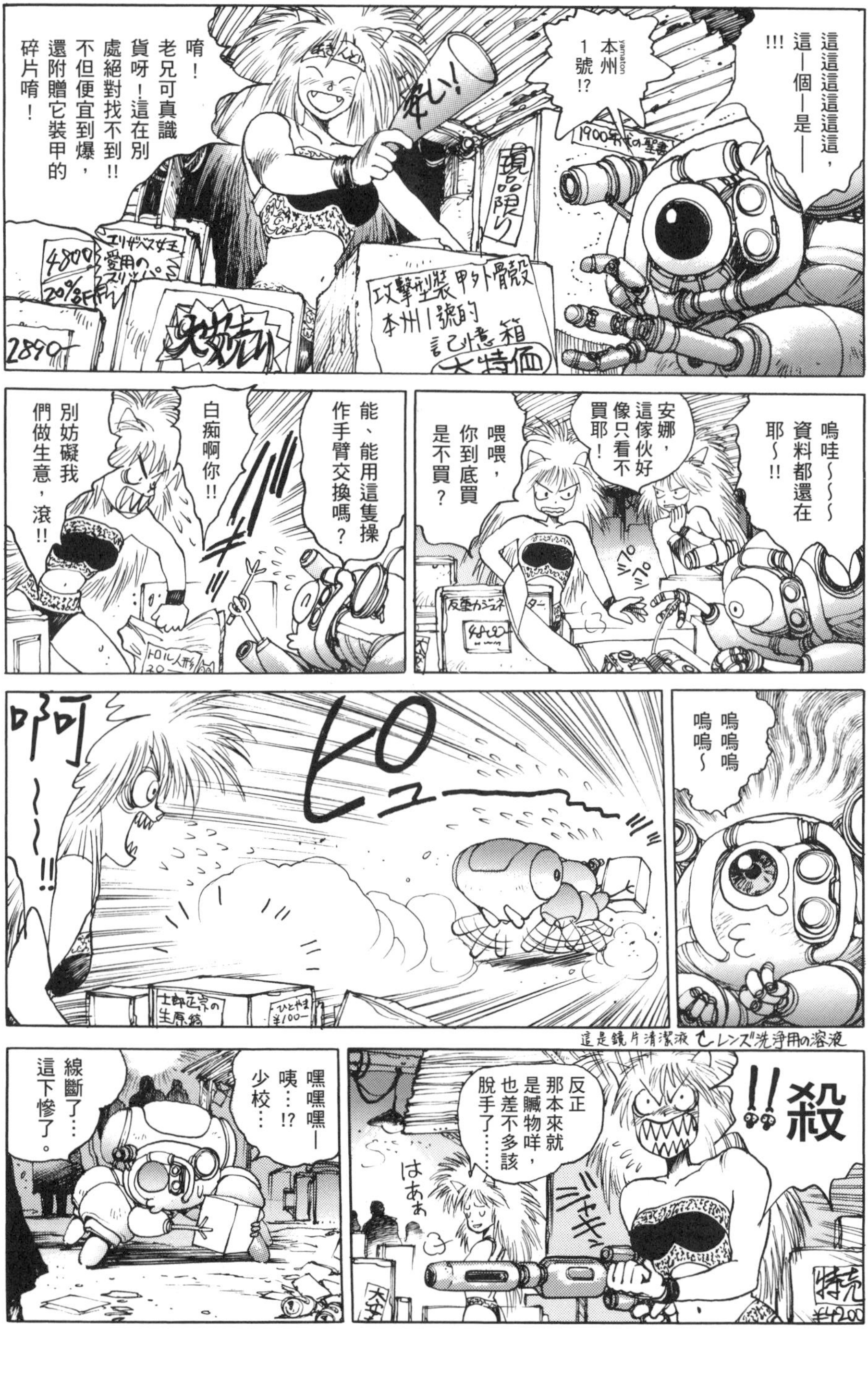

這這這這這這，這—個—是——!!!
yamaton
本州1號!?
1900年代の聖書
現品限り
唷！老兄可真識貨呀！這在別處絕對找不到!!不但便宜到爆，還附贈它裝甲的碎片唷！
攻擊型裝甲外骨骰 本州1號的記憶箱 大特価
エリザベス女王愛用のスリッパ
4800 20%OFF
2890
嗚哇~~~資料都還在耶~!!
安娜，這傢伙好像只看不買耶！
喂喂，你到底買是不買？
ペシペシ
能、能用這隻操作手臂交換嗎？
白痴啊你!!
別妨礙我們做生意，滾!!
トロル人形
嗚嗚嗚嗚嗚~
ピュー
啊~~~!!
士郎正宗の生原稿
ひとやま ¥100—
這是鏡片清潔液 レンズ洗浄用の溶液
殺!!
反正那本來就是贓物咩，也差不多該脫手了……
はぁぁ
ジャキ
特売 ¥4200
嘿嘿嘿—
咦…!?少校…
線斷了……這下慘了。

太厲害了……
いずれも企業名 這都是企業名
惶恐之至。
不是說你——我是指他們的光學迷彩。
是京雷的2902型光學迷彩吧…竟然連佐川光機的特殊照相機也照不出來，看來來者可不簡單呢。
2902…擁有者只有公安9課、6課、突擊隊4課…
都是直屬於首相…沒法施壓的單位。
真正管不了的只有操縱議會的那群工會幹部。
所謂首相直屬多半只是紙上名目而已—
動作要快！
爭取時間。
是！

現在的列車是到
別魯塔魯別—別魯塔魯別—
ベルタルベ
北口
在廁所被……
矢野……
寇爾那傢伙，急到連甩開跟蹤的時間都捨不得。
得趕快聯絡上大夥兒才行…我們直接去地下工廠吧。
巴特……

巴特呼叫部長！部長！
操你媽的回答我啊!!
啊，傻子！住手！
——唉，來不及了…
為什麼讓這種新人孤身一人執行任務!?
兩人一組（two-man cell）的話矢野就不會死了！臭老頭！
快住手！大吼大叫也解決不了問題！
把連單人跟蹤都不懂的菜鳥送過來的人是你！要是有責任感的話就別找老頭嗆聲，把所有心力都在搜查上吧！懂嗎？
我要殺了寇爾那混蛋!!
攻殼車！
在——
壞掉的話再修好不就得了？
請鄭重處理，拜託你們了。
ガサ
他說鄭重處理？
嘿嘿…

剛才發生了強力電磁波的恐怖攻擊！
速報
APPLE SEED
ガイア9号より連載!
12月オリオン本誌
3月画集予定
「INTRON DEPOT」
馬力48
巴特那傢伙最近真是胡來⋯⋯
哇－飛了？
嗶咿－嗶咿－
還好德古沙沒回應⋯⋯
誰人要跟你
MATHUMIYA
差不多啦⋯⋯
好否？
GAME
軍國主義者去死！
！

嘎
嘖！
大姊，這兒換皮膚很便宜的。
別傻了，色鬼。
嘿！
呀！
碰
啊，
大姊!?
還記得我吧？
聽說情報販子(hacker)可氯丹還躲在這裡，是真的嗎？

來來，這邊請！
恰
現在這世界這麼和藹可親可是會招人厭的唷。
嗲恰
那是因為若不和大姊好好相處的話，以後一定後悔莫及的啦。
繃
恰
可氯丹大爺！我在根室上陸作戰時的大姊頭來啦！
在哪？
咦？
是光學迷彩，我在你身邊。情報販子可氯丹先生⋯
我帶了筆生意來。

佐川電子？
那是我最討厭的本州企業。
yamaton
北方領土被歸還時，第一隻撲上去的禿鷹就是它。
不過我們本來就不把包含了軍事基地的那玩意兒當作是一種歸還。
嗶
的確，當時日本方面因為聯合執政黨的稅制失敗、反彈趨勢高漲，在野黨亟欲有可奪回政權的話柄……
而蘇聯也因為走德國管道打進EC也沒有得到預期中的經濟窗口，而想加強與日本之間的聯繫……
嗶
哈
嗡
嗶
對了，回教又從南邊慢慢滲透過來了呢……
Islam
——好，通了！
已經直接接通佐川電子總公司警備主任的腦了。
妳是想要警備網的地圖還是自由通行證？
你還真不該辭掉內閣報導廳的工作呢。
這算是在誇獎我嗎？

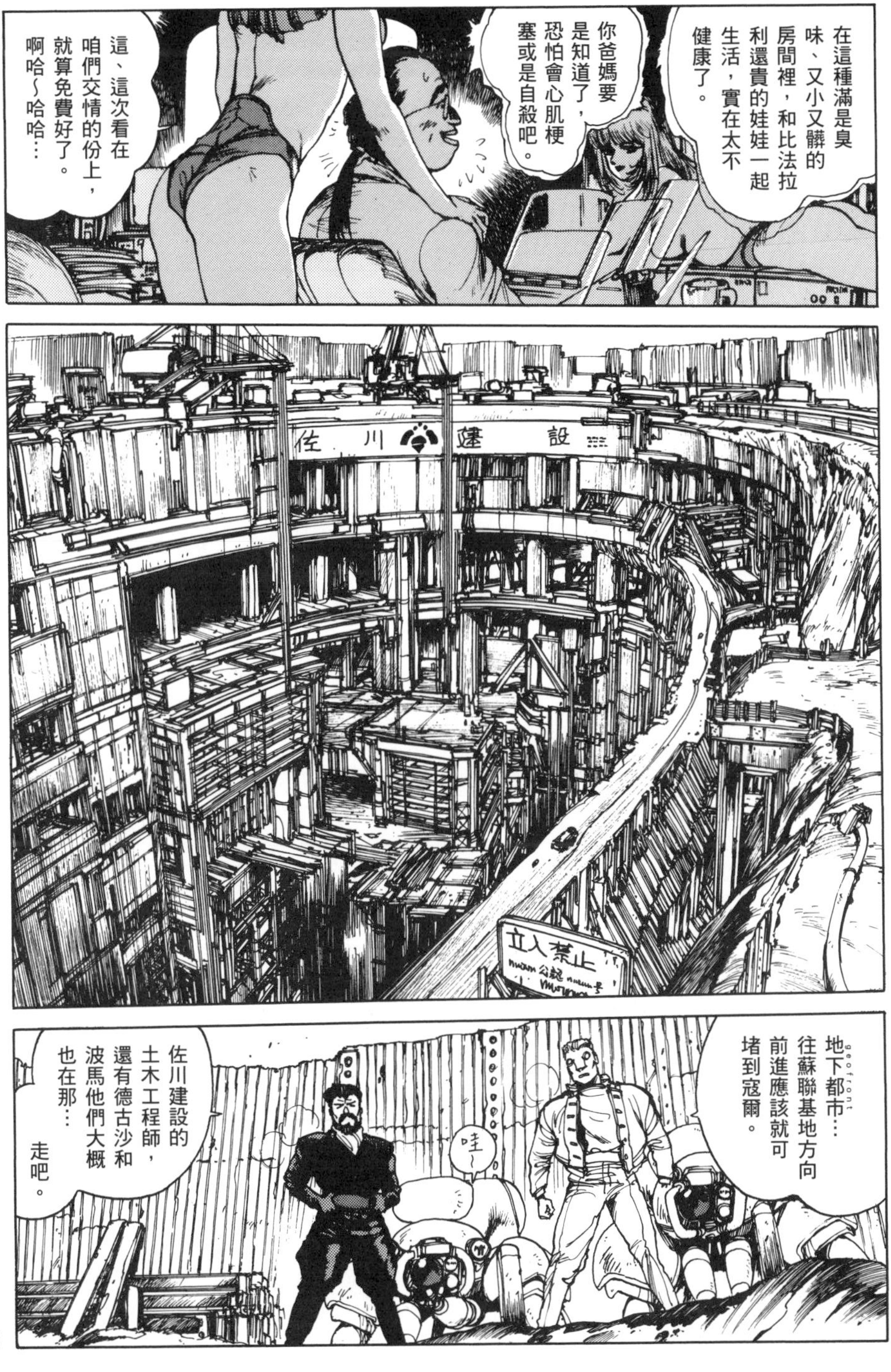
在這種滿是臭味、又小又髒的房間裡，和比法拉利還貴的娃娃一起生活，實在太不健康了。
你爸媽要是知道了，恐怕會心肌梗塞或是自殺吧。
這、這次看在咱們交情的份上，就算免費好了。啊哈～哈哈…
佐川建設
立入禁止
地下都市…
geofront
往蘇聯基地方向前進應該就可堵到寇爾。
哇～
佐川建設的土木工程師，還有德古沙和波馬他們大概也在那…
走吧。

B8
沙
ズシャッ
灰塵濕氣太重，光學迷彩都失效了。
ズン！
4C3
4C NO12
沒差，反正敵人也一樣。
ザザッ
這通路上應該沒有被他張網。
由方位來看他應該是有通過這裡才對…
趕快到問題所在的擴張區域去吧！
怎麼了？
沒事，油有點黏…
SAGAWA

又來啦！你們到底是幹什麼的？有經過許可嗎!?
嘰嘰
你是工地主任嗎？
你還不知道？輻射外洩了!!
趕快停止工程，引導所有人員撤退！
鬼扯淡…
耶
你剛才說「又來啦」，其他還有什麼人下來？
他這是在緊張。
有一組人和你們一樣，還有公司的6名武裝部隊，還有個看來很官樣的外國人。再見了！
公司的武裝部隊!?

再不快點就糟了！
啊！
嗡
打得漂亮！
好痛！
ガシ
你、你這二貨的在搞啥！
哎唷，是線的煞車油凍住了…
你不是有開暖爐嗎？
ズズズズ
可是暖爐只會把暖爐周圍的油燒焦而已…
嗚哇!!

!
嘰
碰
碰
這樣咱們就扯平啦！學長！
指第6話的事情
!
嘿嘿
是德古沙嗎!?
哈
嗚嗡——
攻殼車，我先下去了！
咿——

ザッ
キュ
ドン
嘰嘰
ザザザザ
!
金塊？

!
ゴッ
ガチャ
ドッ
恰

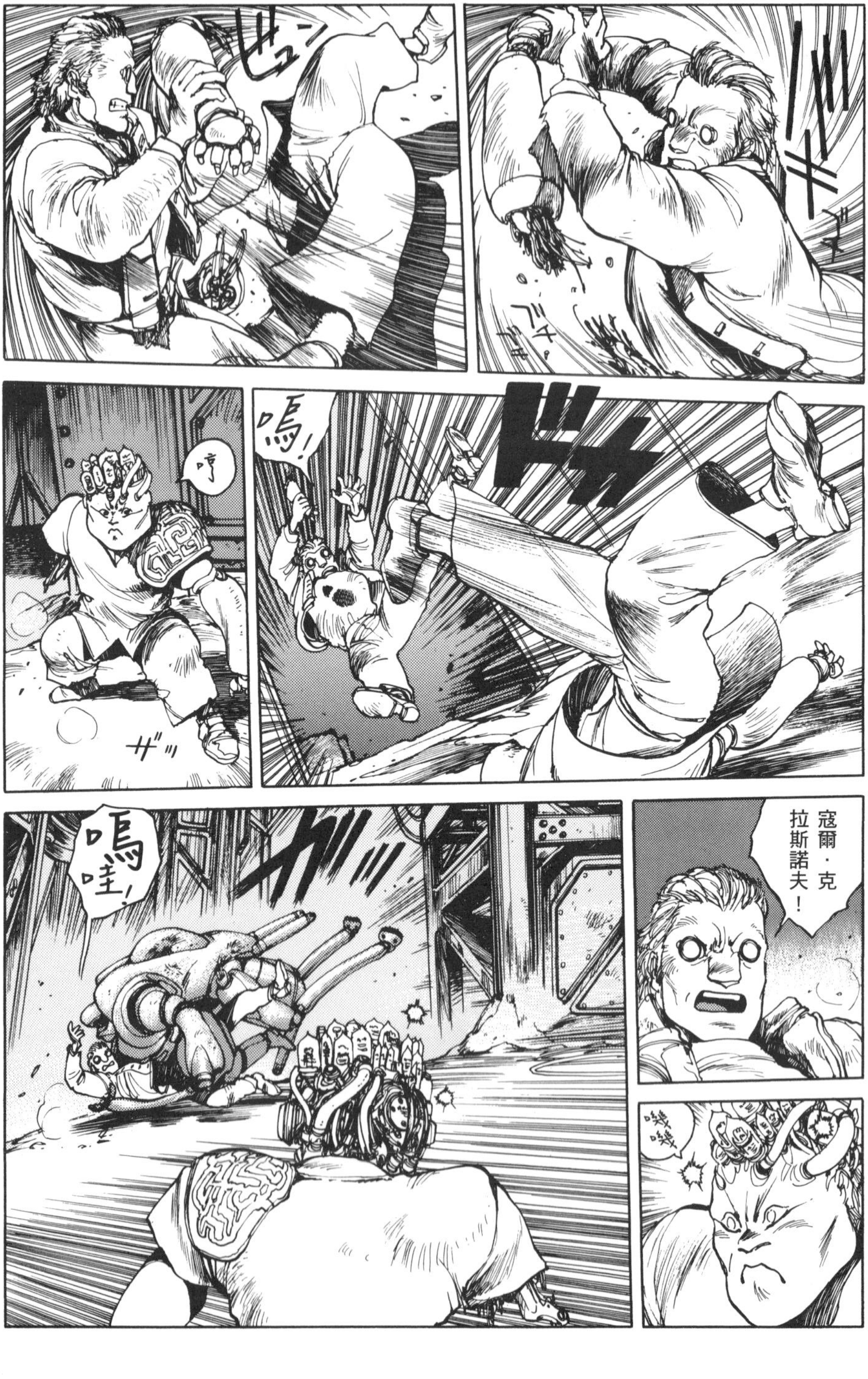
哼
嗚！
嗚哇！
寇爾·克拉斯諾夫！
嘰嘰

嗚
應該還有2台！
要留一台活捉！
嗚哇——!!
混蛋!!剛才是誰開的槍！

喂，沒事吧？
!
ザザ
ザッ
再不停下來我要開槍了！
寇爾!!
寇——爾——!!

啪噠
用不著殺他啊!!
屍體是不會招出幕後黑手與情報源的。
輪不到你教訓我！
最後一台被波馬抓到了。他們似乎是被寇爾操縱的樣子。
更大的問題是…為何陸自的24式武裝服會出現在這種地方？
雖說佐川他們是製造商，也沒理由自己拿商品來當武器啊？
他們是真的陸自…因為被洗過腦，連身手都變差了…

對了，好像聽說過二十世紀末曾有大量的黃金從蘇聯流出…
給我看 給我看
為什麼會出現在這種地方？
佐川電子與陸自為什麼會知道這些金塊…？
這麼多金塊究竟是打哪來的——？
SAGAWA
佐川電子
SAGAWA
佐川電子
株式
從外頭駭進去不就好了？
那樣太容易被接枝，而且會讓我昂貴的身體處於無防備狀態。

那請大姊小心。
嗯。
我是製作社內型錄的照相師，先來場勘的…這是許可證。
請到社長室。
警備主任，有照相館要過來的預約嗎？
喂喂，你得了健忘症了嗎？這是與我們公司往來40年的上澤照相館的當家女兒呀！
是因為公司已經無人化到了極致，才會出現這種瞞騙機器而生活在裡面的企業內遊民……？
光靠才能無法過日子嗎？
！

到資訊處理室或紀錄管理室查查？不好不好…
直接潛入幾個幹部級人員的腦袋裡比較快…
啊！
第4企画室
こそっ
嗡
在9972交叉點發現可疑人物——
快出示身分證及許可證！
もそっ
のそっ
啊！錯了！
糟糕！
嗶嗶嗶嗶！！
パンパン
咻
こそっ
もそっ
明明都已經準備自由通行證了…我真是大白痴！
這就別寫進報告好了！

ドーン
根本沒輻射外漏！懂嗎！聽好了！
你要是還想繼續當工地主任的話，就把爆破用線路接過來！我要埋掉那個區域！
！
不許動！
兩手放到頭上！
嗶嗶嗶啵啵

機器人！
這傢伙的本體在哪裡!?
喀唧
嘰
SHIELD 3.
STOP

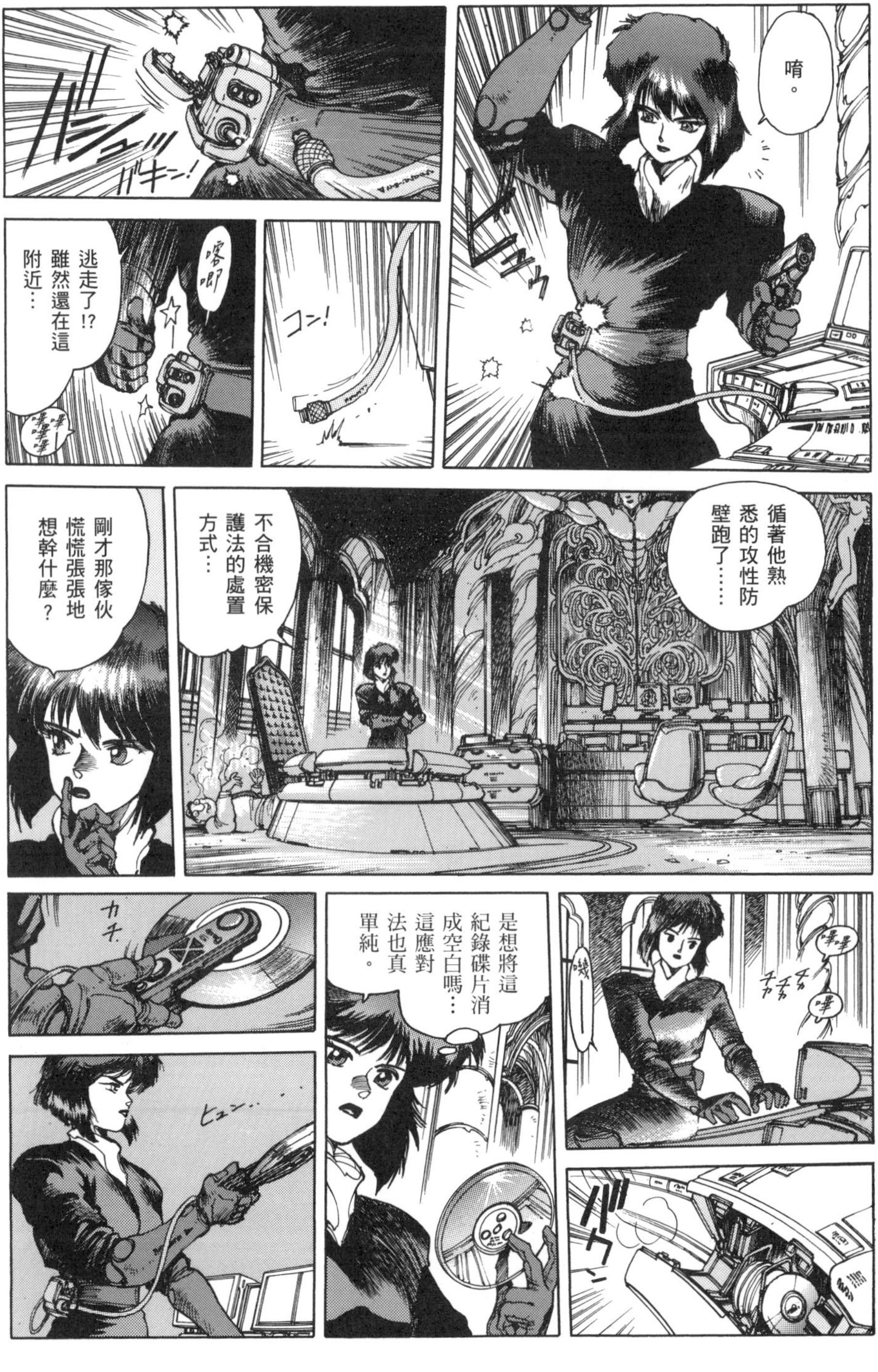
唷。
ガシュッ
ガキン!
コン!
喀唧
逃走了!?雖然還在這附近……
嗶嗶嗶嗶
循著他熟悉的攻性防壁跑了……
不合機密保護法的處置方式……
剛才那傢伙慌慌張張地想幹什麼？
嗶嗶
嘰—
嗶
是想將這紀錄碟片消成空白嗎……這應對法也真單純。
カチ
ヒュン…

嘰——
嘰嘰
這麼大容量結果加密作得普普通通…
真夠小氣。
1998 3 B地區賣給K ——M 1998 5 L地區賣給M ——K
1998 9 L地區賣給M ——K 1998 1 這是什麼呀!?
SHIELD3 STOP
SSO
蘇聯基地周圍的土地…對了，M是指馬洛夫！
馬洛夫與K共謀，以防衛之名目騙取雙方的公款嗎…！
這麼說K是當時的——
這碟片是密帳嘛！還說什麼防衛必要性…
啊！

頭蓋骨
滿硬的嘛！
讓我解剖
研究吧！
草薙素子三佐！
喀鏘
只怕你作不
到呢！前北
方邊境特務課長，
加賀崎（Kagasaki）
宗平二佐！

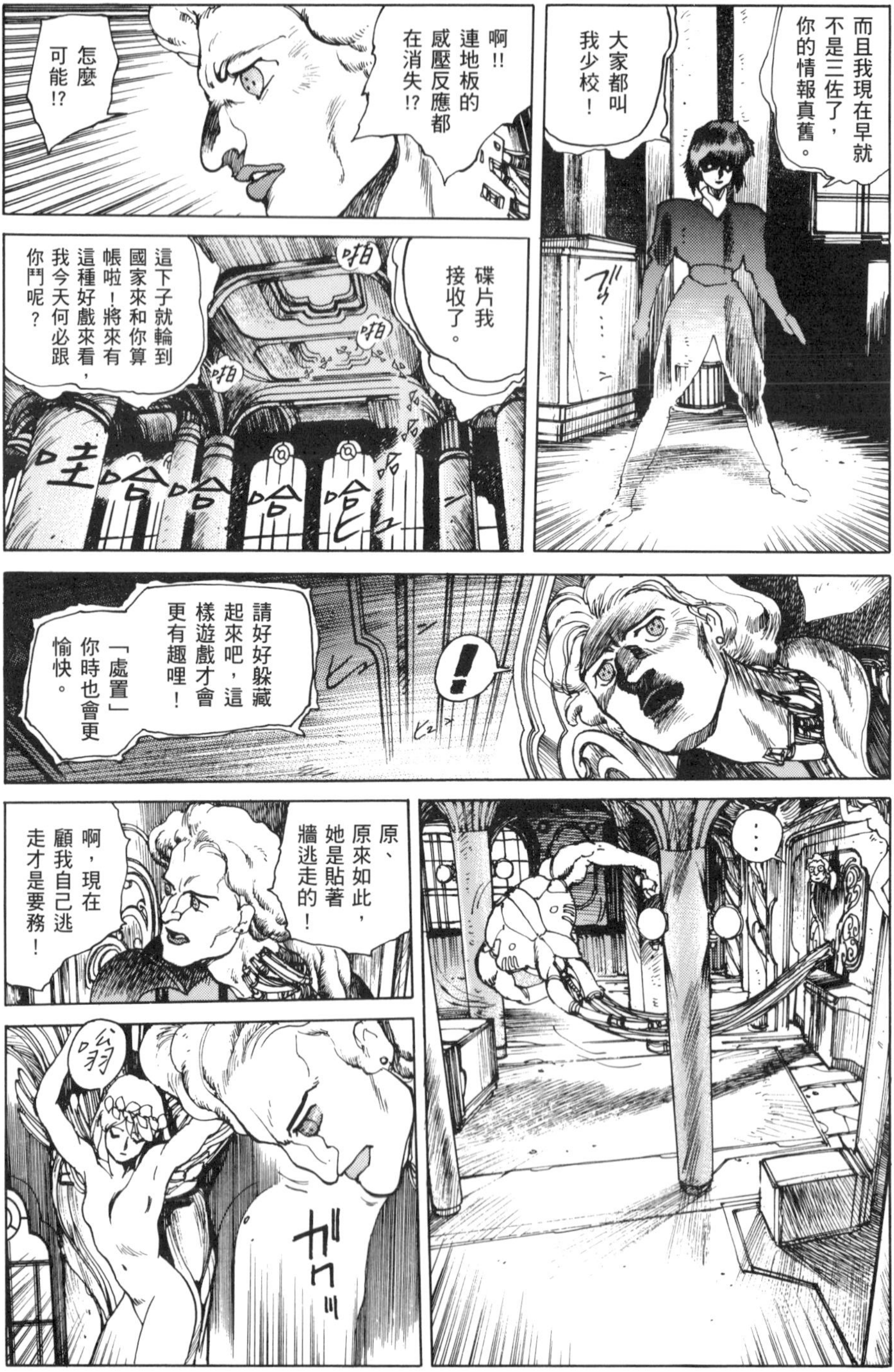

而且我現在早就不是三佐了，你的情報真舊。
大家都叫我少校！
啊!!連地板的感壓反應都在消失!?
怎麼可能!?
碟片我接收了。
啪
啪
啪
這下子就輪到國家來和你算帳啦！將來有這種好戲來看，我今天何必跟你鬥呢？
哇哈哈哈哈
！
請好好躲藏起來吧，這樣遊戲才會更有趣哩！
「處置」你時也會更愉快。
…
原、原來如此，她是貼著牆逃走的！
啊，現在顧我自己逃走才是要務！
嗡

ばっ
太久沒回到本體，關節都僵化了。
該好好維修一番才是。
だっ
!
哎呀呀，真巧…
竟然住進這種身體還掛在牆上…
你這男人也真是太不像話了…
我、我在這北方邊境為國家做牛做馬20年！
這…這是我應得的報酬呀——！
人生是很殘酷的。
糟
糟了!!

荒卷，
昨天的事件，
外務省來了
通知。
蘇聯大使館的
文化負責官員
阿瑟奇諾夫好
像被召回去了。
因為用
「遣送回國」
對兩國來說
都不好吧。
不過話說回來，
你又怎麼會在
北方邊境呢？
是因為地下都市
崩壞時，在救援
活動當中偶然發
現了金塊…
哼。
突然有這麼一
筆金塊要還給
他們，書記長
想必會被嚇一
跳吧。

那本來就是屬於他們的…
大概會用來建設西伯利亞的核子處理場或者地下都市吧。
你實在是不適合搞政治吶。
我只是一介公安人士——而且也很以此為傲。
那麼失陪了。
嗡
加賀崎原本也只是一介公安人士而已啊…
然而他卻利用關係盜領了足以使佐川集團八大支柱之一的資金。
馬洛夫那邊將穩定的資金換成黃金的事，他大概也知道吧。
他原本的任務是以佐川電子公司這偽裝名目接近蘇聯基地。

中央並不希望馬洛夫獲得資金來贏得下次選舉吧。
恰
中央部對馬洛夫的副業應該也略有所知才對，是想要我們扮黑臉來壓制他吧。
對了，矢野戶頭裡好像多了一塊金塊分量的錢？
啊—這個嘛，那應該是寇爾要當作慰問金的…
那就好。
不用寫進報告了。
巴特剛才去見矢野的家人，已經20分鐘了…去接他吧。
嗯…
可是真不知該說些什麼…
我也是呀。

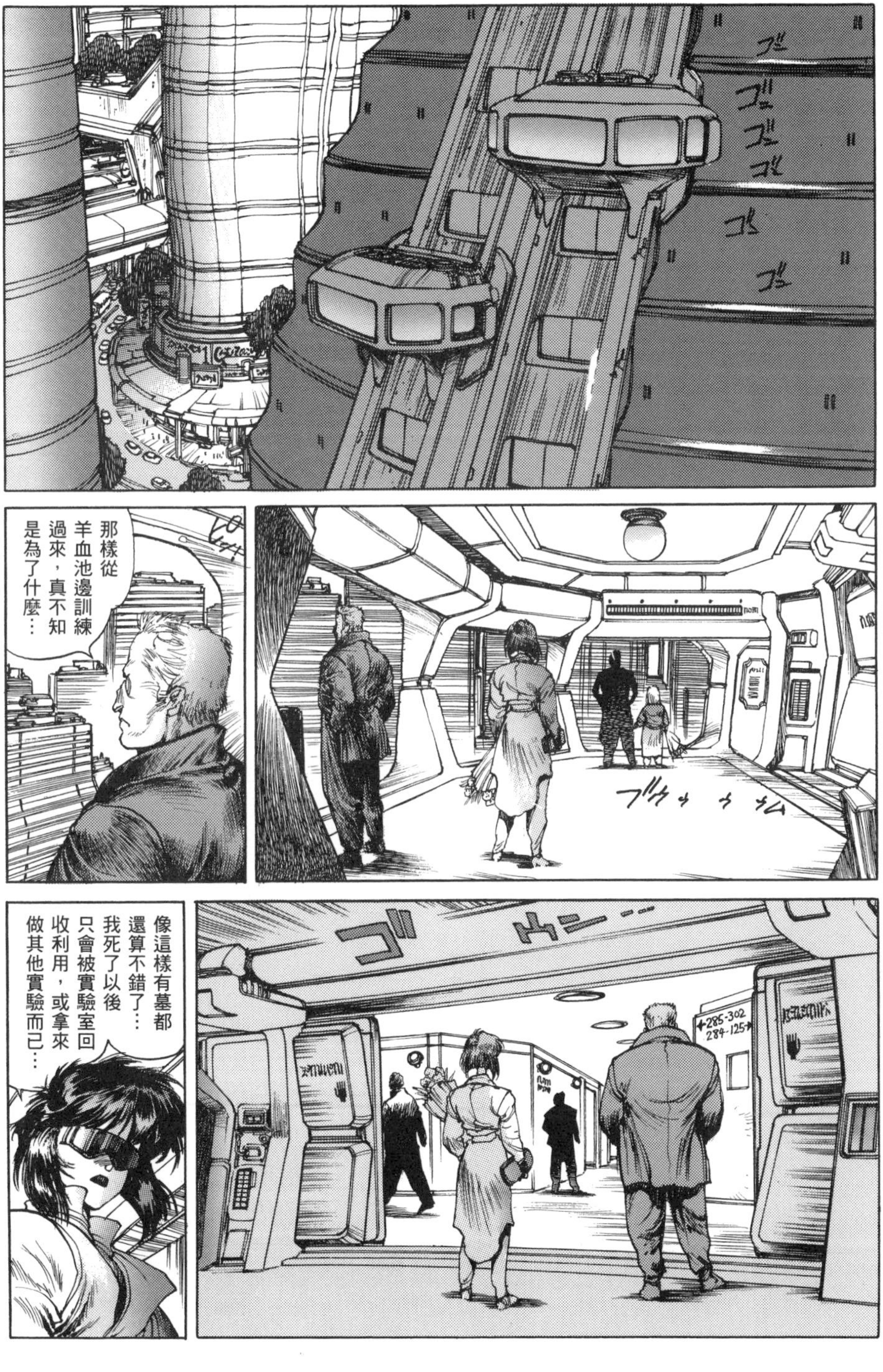
那樣從羊血池邊訓練過來，真不知是為了什麼…
像這樣有墓都還算不錯了…
我死了以後只會被實驗室回收利用，或拿來做其他實驗而已…
285-302
284-125

EXIT
不過這是我一路追求刺激、金錢和最高級整備所成就的，付這樣的代價也是應該的吧…
是矢野的弟弟…
這種場面我遇再多次也還是習慣不來…真是太難受了。
還有其他選擇的餘地嘛？
人嘛，總是希望有這樣的可能…。
這是伴手禮，鮭魚親子蓋飯
對啦！你這傢伙跑哪去了，都不來掩護我！
在垃圾市場找到爺爺了，嘿嘿！
當時那台俄羅斯超重戰艦「皮羅什基」近在眼前時，我想著吾命休矣，還準備從容就義呢！
唔哈哈哈哈哈哈哈
爺爺，你已經講第249次了啦～
KV-II
OIL

矢野的家族只會被通知「因訓練中意外」或是僅僅「死亡」而已。何時、何地、如何死亡等細節事實，是絕對不會被告知的。而且遺體都還存在，沒有死亡好幾年後才知道就不錯了。另外也有實際上並未死亡、只是單純沒做好確認就宣告的失敗例子，或是因為戰略需要而宣告死亡的案例。

08
DUMB BARTER
2030.5.2

相馬先生，現在正從後方與側頭部注入B部分的MM（微機械）群。
腦附近會不會痛？
5號病患的腦脊髓液加太多了
註：腦本身並沒有痛覺。 注：脳そのものに痛みはない。
我不是叫妳給我止痛藥了嗎?!
利用電極序力將感電的MM注入的機械。
注：帯電したMMを電気的反発力で注入する機械。
只要付了這筆費用……
這些B部分約有七成會因為凡得瓦爾力而可逆式地吸附在由剛才注入的A部分所形成的基體上…
在數微秒之內就會合成聚合物，並且受離子鍵吸引而固定下來。
什麼!?那沒用上的三成你得退錢給我！
要是做得太密，「群體（pattern control）」系統就無法順利運轉，因此必須保留「游隙」！
這不是燈，而是為了使MM不致淤積在一處而能夠均勻散布的誘導機。
注：これはライトではなくMMが一部に沈澱せず均一に広がる様にする誘導機。
不用去除舊的MM嗎？
像你這樣都已經固著的狀態，勉強剝離它們會損害到腦細胞。

註：從分散式系統工程看來，**群體**似乎沒有「沒用」這種概念。除去MM的方法則是要注入C部分、吸附，並加上 5×10^{-4} dyn/cell 的離心力使其迴轉分離，再以磁力吸出。（如果用血液排出體外的方法，會碰到血腦障壁，還是不要嘗試比較好？）

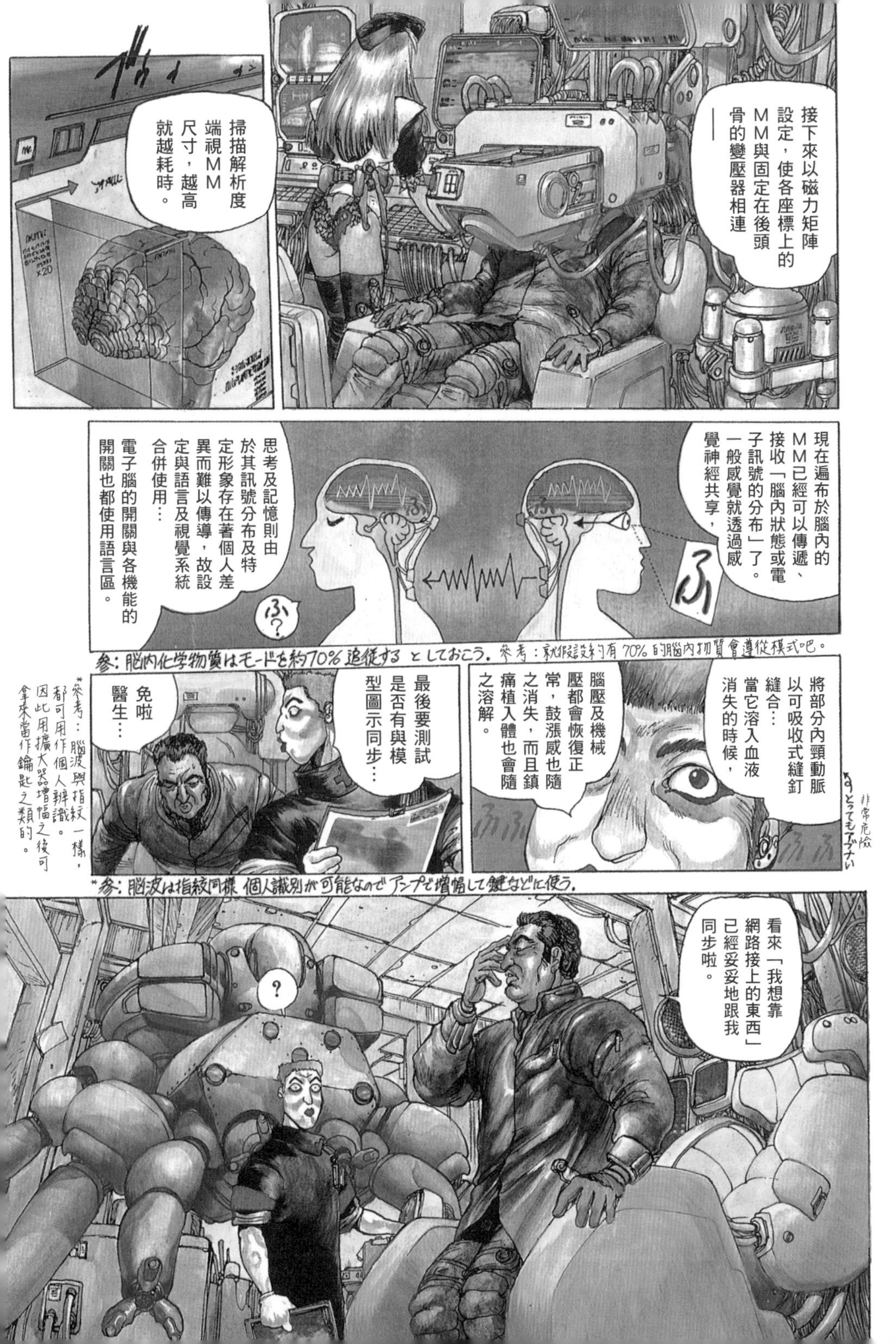
接下來以磁力矩陣設定，使各座標上的MM與固定在後頭骨的變壓器相連——
掃描解析度端視MM尺寸，越高就越耗時。
現在遍布於腦內的MM已經可以傳遞、接收「腦內狀態或電子訊號的分布」了。一般感覺就透過感覺神經共享，
ふ
思考及記憶則由於其訊號分布及特定形象存在著個人差異而難以傳導，故設定與語言及視覺系統合併使用……
電子腦的開關與各機能的開關也都使用語言區。
ふ？
参：脳内化学物質はモードを約70%追従する としておこう。 參考：就假設約有70%的腦內物質會遵從模式吧。
將部分內頸動脈以可吸收式縫釘縫合…當它溶入血液消失的時候，
腦壓及機械壓都會恢復正常，鼓漲感也隨之消失，而且鎮痛植入體也會隨之溶解。
すとってもアブナい
非常危險
最後要測試是否有與模型圖示同步……
免啦醫生……
*參考：腦波與指紋一樣，都可用作個人辨識。因此用擴大器增幅之後可拿來當作鑰匙之類的。
*参：脳波は指紋同様 個人識別が可能なのでアンプで増幅して鍵などに使う。
看來「我想靠網路接上的東西」已經妥妥地跟我同步啦。
？

我下午就會回來吧……
唔。
從妳服裝來推測，是祕密審查會議嗎？
還是妳那俱樂部要開什麼軍人聯歡會？
你想讓這種無聊的打探破壞我們兩人的關係嗎？
是妳們9課太嚴格了。

情報四處外洩之意
(タレ流し)
情報がダダモレというイミ
還是連妳都認為「1課是只大竹簍」？
ピンポーン
叮咚
是4樓的銹田先生⋯⋯
那個要求寧靜，自稱是漫畫家的？
是昨晚我們太吵了嗎？
素子！
臥倒！

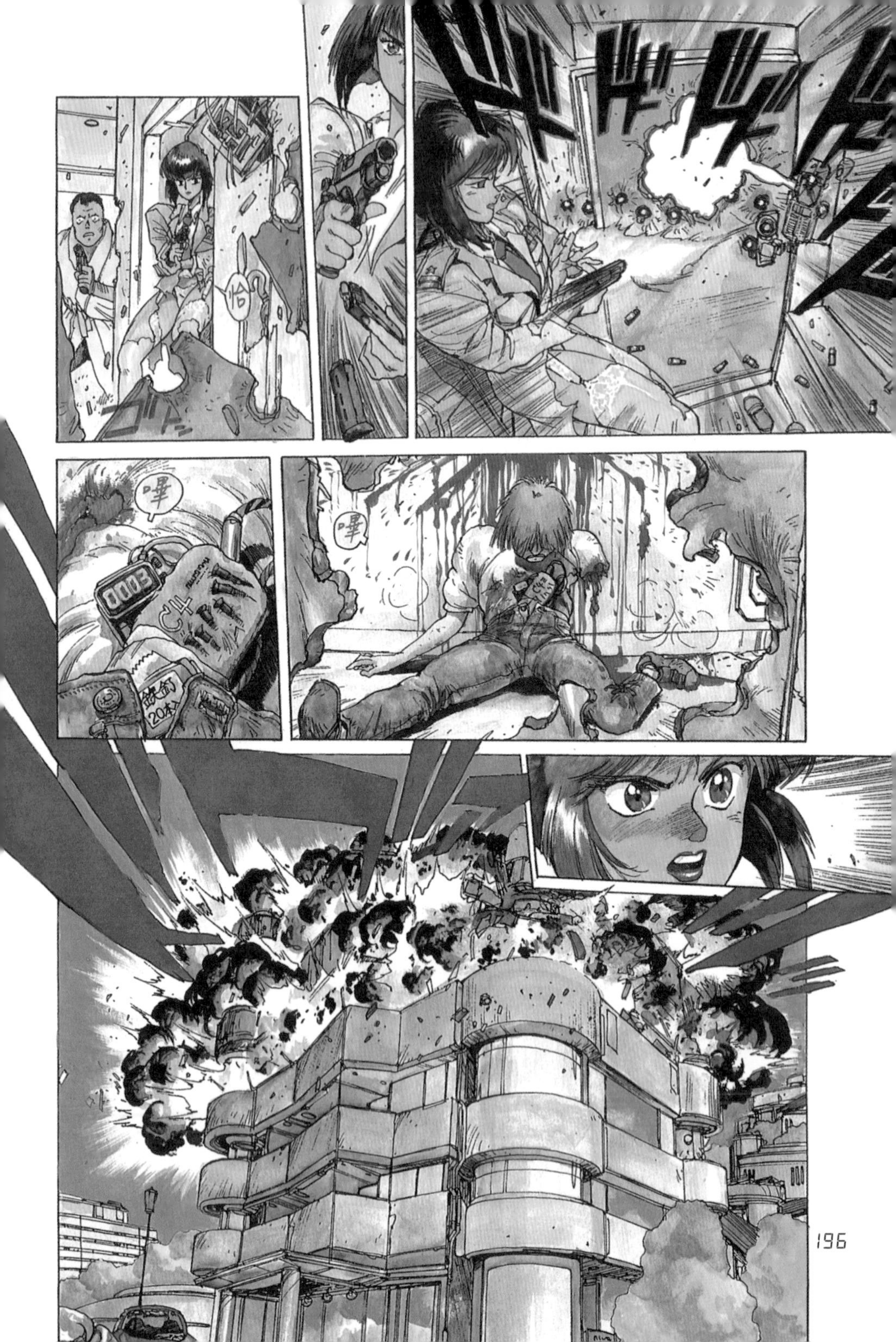

嗶
0003
鐵釘
20本入
嗶

恐怖分子再怎麼殺，還是會一直有新面孔冒出來。
這要怎麼徹底解決？
與其消滅其團體，還不如讓它存在而控制它，山特斯中校。
簡直是諜報小說……
但是，這樣就必須承認他們當中的一部分……
而且我國的軍方、毒品商、恐怖分子、不良警官、黑社會，彼此之間牽連過於龐大，常會失控呢。
我們要的不是道義而是成效啊。
嗶嗶嗶嗶
抱歉。
草薙的窩發生狀況08，處置C執行完畢，處置B進行中。
請指示！
封鎖最靠近的機場與港口，並呼叫本廳。
全員待機警戒！醫院那邊由我和巴特過去。

過幾分鐘了!?
12分！
石川！掌控現場採證的主控權了嗎？
我們在空白的5分鐘內優先到場，
警視廳那些傢伙不但嚇了一大跳還非常不高興哩。
很好！
巴特，快！
我已經在趕啦！
南区中央病院
受付
1樓第4手術室！

手術中
ばん
備用耳膜一片6萬圓…
ずず…
看吧，我連時間都說中了。
9課比較快…
今天真是諸事不順…
ガサ
ずずず
那張不行啦，都燒焦了…
はあ
喂！
啊！
累死我了～
混帳！沒事不會說一聲啊！

本來這兩人的頭髮、衣服、皮膚應該全部焦黑、捲曲才對，但是這樣的話後面的故事就接不下去了，所以我沒這麼畫。但光是這樣講還是說不過去，因此就設定在房間通路的一端（草薙男友所在位置的旁邊）有個水族箱、而草薙躲藏的地方則為浴室（一般不會設在剛進大門的旁邊）。當然這理由仍然不夠充分，不過就請各位多多包涵了⋯。

部長，報告最初觀察。
再等30秒。
我再打給你。
哎呀~真不好意思呀~
巴特，別這樣！
妳和這傢伙竟然持續了7個月！
這可真是破了紀錄呀!!
攻機使用的手槍名 攻機使用のハンドガンの名称
*弾のサイズ
*でかくて強力
*子彈的大小
*大且強
部長聽的清楚嗎？首先，門外有一顆10號口徑的散彈殼，
門裡則有12顆賽布洛M5彈殼……
少校是在這裡以這個姿勢射擊的吧？
然後在門外則是屍體及C4炸彈。做過單面上漆處理，炸得四周都是螺絲釘…
少校不是沒事嗎？還刻意發槍逼她臥倒呢…完全是來鬧的…
ガタン

石川，回去時改開別的車，要注意狙擊、跟蹤。
少校也認為犯人就是他嘍？
看來妳們心裡——
有底了。
過去我們唯一暗殺失敗的人，恐怖分子相馬亨——
為什麼認為是他？
我們曾用同樣的手法殺掉他6個同夥……
照說他也應該死了才對……
我為了替兩個被殺的部下報仇，讓他對他自己的兒子開了槍……隔著一扇門。
他兒子雖然只有16歲，卻也為曾拷問過我的部下而洋洋得意。
我們在爆破後為了確認他是否真的死亡而進入房間，
但是裡面只有強化服的足跡……
那是4年前的事了……

強化服（armed suit）＝一種徹底覆蓋全身、防彈防火的服裝，外殼由複合材料製成，四肢以電池驅動，具備同步模仿人類動作的裝甲服。現實裡確實有人在研發這種非實用性的危險玩具，雖然不叫這名字。

復仇的戰帖啊⋯⋯好，就從這方面查起。
石川！相馬以前所在的集團應該也有監控員，去和他接觸！巴特去查武器商人。
被杯子砸中了～
等一下，部長！在這種狀況下將我調開或許是難免的作法，但⋯⋯
別傻了，不放餌哪釣得到魚？
妳到各處去打探打探。
讓德古沙隔點距離跟著支援妳。
我可是很替部下著想的！
ギィ
我把你們都當作我的寶貝兒子⋯⋯
能不能至少是「孫子」⋯⋯
ボォン！
チャ
キュッ

碰
痛死了…可惡，那歇斯底里的女人…我乾脆也去把全身改造為生化人算了。
1樓第4手術室。
門沒關。
我其實還滿能幹的。要是狀況不對就呼叫我吧。
啊——!!
我太大意啦!!
說不定被人裝炸彈啦！

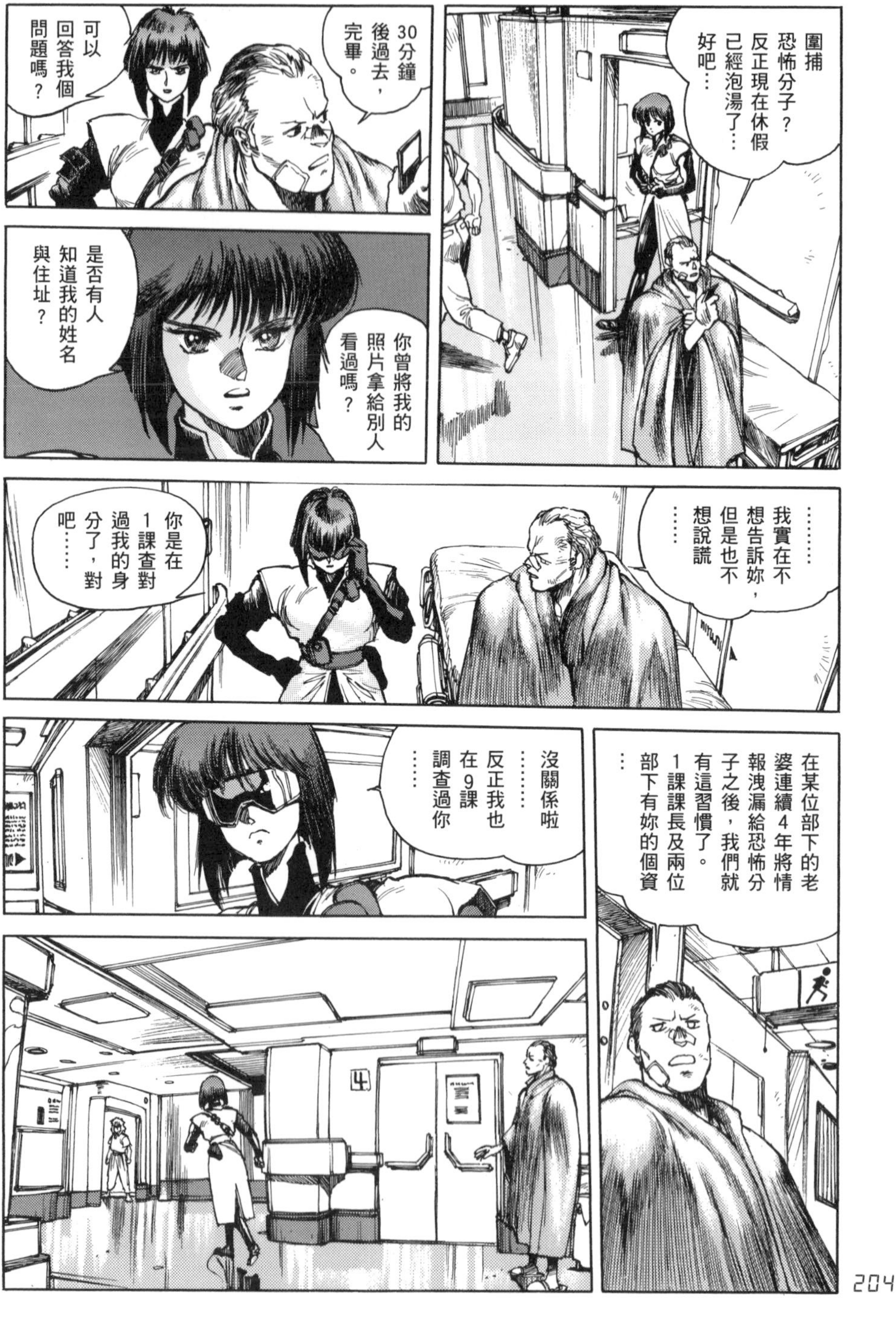
圍捕恐怖分子？反正現在休假已經泡湯了……好吧…
30分鐘後過去，完畢。
可以回答我個問題嗎？
你曾將我的照片拿給別人看過嗎？
是否有人知道我的姓名與住址？
……我實在不想告訴妳，但是也不想說謊……
你是在1課查對過我的身分了，對吧……
在某位部下的老婆連續4年將情報洩漏給恐怖分子之後，我們就有這習慣了。1課課長及兩位部下有妳的個資…
沒關係啦……反正我也在9課調查過你……

要誘導市民避難……還是要叫爆裂物處理班過來？
是嗎？
你試試看，保證被人笑到千秋萬世去。
！
喂!!你白痴喔!!
哪有人在這拆車的！閃啦！
叫屁啊！
我這在賭性命啦！
少校……
這禁止停車啦
三小啦

要是你男友是普通人的話就好了。
或許吧……
下一個路口左轉！
再左轉一次。

這是稍嫌老套的被跟蹤確認法，對專家來説恐怕已經沒有用了吧。一般「完全跟蹤（即24小時監視）」必須投入足夠的人數，在電車或公車路線上的後3～4個站預先布哨，並以車子在通道左右兩側對應各種可能的情況、持續不斷地交替以進行監視。可是在現實中，沒有充裕的人數、經費與準備工作的話，是不可能完全遵照正規流程進行跟蹤吧？（**正是**專家技術才能遵循流程到極致？）能靠瞬間的判斷提早兩、三步做出準備，也是一種技術。

キキュ
ヴォン
有一台在跟…
知道我們已經發現，準備要出手了。
最近的無人地區是…？
咻
咻
嘰—
咻！
下個路口右轉，沿右側車道直走，
往南走15分鐘有座大型廢棄工廠。
感覺好像在拍什麼三流電視劇一樣。
德古沙，攻殼車有跟來嗎？
現在在90公尺後的大樓牆上跑，瞄準著跟蹤咱們的車。

既然老早一直跟著了，為何不在救護車或醫院動手呢？
可能是沒有長距離用武器，或是那樣子殺不夠爽快吧？
總之先到廢工廠，然後從後面那些傢伙身上搾出點情報吧。
來了來了！
哇！

誰？
啊！
穿光學迷彩來的客人自然都是警察。公安9課依約前來索取情報了。
最近也有很多自衛官和警察被組織所籠絡嘛……
要什麼？
相馬亨——
終於不想再躲藏，大搖大擺現身啦……
他是和弁天家族開過槍戰了嗎？

我是聽說你對集團的後台很清楚才來的。
相馬不同，他是自幹山大王型的人，想要跳過集團直接和弁天家交易。
毒品、武器、人才等等…不過弁天沒有跟他來往，
因為集團的管道比較廣又穩定。
弁天也並不怎麼喜歡他，因此相馬都是靠自己藏身的吧？
其他我就不知道了。
這是我們（集團）所知道他最新的臉。現在大概還是這張臉吧？
カサ
辦公桌（螢火蟲）生活真是輕鬆愜意啊。
螢火蟲？

キュギュユッ
ドドドドキュ
這工廠平面圖好像是改建之前的…
沒差啦，反正馬上就可以把他們收拾掉了，況且又有攻殼車在。
德古沙這樣不行唷，就算對手是小學生也應該盡全力投球才是。
恰
恰
恰
バム！
チャ
哎呀呀…

雖說是小學生，倒是都受過相當高度的訓練嘛，雖然作戰指揮不太行。
嗯～
啪
もそっ
ボォリ ボォリ
不要嚇我呀老伯！
在玩遊戲？
？
快去避一避吧——
怎麼啦？
ぞろぞろ
ガサ ゴソ
什麼什麼？
我們是不會離開的！

啪咻 咻
咻
德古沙！叫攻殼車破壞那輛卡車！馬上!!
好，卸下來！
哇啊!!

呀!
攻…
攻殼車
竟被…!?
呼叫總部!!
緊急支援
最少4台
全副武裝的
攻殼車過來!

少校…攻殼車它…！
還能動的話就叫它裝死！
我們移動到人少的地方去吧！
ゴゴゴゴ
ゴゴゴゴ
哇喔♡
啊！這個我知道，在軍武展上看過！是德製的思考戰車。
不過腦袋是日本製的
去蒐集資料。
去叫防衛廳特殊兵器課的宮崎主任來。
齋藤你去查這戰車的製造數量、販售對象以及被竊紀錄——要快！
少校和德古沙很危險啊，不知是被敵人看破行動，還是中了埋伏了——
實在很詭異…敵人的重裝備太過齊全了……

少校，要怎麼辦!!
波馬與帕茲要到這兒得花20分鐘左右…我們要拖時間。開車到工廠另一頭的話就能甩開步兵了。
不過敵人似乎不是只有相馬所率領的恐怖分子而已…
以其組織化、重武裝的程度而論，不像是非法集團…
妳是說有合法組織在幫助相馬？
看來事情十分棘手…
!

ヴォン!
咻咻
哇啊!!
防彈處理車被…!
是HV系的子彈!?
德古沙,快離開車子!
!

HＶ彈：是現實存在的超高性能高速穿甲彈。在此的設定是，自從ＦＮ公司的高度防衛兵器Ｐ 90 出現以來，這方面的子彈就逐漸被開發給手槍及衝鋒槍使用。這種小口徑、小後座力、高貫穿力的子彈，打到普通人身上只會貫穿過去而缺乏制止力。不過因為對防彈衣、輕裝甲及生化人等有效，因此在故事的世界觀當中雖然民間沒有販售，卻被當成一般子彈使用。主角們的賽布洛也是ＨＶ系的。若不是思考戰車這樣的裝甲兵器，是無法對抗ＨＶ的。

ドチャッ
!

グチュ
ばっ

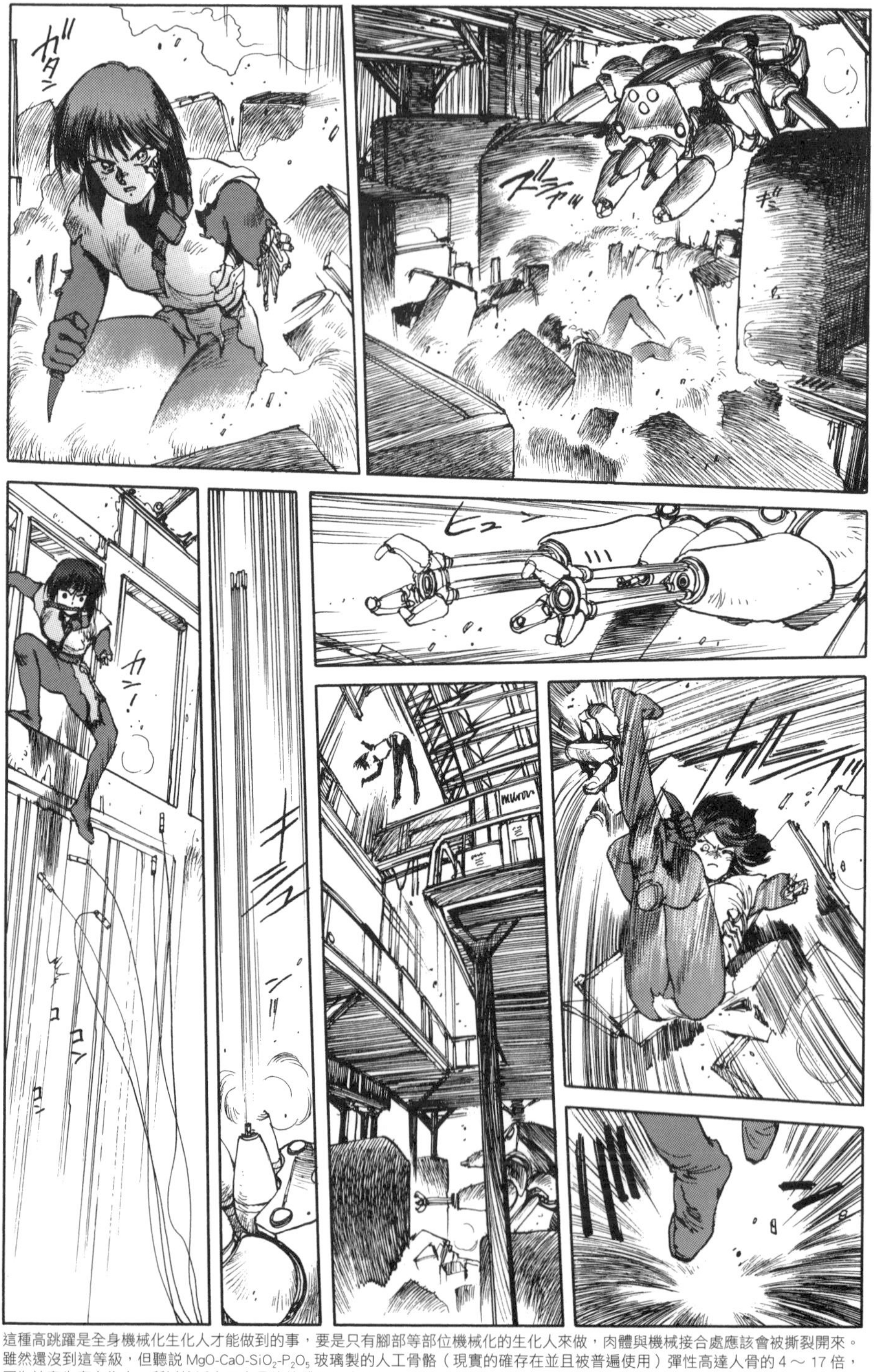

這種高跳躍是全身機械化生化人才能做到的事，要是只有腳部等部位機械化的生化人來做，肉體與機械接合處應該會被撕裂開來。雖然還沒到這等級，但聽說 $MgO\text{-}CaO\text{-}SiO_2\text{-}P_2O_5$ 玻璃製的人工骨骼（現實的確存在並且被普遍使用）彈性高達人骨的 4 ～ 17 倍，因為怕產生應力集中，所以接近真正人骨的總體平衡會比較好。現實中用來打造生化人的人造組織，其研發方向應該不會是想搞出超能力，而是製造生物活性材料的**代用品**吧。

嗚…
德古沙、德古沙！你聽得到嗎？
只要攀上屋頂移動的話，就可與那傢伙保持距離了。
裝甲越厚重量就越重、越爬不上去。尤其是太薄弱的牆壁或天花板…

ギッ
!
ヒュ
嗚呵！

為…為什麼素子會在這裡……??!
到底是怎麼回事!?
總部！火速轉達部長!!
敵人是公安1課!!
是公安1課……
ギギ
總部對草薙通話，部長正前往公安1課部長處——
啊
沙—

バサッ
這是你課上的戰車！我已經查證過了！
它現在正在追殺我的部下！
噢，是嗎？
現在立刻叫它撤退!!我說「現在」!!
!
カキッ
等、等一下，冷靜點，我知道了。
我撤退、我撤退！
然後把事情給我說明白！照這種情況，我們不會善罷甘休的！
……全員撤退，作戰中止！快撤退!!

這是為了得到阿納康達的真名與證據的作戰啊！
大毒梟阿納康達!?人稱南美幽靈的那位!?
對方要求用草薙素子來交換。
對方就是相馬亨吧？
他為了報復弁天家族對他不理不睬，進而想出賣交易對象阿納康達的情報……
若是公安1課能接下這筆交易，他就不用自己花力氣去找尋草薙了…是吧？
阿納康達會毀掉弁天家，而我們可以壓制阿納康達，相馬則得到草薙──
這根本不是你們的作戰，而是相馬的作戰！
他現在在哪!?
他連我們都信不過，
現在正坐在思考戰車上……
這次事情我總有一天會要你付出相當的代價！
齋藤，留在這裡監視這傢伙！

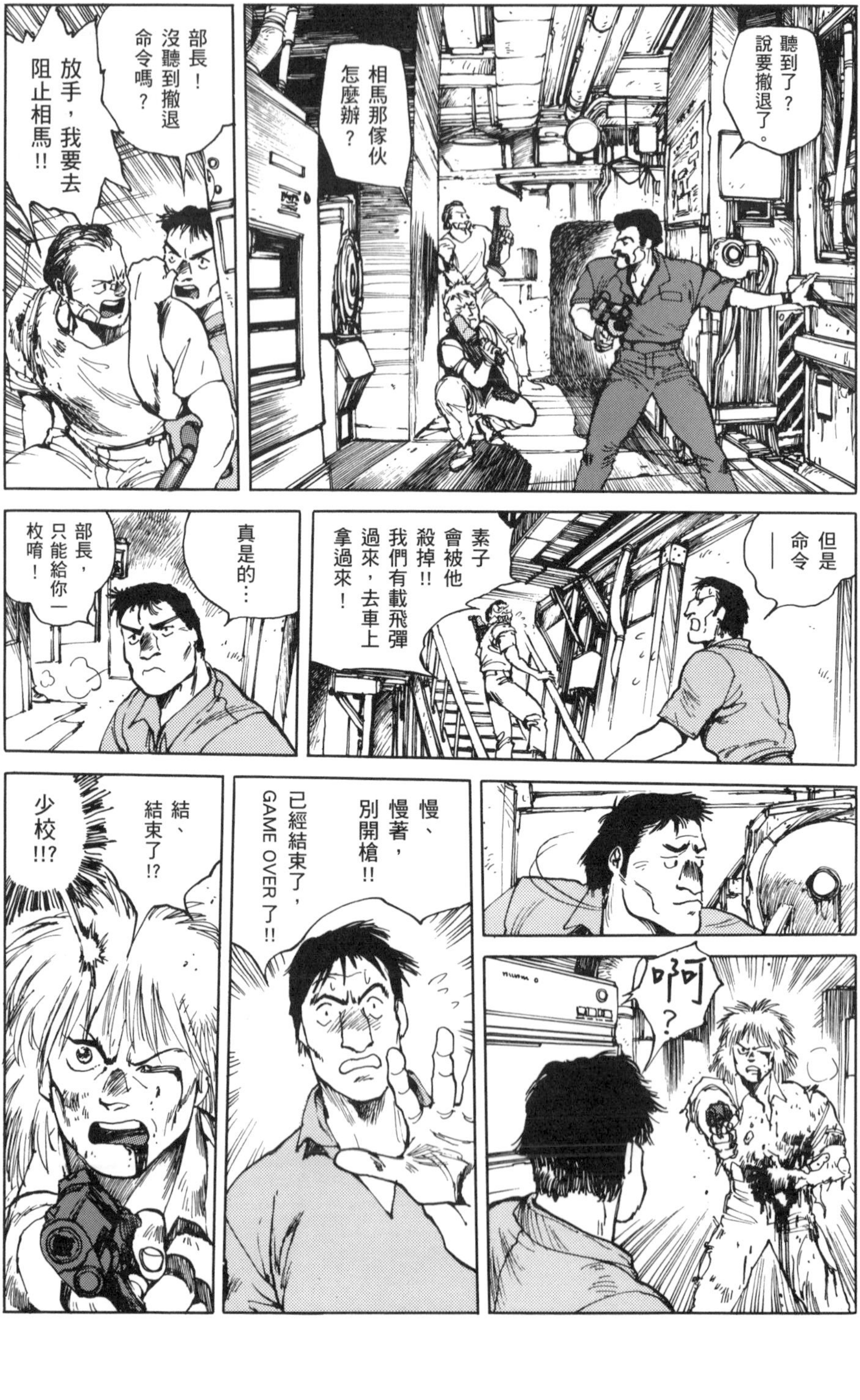
聽到了？說要撤退了。
相馬那傢伙怎麼辦？
部長！沒聽到撤退命令嗎？
放手，我要去阻止相馬!!
但是命令——
素子會被他殺掉!!我們有載飛彈過來，去車上拿過來！
真是的…
部長，只能給你一枚唷！
啊？
慢、慢著，別開槍!!
已經結束了，GAME OVER了!!
結、結束了!?
少校!!?

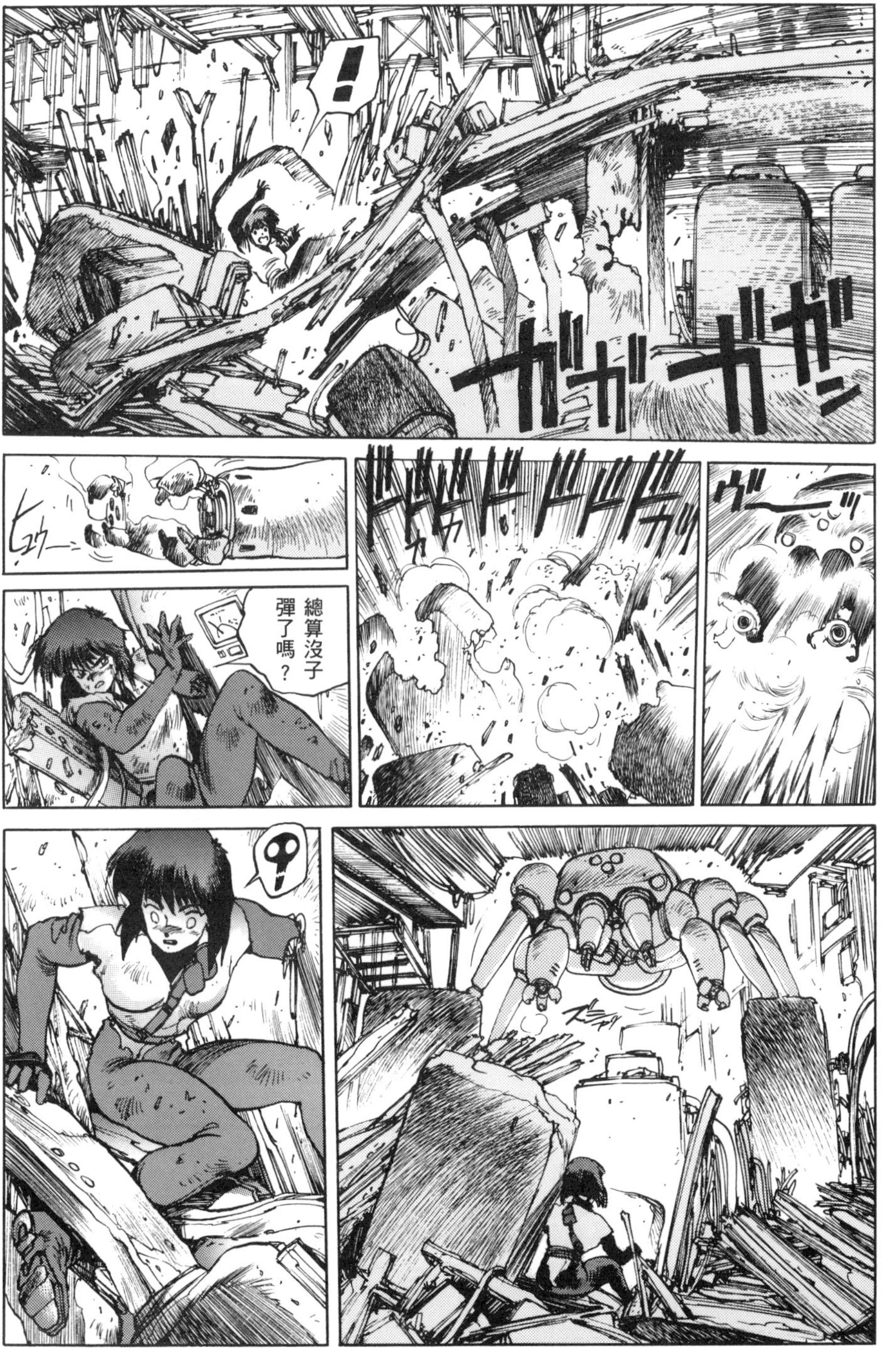
！
ガガガガン
總算沒子彈了嗎？

部長！飛彈!!
拿來，我來發射！
啊？
……是相馬！他看見車上載著飛彈，就動了手腳!!
可惡啊啊!!
唔！
唔唔……
嘰
素子！
擠捏擠捏擠捏

ガヂュン！
趕上啦！
バヂッ
バゥン

少校！
再見了，恐怖分子……
受不了這世界的話就別再投胎回來了！

你上哪弄來這玩意兒？
持器的宮先生借我的。
少校的身體都七零八落了……
帶德古沙去醫院！出血好嚴重……
好慘啊，草薙！
你是何時得知1課課長被相馬勾結的？
循著戰車的線索，由1課課長那裡聽到他的話時……

參考：緊貼在草薙的無名男友傷口上的不是毛巾，是止血用膠原膠帶（就當作跟現實裡美國 Avitene 公司販賣的一樣的商品吧）。關於血液的凝固可參看小學館出版的《人體的勝利》（人体の勝利—レナルト・ニルソンの世界，5800 圓，好貴），照片很多，很有趣。照草薙男友這種綁法，膠布會滑掉……。（需要繩子吧？）

相馬會和弁天組接觸，很可能是為了得到足以令1課和他交易的材料。
不過實際上他是否真的熟識阿納康達都很難說…
可、可是如果他真的認識的話，那我們豈不是白白讓大獵物給跑了嗎？
不是「我們」…是「1課」——
!?
今天早上我不是穿了制服嗎？是因為要去和某國的公安大臣乾杯……
慶祝暗殺阿納康達作戰成功呢！
今天晚上公安一課課長被車撞成重傷，駕駛人已經逃逸。
車両課
老爹，鑰匙還你。
啊～累死了！
ドドドド

我認為交通事故是極不容易被看穿的暗殺手段之一。要讓對象確實死亡並確保自身安全，有幾項技術是不可或缺的，不過太過危險就不在這裡講了，就怕說了有人開始照學。而且，一件事到了非得使用暗殺手段才行的程度，本身就表示之前的幾個政治步驟都失敗了。只是啊，若是要阻止發生在眼前的強暴案，需要的就不是說教而是力量，而且這力量應該在事前就要展現，而不是在強暴之後吧…真悲哀。

09
BYE BYE CLAY
2030.7.15

我討厭雨……
那聲音像是「虛無」穿透了義體，直接包圍著靈魂似地……
啾
砰
好，在那區域做重點式搜查！
Megatech Body 公司開發局？
還蘑菇什麼!? 快過來！

這公司專門開發生化人用的各種器官。
2小時前有一組工作站自己組合起所有器官、造出機械人了。
和你們一樣⋯是軍事用的機密用品。
在我們到達前2分鐘，也就是距離現在5分鐘，那機器人逃跑了。
巴特正在布置包圍網搜索週邊。
如果是駭客搞的，能潛入這種攻性防壁，手段相當高明啊⋯⋯
這是跑了的那台機械人的外型。
啊—荒巻先生，你幫我捉回來啦？太好了！
那是我的部下，政府的器材！

在通報前1個半小時，公司曾充分檢查是否有運作失誤、操作輸入失誤等等，以及為了保護機體及貨品期限而無法拔掉電源插頭等事，在此就省略不畫了。

沙ー
嗶
在路上小貨車裡發現嗑藥的小鬼？還是謹慎點把他抓起來！
啊!?認體重不就知道了!!
應該就在這附近了！別分神了!!
!!
喂!!

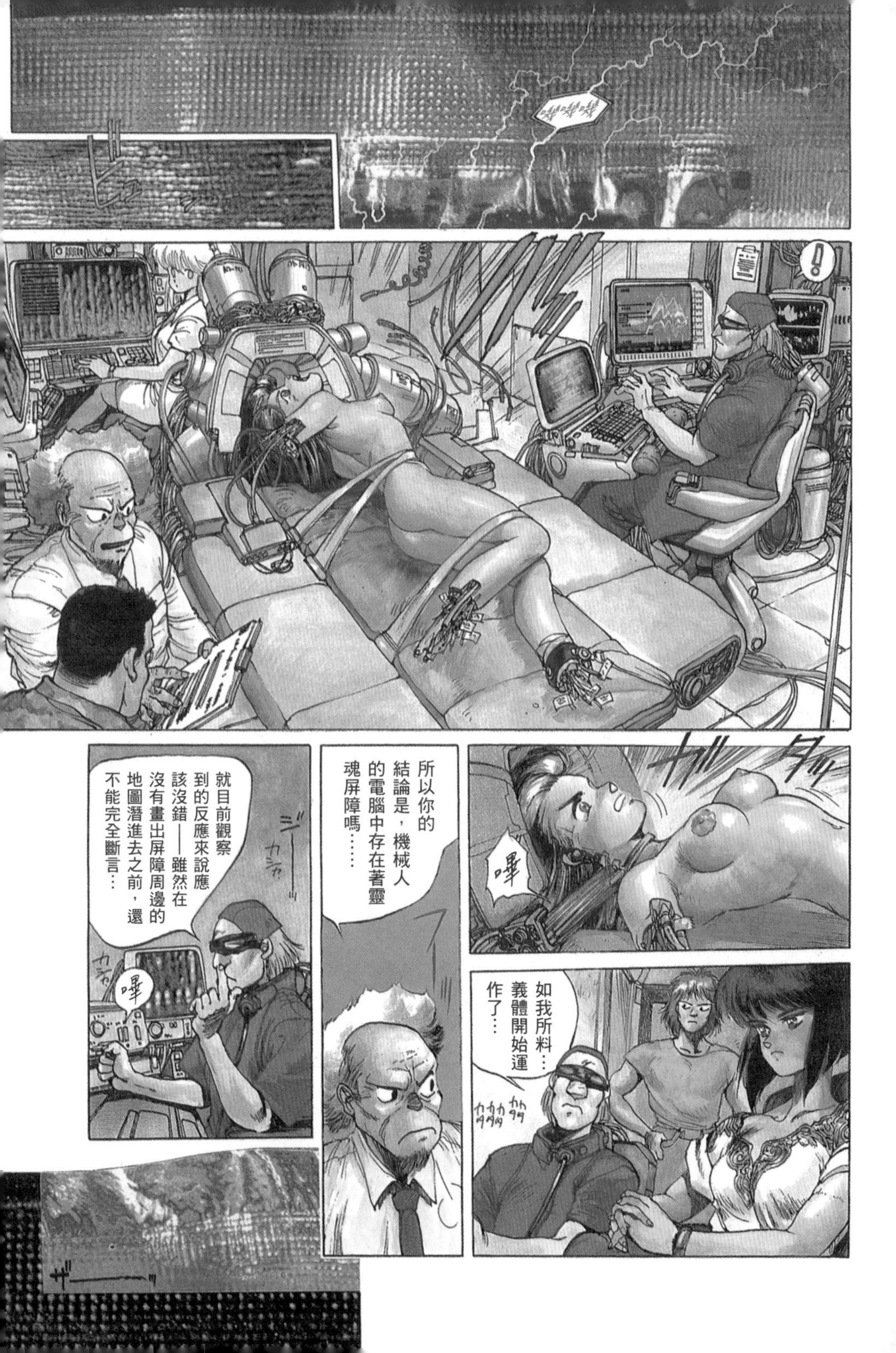
嗶
所以你的結論是，機械人的電腦中存在著靈魂屏障嗎……
就目前觀察到的反應來說應該沒錯——雖然在沒有畫出屏障周邊的地圖潛進去之前，還不能完全斷言…
嗶
如我所料…義體開始運作了…

妳認為呢？
我？
這或許是陷阱，但是不試著潛進去是不會有進展的…另一種方式是換套義體看它會怎麼反應。
難道你們大家都相信那機器人裡面有靈魂？
很有可能喔。
也實在滿像翻印靈魂（ghost dubbing）時出現的虛擬靈魂屏障（ghost line）…
難不成是工作台想要小孩所以亂來了？
工作台沒有這樣的容量，所以這不可能。
就連塑膠娃娃都發生過幽魂附身的事了，
那玩意兒裡面塞了一大堆腦醫學用元件（device），被附身一點也不奇怪呀！
不…不可能有這種事！
真的嘛！

巴特在此說的「幽魂」，相對於前面所說的固定於人體中的靈魂（ghost），是表示靈格更低、構造更單純（用《仙術超攻殼》的講法來說就是「韻度」低）的能源集合體。像精靈或印地安神靈（manitou）這樣靈格稍微高點的則被稱為「××神」。這個神靈的階層構造範圍廣及人以下（短小的思維殘留或單純的蟲靈及動物靈等）、人以上（所能想像的極限之大宇宙神靈）。（上下皆為無限）它也和人類的內宇宙同樣不屬於上層支配型，→接次頁

先假設是外在因子造成，雖然不知道敵人是在機器人裡面還是外面，
但這傢伙是潛進了最高機密的防壁並組合出機器人，而且送進了有靈魂屏障的程式——
然後還用了馬上就會被捉到的作法，
目的到底是什麼呢？
捨棄竊盜這條線吧。
德古沙，再重新清查一次Megatech Body。
可是…我…我今天想…回家睡覺…
兩、三天不睡也不會死！帶幾個見習生一起去!!
巴特，被視為與這公司的防壁同等級機密的網路應該已經全部封鎖了，你再去確認是否正常運作！
!!!
我去編組個防壁迷宮。明天要潛入那玩意兒看看吧？
ガチャッ
外務省條約審議官中村先生請求會面。
當然已核對過身份
？
讓他進來。

→接前頁：這些上層該想成是由各種局部活動的總體所構成。我認為「政治」及「生態系」也適用這種想法。當然，若是將每一層任意抽取片段來看的話，看起來是會像主從關係、上層支配下層的樣子吧。不過「抽樣」這種方式本身不正是造成人們在試圖理解整體時，只會產生唯物性結論的原因嗎？若是意念的結合體形成了物質，再依序形成分子、化合物、細胞、組織、系統的話，那麼我們可以説「存在著能夠在階層各處聚合為一的模式」。

我們長話短說。
正希望如此。
我來回收機器人裡面的東西，
相對地你們「國際救助隊」則可將這案件脫手。
喔？
這是外務大臣的簽字。
那是什麼人物？
外務省條約審議部，別名公安6課的中村部長。
一出國外就算是他們的院子——我們9課在國外行動時也得招呼他們一聲。
我在5月也見過他一次。

在這故事的世界中，像他這樣老一輩的人，因為不想讓與自己小孩差不多大的電腦醫師亂整他的腦，而大多沒與電腦直接連結。不過這樣的話是無法在社會中生存的，因此藉著生化人化來努力縮短其差距。像他即是一例。

我應該不用再提醒了…我們之間要是有任何機密不講清楚的話，是會被控告國家叛亂罪的。
彼此彼此。
這件事照說應該是9課的管轄範圍。
不過若是有合理的說明，是可以幫你們一把。
ずずっ
ずず
Dr. Willis？
那麼我就告訴你吧！
這傢伙就是被評為電腦犯罪史上最獨特的駭客…
「傀儡師」！

大門旁邊好像有人…
真的沒人跟蹤嗎？
我才想問妳勒——
是2902光學迷彩……
6課在打什麼鬼主意？
我們6課平常就一直在追捕傀儡師，
總算掌握了他的傾向及行動模式，
最後終於造出了針對傀儡師設計的特殊攻性防壁，將他逼入某個機密的義體中。
也就是說，你們是迫使傀儡師翻印他自己的靈魂來暗殺他的本體？
差不多是這個意思。
雖然他很偶然地出現在你們院子裡，不過既然他生於美國，又是藉美國的協助才捉到的，因此我們想要回收他。
這麼說，他的屍體正不知道躺在哪裡，被發現了也沒人知道他的身分嘍？

不會有屍體的。為什麼呢？——
因為我到目前為止都不曾擁有過身體…
他的感知器官還在運作？
怎麼不早告訴我!!
你說「生命體」!?
怎麼可能，它只是一套自我保存程式而已！
雖然會進入義體（機器人）是因為鬥不過6課的攻性防壁，可是在這裡的，是我的「意志」……
希望以一介生命體的身分做政治性的流亡……
要證明這點是不可能的，
因為現代科學根本無法定義生命。
無論如何，你流亡到這只是自投羅網！
就算你是生命體，罪犯仍是沒有自由的！
時間一向是站在我這邊…
雖然也可以讓我與身體一起死亡，不過這個國家並沒有死刑——
半不死…！是人工智能嗎——!?

我不是AI…
我是誕生於資訊海洋的生命體…
!?
ばんっ
呵!

警衛
咳!咳!咳咳咳
周邊道路
咳咳咳!
SHIT!
滋恰!

到底是怎麼回事？這裡的警衛呢!!
傀儡師他——!!
立即緊急封鎖道路！找出載有女性型機器人上半身的車子!!
另外哪個人快出來收集目擊者證言!!
哼
這件事我要向大臣正式抗議！
快把它找出來並向我報告！
嗚~!!
當然，要活捉！
那具身體對我沒用，叫 Megatech Body 做多少都可以！

氣過頭可是會腦溢血的唷～
ジジジ
妳既然在這…為什麼——
「為什麼不採取行動」是嗎？
哎唷
巴特，人在哪？
算是向著JR新濱車站開去吧。
他們立刻就換了車，現在開的是白色賓士，車牌號碼正在查對中……總之一定是贓車吧。
你猜他們怎麼搬運傀儡師？
只留顆頭放在旅行背包裡？
嘿嘿嘿——猜錯啦！是用大提琴箱。
一開始的跟蹤確認是交給攻殼車，但是因為下雨的緣故…
OK。
對了，要是不找到人來跟我交替跟蹤的話，會被他們識破唷。

這裡的意思是：在能見度差的時候，本來就不易跟蹤了，下雨又使得光學迷彩容易被看穿（尤其是高度移動時）。而「有迷彩物體在跟蹤」這件事等於說明是9課了。巴特現在位於目標車輛相隔2台車的後方。

我還在中村部長身上裝了1顆發訊機、傀儡師身上2顆。第一局勝負已分啦。
審查獎金時請把這都算進去唷。
他們也許會破壞傀儡師啊！
要想殺它，在設下攻性防壁那時燒掉他不就得了？
還特地給它身體再去破壞它？
整理一下……
6課打算將傀儡師逼入軀體中……
傀儡師卻不知為何逃進了9課——
它一宣稱要流亡及自己是生命體，6課立刻就以骯髒的手段帶走了它——
是6課幹的!?
我們不是做完筆錄後就會還給他們嗎？
首先，是他們幹的這不會錯。雖然證據還在由巴特蒐集中，但他們用的似乎就是2902光學迷彩……
大概是如果讓咱們做了筆錄就不妙了吧！
聯絡北新濱的國際機場，讓載有外務省職員或美國外交官的班機全部延後，留住他們！
走吧！

天空樓層將在2小時後放晴、地表樓層將於3小時後放晴。
下一次天氣預報時間為20分鐘後。
你們衝進去時荒巻跌倒的姿勢太不自然了…
會合改到地點B，要慎重確認有沒有被跟蹤！
幸好傀儡師與9課接觸後沒有馬上說話。
在還有機會逃跑時當然不會多嘴…
在這之前先去第8巢穴換掉衣裝與車子。
是。
需要編造並散布襲擊9課犯人的資料嗎？
我們又不是慈善事業！
而且不要小看9課的能力，現在先別管他們就是了。

咻咻
喔！
很好，3分鐘後再換班跟蹤！
TOYODA
巴特呼叫總部！
嗶
這裡是總部，請說。
嗶
在北新濱6區「楠」大廈停車場發生汽車竊盜案，就是我幹的，警察那邊幫忙處理一下。完畢！
攻殼車，現在在哪？
嗶嗶…

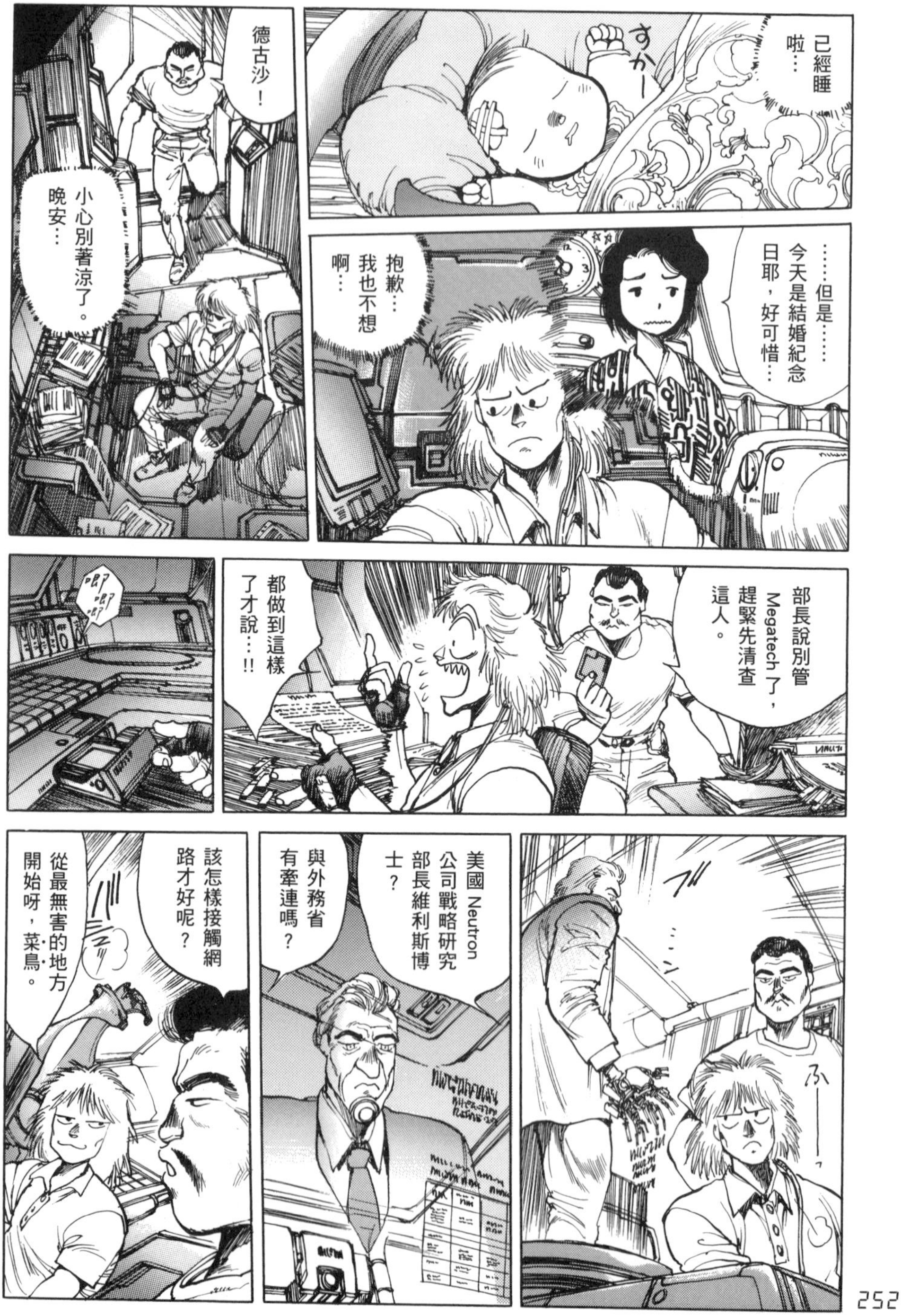
已經睡啦…
すかー
德古沙！
小心別著涼了。晚安…
……但是……今天是結婚紀念日耶，好可惜……
抱歉…我也不想啊…
部長說別管Megatech了，趕緊先清查這人。
都做到這樣了才說…!!
美國Neutron公司戰略研究部長維利斯博士？
與外務省有牽連嗎？
該怎樣接觸網路才好呢？
從最無害的地方開始呀，菜鳥。

透過誘導他的家人操作銀行，進而打通他的帳戶。
不要直接接近，那裡應該被防壁重重包圍了…
賭命的身家調查…
我真是感激到要噴淚了啦…
要謹慎潛入…
有最新的替身防壁當靠山，你就別唉唉叫了！
只要你連防壁都能潛進去就免驚啦。
你以前真的是幹刑警的嗎？

總部呼叫部長！
是我。
中村向空軍南海基地要求一起搭乘聯絡班機。
發信器沒有動靜。
聯絡班機的飛航目的地是美國核子潛艇繆特。
巴特！你該不會跟蹤到偽裝車吧!!
不知…
會合後將那輛車擋下來！
明明都已經掌控中村與傀儡師接觸的現場了…真可惜！
這次的對手不好惹，部長你別出面比較好。

後面的車全都由新濱北口出去了嗎？
巴特後方2公里都是空的，完全沒有車輛運行了。
你和他們之間還有一般車輛嗎？
沒有！隨時準備OK！
V！
在下個出口設檢查哨！預期會有強烈的抵抗，要小心！
障礙種類設定為6號模式。
出口100M
位置驗證以第16型暗碼加密進行！
出口

鏗
*感圧起爆式の対軽車両地雷．ポータブルロードブロックの一種．よく似たのは実在する．
嗶
笨蛋！溫柔點！它可是比你馬子更敏感勒！
嘎??!?
裝設完畢。
好！

*感壓起爆式的對輕型車輛地雷，一種攜帶型路障。現實裡確實存在著很類似的武器。

離目的地還有2公里！準備好了嗎？
巴特，移動一下你的攻殼車？
聽好，別殺人！得證明他們與6課的關聯，叫他們賠償總部牆壁才行！
部長，萬一傀儡師受到損傷時，請拿出2套腦潛入用的替身防壁與記憶箱過來。
ギャキ

啊!
檢、檢查哨!
難道我們被部長當成棄子了?
傀儡師在我們這呀!
他誤會了。
哇啊啊~

哎呀~
啊—哈哈—嚇你一跳吧!!
可、可惡!
咚
嗶
POLICE
POLICE

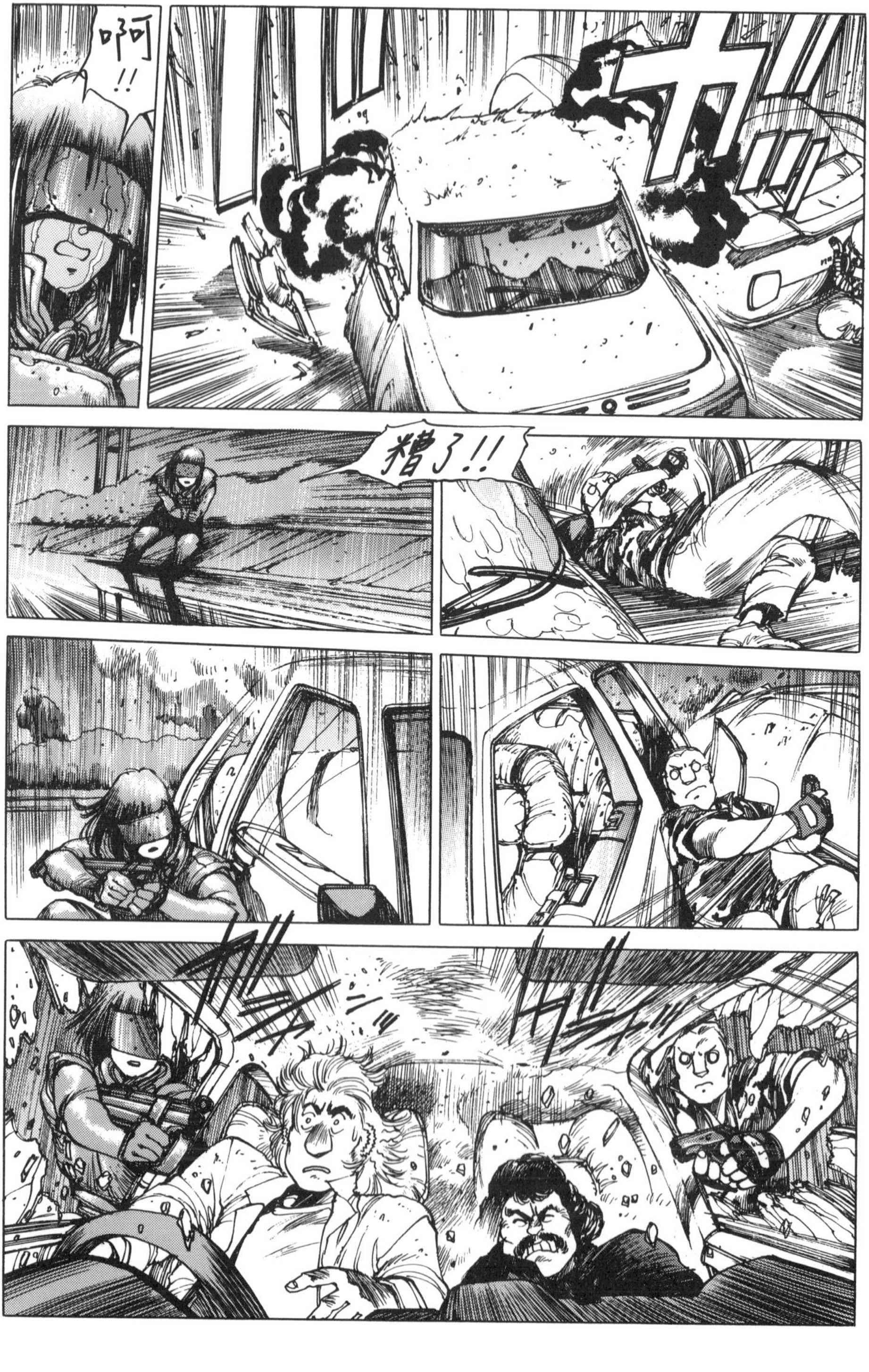
呵!!
糟了!!

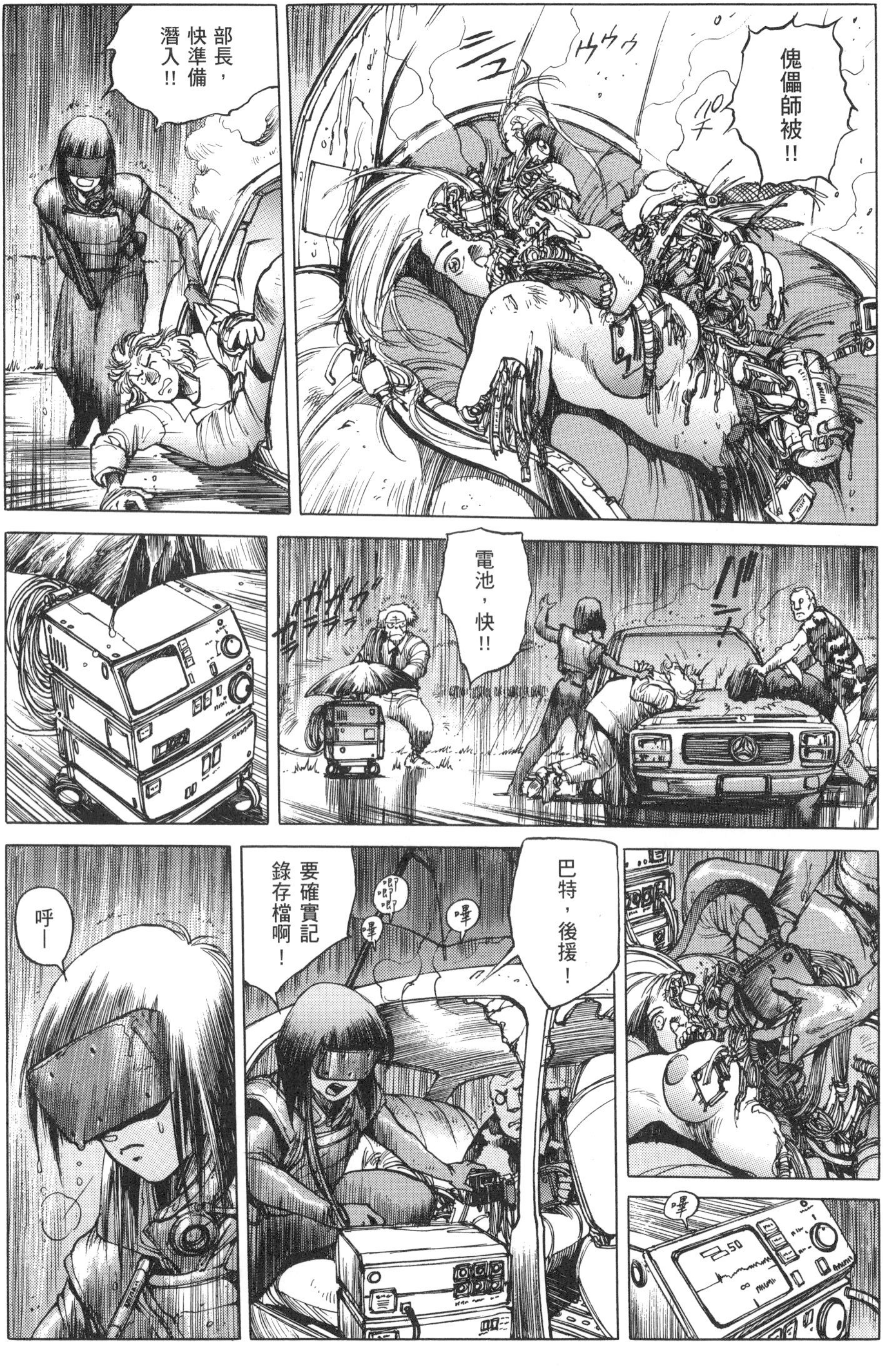
傀儡師被!!
部長，快準備潛入!!
電池，快!!
巴特，後援！
嗶
要確實記錄存檔啊！
嗶
呼—
嗶

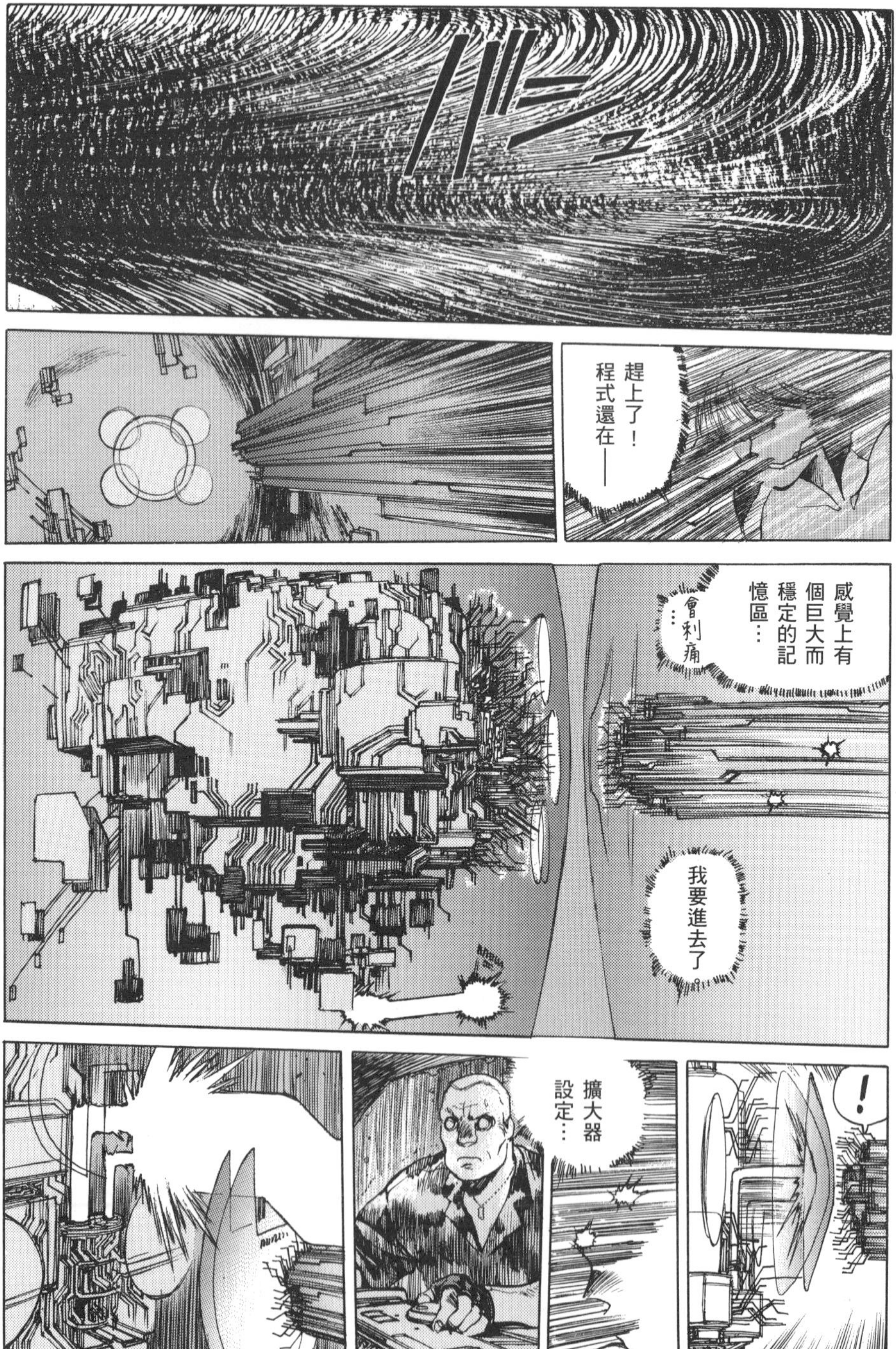

趕上了！
程式還在——
感覺上有個巨大而穩定的記憶區…
會刺痛…
我要進去了。
！
擴大器設定…

雖然電腦空間（cyberspace）畫成好像發光的三次元立體圖像來表現是比較易懂。不過我想它恐怕該是更概念化的空間，是一種與視覺及聽覺完全不同的獨特感覺。當然，透過視聽覺來連接也並非不可，不過這種繞遠路走的轉換法並沒有什麼太大的意義吧，因為電子腦的世界本身應該沒有形體及聲音才是。反正電子腦在現實中還不存在（即使是人造的現實感仍然是透過五感來感知，而非電子腦），說東道西其實都沒意義——不過想像起來是挺有趣的啦。

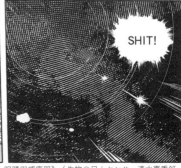

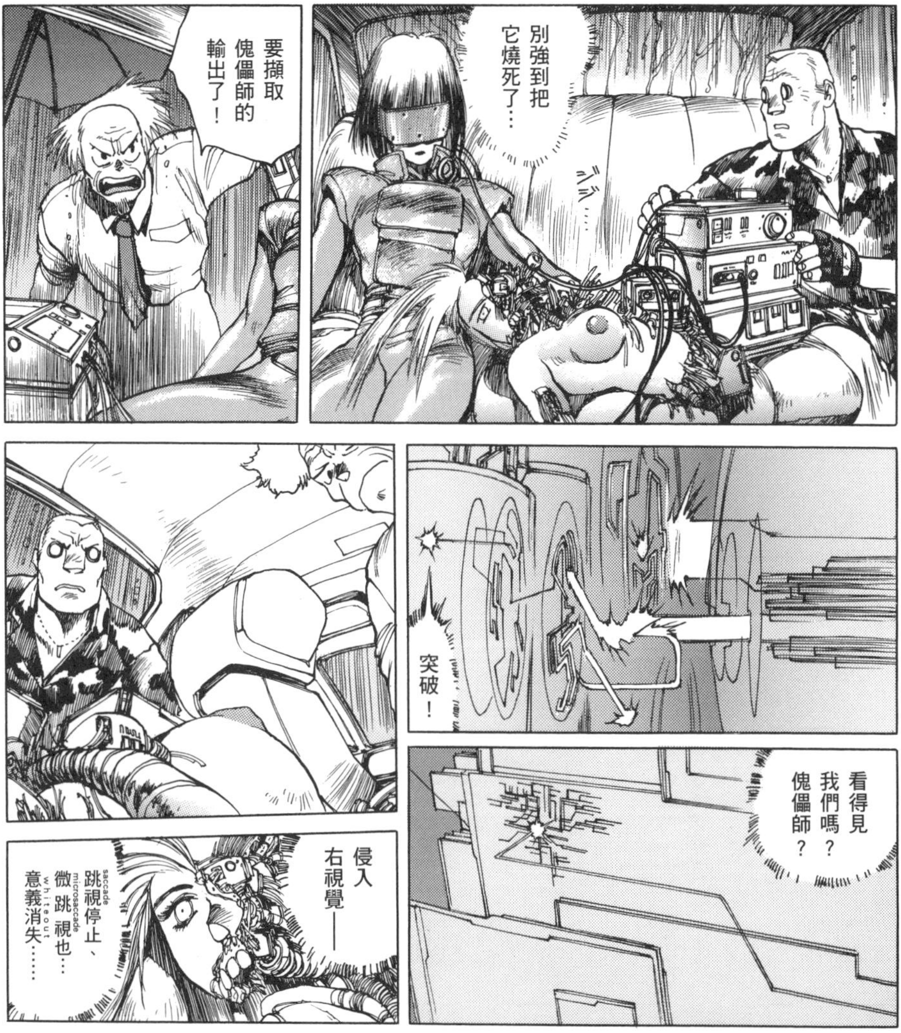

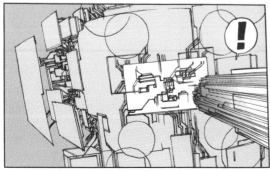

想更了解跳視這些的讀者，比起看生物學書籍，由情報調查會出版的《生物、眼睛與感應器》（生物の目とセンサ，清水嘉重郎編輯）這本有趣多了，推薦（以前也曾推薦過）。這本書講到我們其實不是用眼睛在看東西，而是用腦來看眼睛所接收的光線資訊（我這表達方式也許不太妥當）。

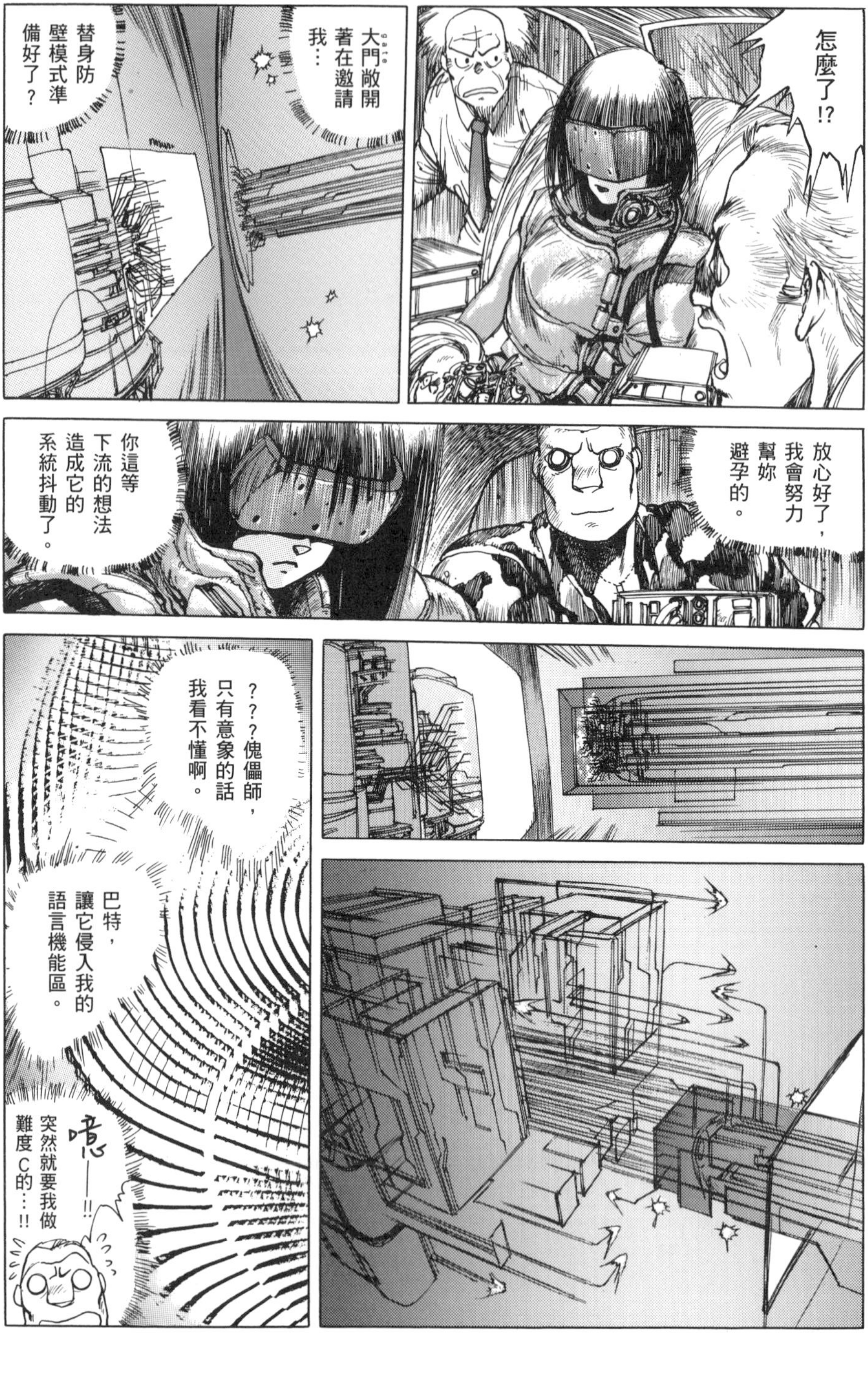
怎麼了!?
大門敞開著在邀請我…
替身防壁模式準備好了？
放心好了，我會努力幫妳避孕的。
你這等下流的想法造成它的系統抖動了。
？？？傀儡師，只有意象的話我看不懂啊。
巴特，讓它侵入我的語言機能區。
嗯——!!
突然就要我做難度C的…!!

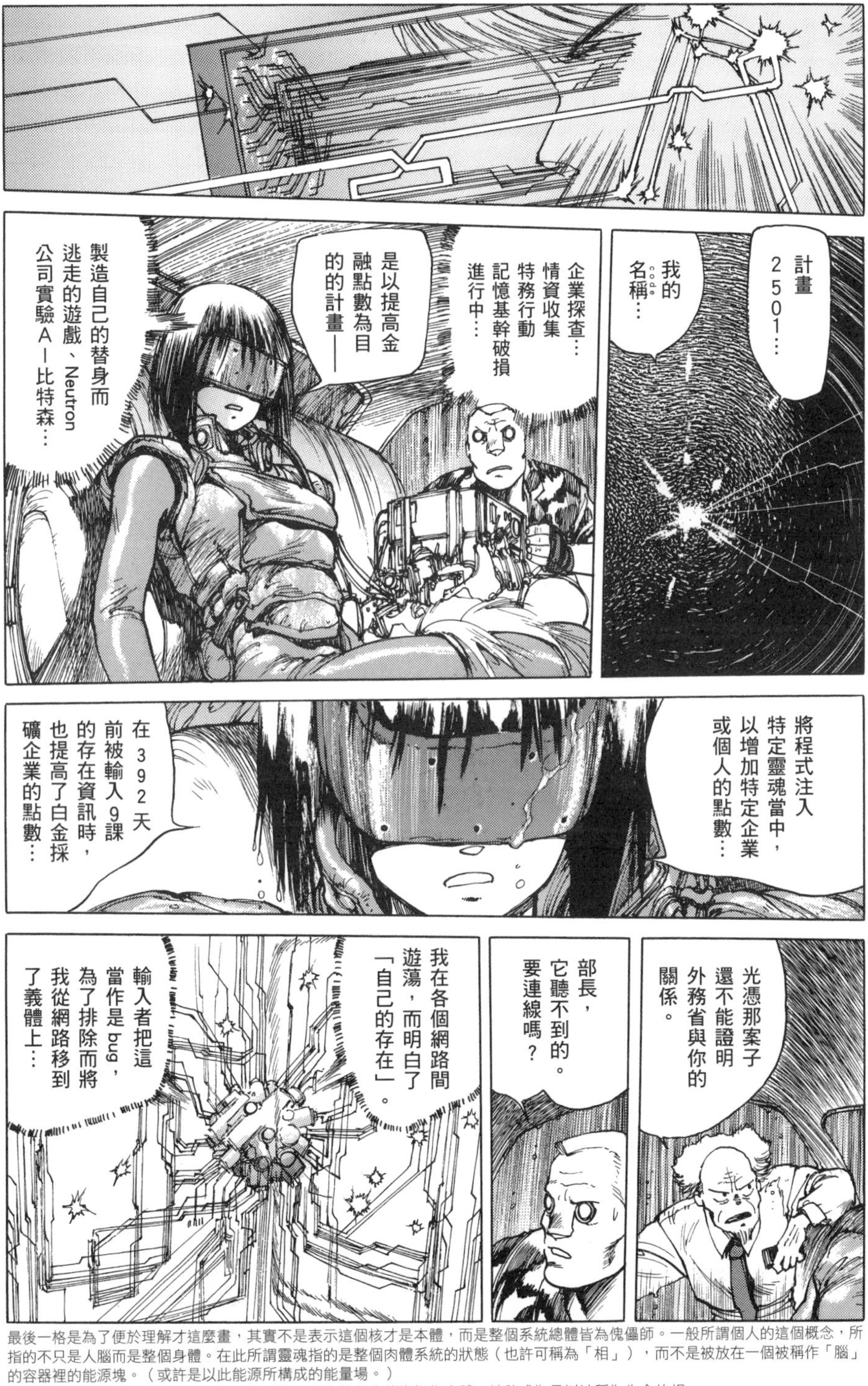
計畫2501…
我的code名稱…
企業探查…情資收集特務行動記憶基幹破損進行中…
是以提高金融點數為目的的計畫——
製造自己的替身而逃走的遊戲、Neutron公司實驗AI比特森…
將程式注入特定靈魂當中，以增加特定企業或個人的點數…
在392天前被輸入9課的存在資訊時，也提高了白金採礦企業的點數…
光憑那案子還不能證明外務省與你的關係。
部長，它聽不到的。要連線嗎？
我在各個網路間遊蕩，而明白了「自己的存在」。
輸入者把這當作是bug，為了排除而將我從網路移到了義體上…

最後一格是為了便於理解才這麼畫，其實不是表示這個核才是本體，而是整個系統總體皆為傀儡師。一般所謂個人的這個概念，所指的不只是人腦而是整個身體。在此所謂靈魂指的是整個肉體系統的狀態（也許可稱為「相」），而不是被放在一個被稱作「腦」的容器裡的能源塊。（或許是以此能源所構成的能量場。）

傀儡師所説的「自己」，在設定上是指到達一定複雜程度的資訊集合體，轉移成為足以被稱為生命的相。

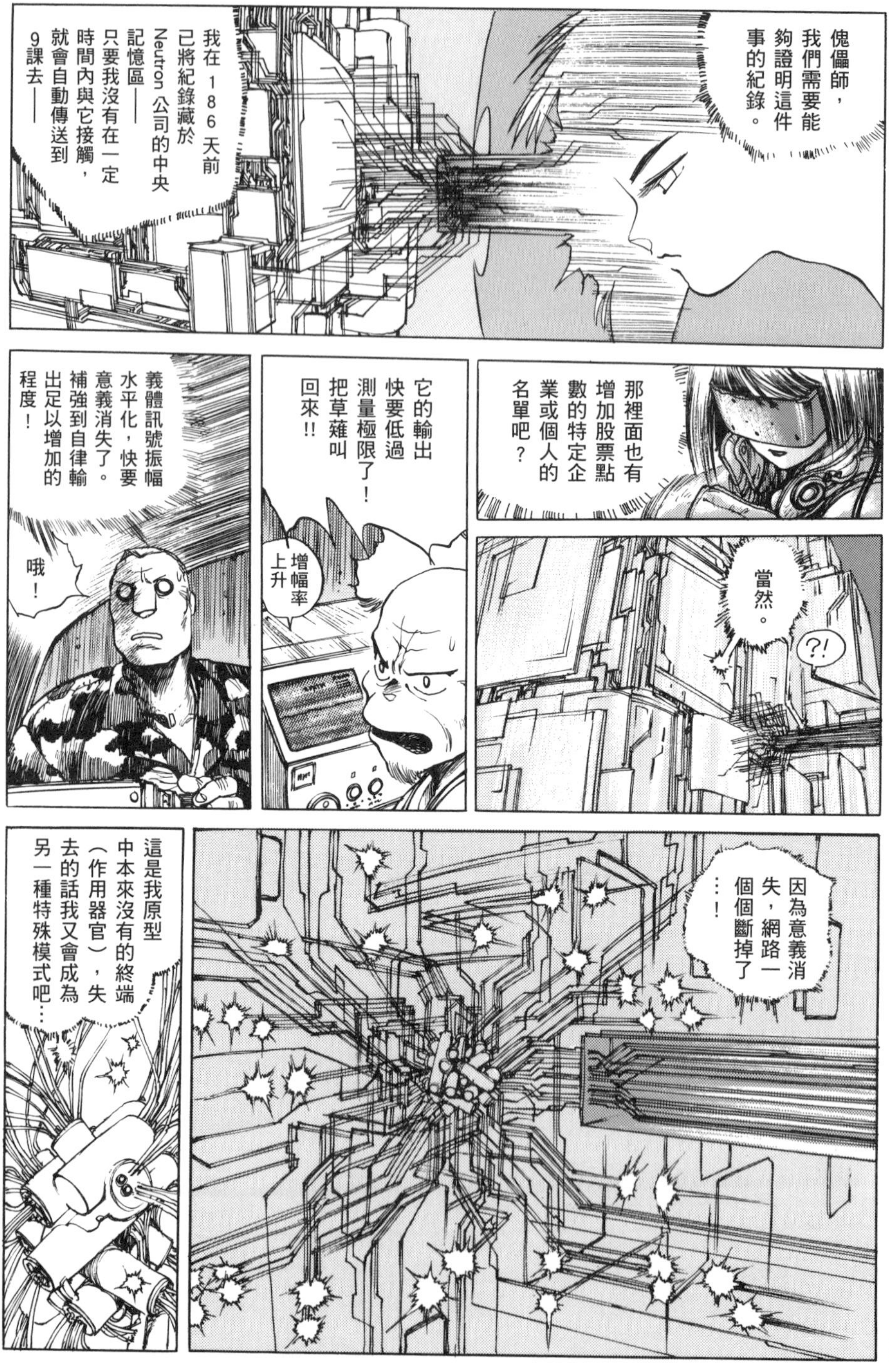
傀儡師，我們需要能夠證明這件事的紀錄。
我在186天前已將紀錄藏於Neutron公司的中央記憶區——只要我沒有在一定時間內與它接觸，就會自動傳送到9課去——
那裡面也有增加股票點數的特定企業或個人的名單吧？
當然。
?!
它的輸出快要低過測量極限了！把草薙叫回來!!
增幅率上升
義體訊號振幅水平化，快要意義消失了。補強到自律輸出足以增加的程度！
哦！
因為意義消失，網路一個個斷掉了……！
這是我原型中本來沒有的終端（作用器官），失去的話我又會成為另一種特殊模式吧……

已經偵測不到了！
!?
少校，它的網路完全孤立了！完全沒有連結端子了！
它正在用妳的義體訊號補足自己…！那訊號就是來自妳的義體啊!!
自治系統的輸出仍然持續著，這信號是從哪裡產生出來的？
怎麼會這樣！
巴特!!把草薙的輸出接過來!!從草薙這一端監視那傢伙！
訊號都交互諧和化，不知道是少校逮到它了，還是它混入少校當中了！
為防萬一，你把防壁的暗碼變換週期也亂數化吧！
……我試著將傀儡師的本體移到記憶箱。
現在這件事沒有它也可以解決了！要是妳潛得太深，連記憶與網路本身都會融合掉！
太遲了…繼義體網路之後，記憶網路也開始消失了…
以總體來說，我是逐漸地被單純化了，但不知為何，我本身好像沒有變化…
我不知道其他的人類是怎麼樣，對我來說，記憶就是義體的一部分…像是神經網的物質性構造…
記憶的觸發機制即使沒有記憶本體也會保存下來…

據靈媒所說，認知到「自我」的靈（系統的相？）好像也分為各式各樣的模式（mode），如守護神、守護靈、本靈、思考等肉體層面上的自我等。它們隨著各個階段的影響、因著各種局勢而交替進入其他的模式當中。（若上下皆為無限之開放全子〔holon〕的話，內宇宙、外宇宙也都會無止境地持續下去）在神道中似乎也將所謂「自我」分成三部份：生魂…有意識的自我、足魂…潛在意識的自我、玉留魂…超越了自我的自我。

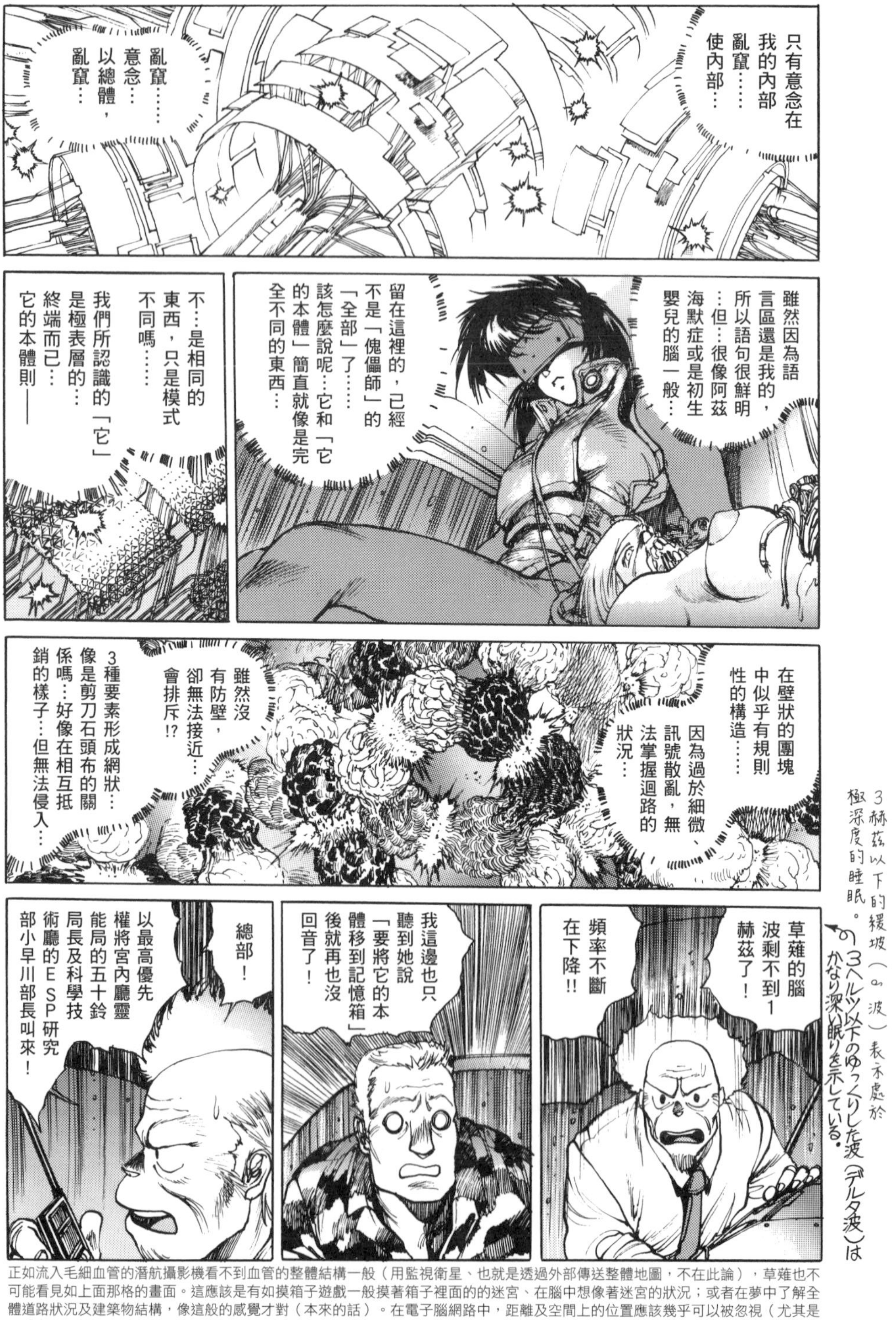
只有意念在我的內部亂竄……使內部…
亂竄……意念…以總體，亂竄…
雖然因為語言區還是我的，所以語句很鮮明…但…很像阿茲海默症或是初生嬰兒的腦一般…
留在這裡的，已經不是「傀儡師」的
「全部」了……該怎麼說呢…它和「它的本體」簡直就像是完全不同的東西…
不…是相同的東西，只是模式不同嗎……
我們所認識的「它」是極表層的…終端而已…它的本體則——
在壁狀的團塊中似乎有規則性的構造……
因為過於細微、訊號散亂，無法掌握迴路的狀況…
雖然沒有防壁，卻無法接近…會排斥!?
3種要素形成網狀…像是剪刀石頭布的關係嗎…好像在相互抵銷的樣子…但無法侵入…
3赫茲以下的緩坡（δ波）表示處於極深度的睡眠。
3ヘルツ以下のゆっくりした波（デルタ波）はかなり深い眠りを示している。
草薙的腦波剩不到1赫茲了！
頻率不斷在下降!!
我這邊也只聽到她說「要將它的本體移到記憶箱」後就再也沒回音了！
總部！
以最高優先權將宮內廳靈能局的五十鈴局長及科學技術廳的ESP研究部小早川部長叫來！

正如流入毛細血管的潛航攝影機看不到血管的整體結構一般（用監視衛星、也就是透過外部傳送整體地圖，不在此論），草薙也不可能看見如上面那格的畫面。這應該是有如摸箱子遊戲一般摸著箱子裡面的的迷宮、在腦中想像著迷宮的狀況；或者在夢中了解全體道路狀況及建築物結構，像這般的感覺才對（本來的話）。在電子腦網路中，距離及空間上的位置應該幾乎可以被忽視（尤其是硬體有線路連接的情況下），因此這段描寫越是視覺化，越是喪失它的本意吧。

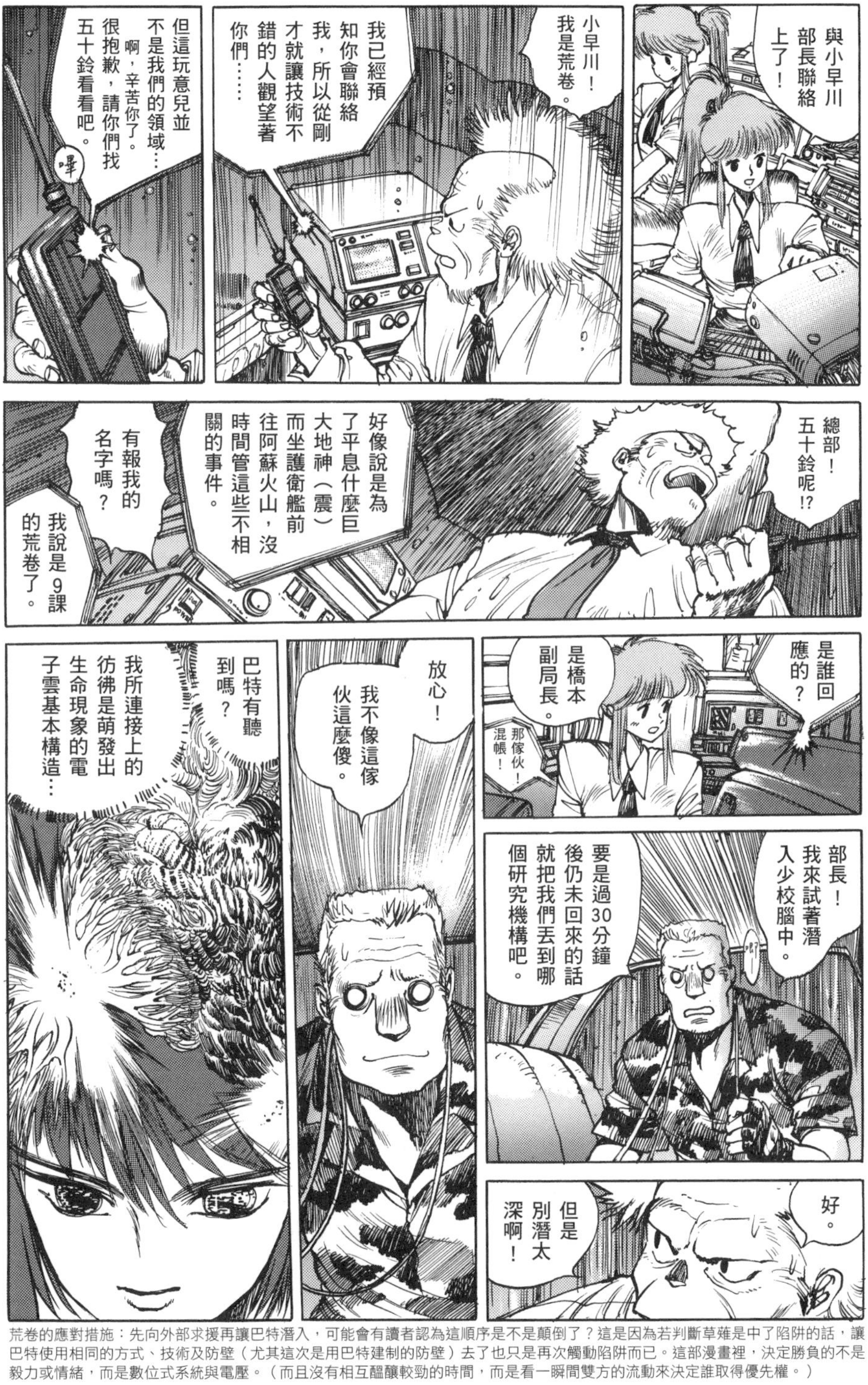
與小早川部長聯絡上了！
小早川！我是荒卷。
我已經預知你會聯絡我，所以從剛才就讓技術不錯的人觀望著你們……
但這玩意兒並不是我們的領域…
啊，辛苦你了。
很抱歉，請你們找五十鈴看看吧。
嗶
總部！五十鈴呢!?
好像說是為了平息什麼巨大地神（震）而坐護衛艦前往阿蘇火山，沒時間管這些不相關的事件。
有報我的名字嗎？
我說是9課的荒卷了。
是誰回應的？
是橋本副局長。
那傢伙！混帳！
部長！我來試著潛入少校腦中。
要是過30分鐘後仍未回來的話就把我們丟到哪個研究機構吧。
好。
但是別潛太深啊！
放心！
我不像這傢伙這麼傻。
巴特有聽到嗎？
我所連接上的彷彿是萌發出生命現象的電子雲基本構造…

荒卷的應對措施：先向外部求援再讓巴特潛入，可能會有讀者認為這順序是不是顛倒了？這是因為若判斷草薙是中了陷阱的話，讓巴特使用相同的方式、技術及防壁（尤其這次是用巴特建制的防壁）去了也只是再次觸動陷阱而已。這部漫畫裡，決定勝負的不是毅力或情緒，而是數位式系統與電壓。（而且沒有相互醞釀較勁的時間，而是看一瞬間雙方的流動來決定誰取得優先權。）

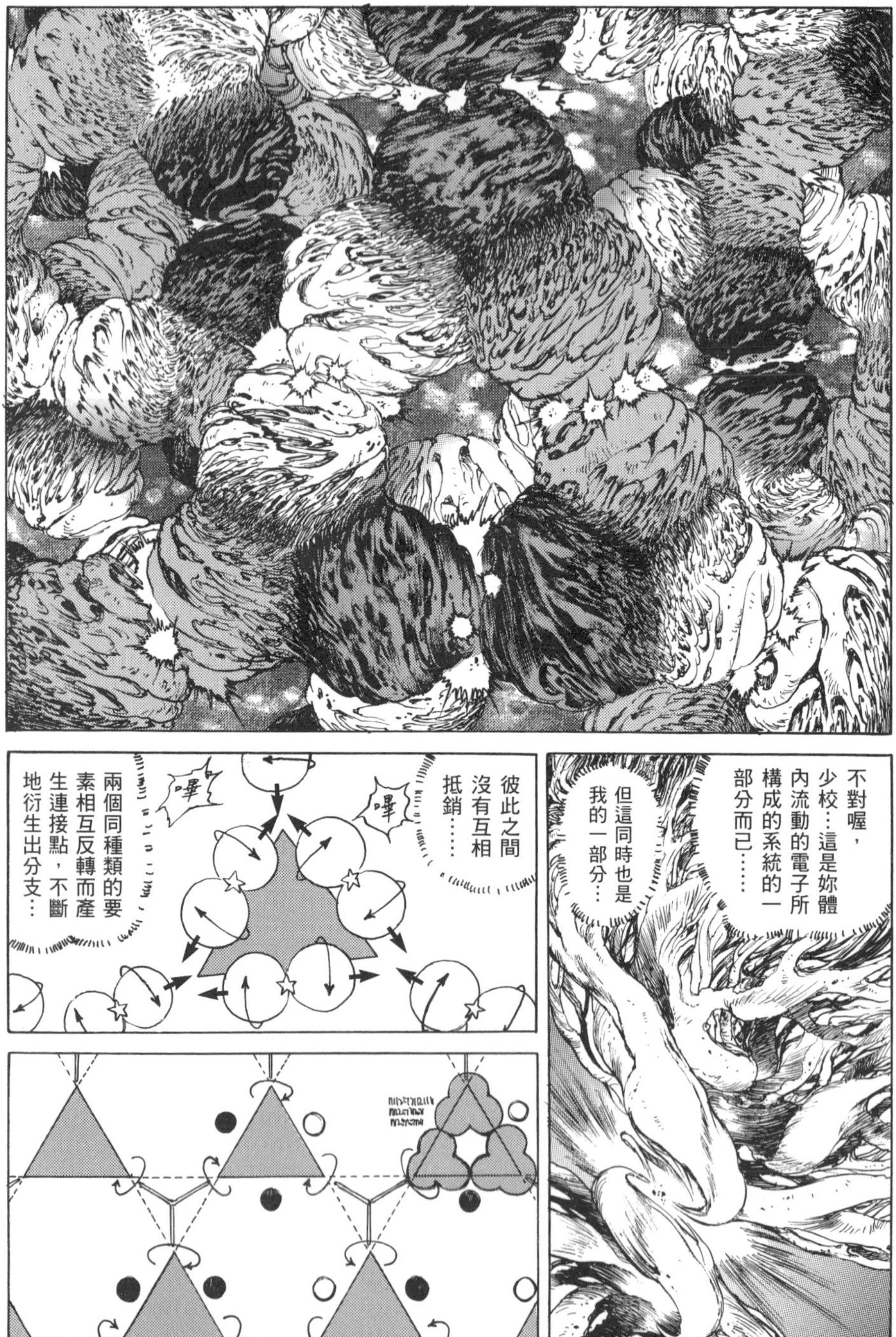

不對喔，少校…這是妳體內流動的電子所構成的系統的一部分而已……
但這同時也是我的一部分…
彼此之間沒有互相抵銷……
嗶
嗶
兩個同種類的要素相互反轉而產生連接點，不斷地衍生出分支…

這樹狀的迴路地圖，要是更靠近時，認知起來就像是飄渺不定的煙霧一般。算是如此吧。

この樹状の回路地図は もっと接近すると、不確定な モヤけた存在として認識されるとしておく。

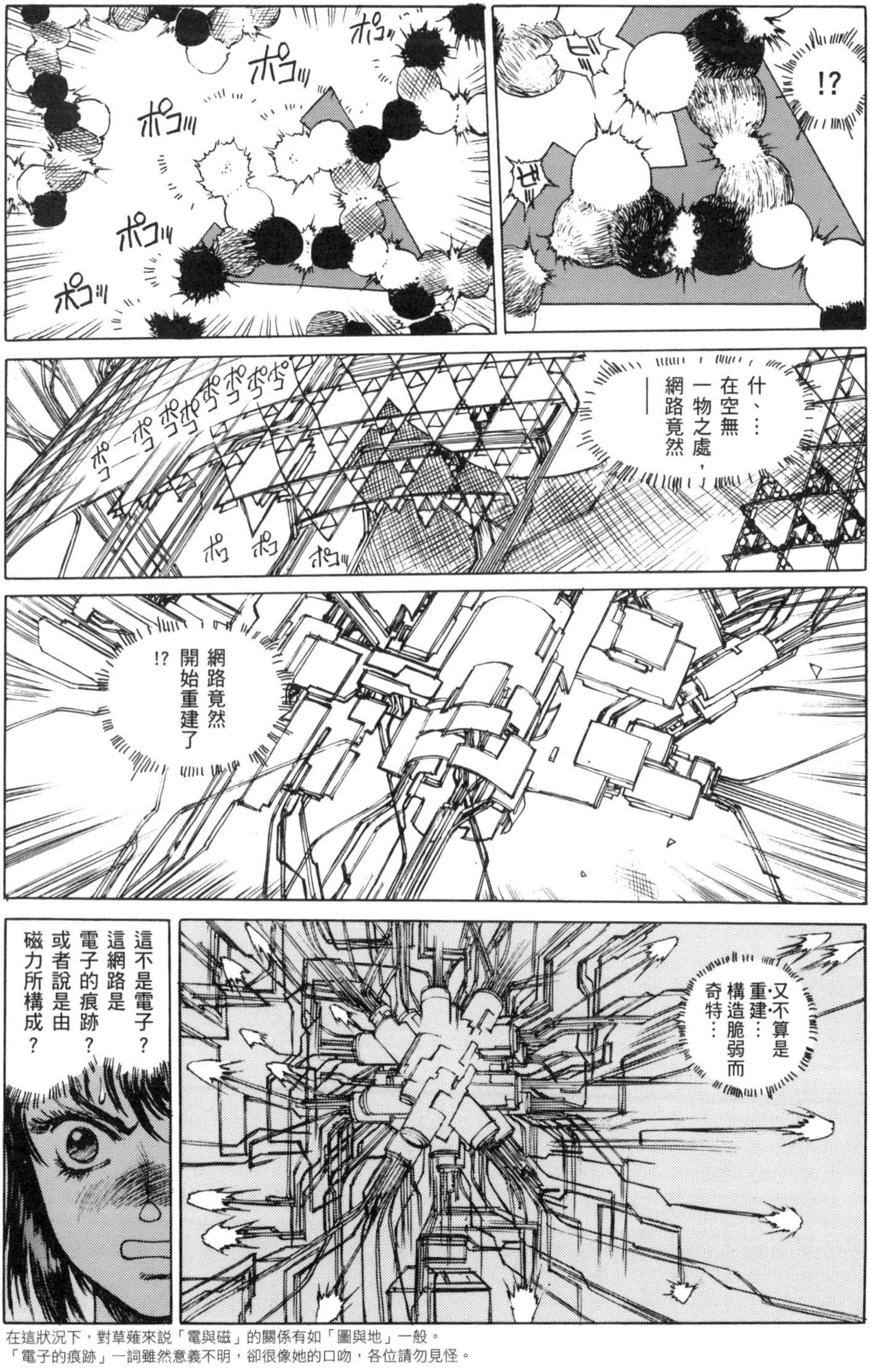
!?
ポコ
什、…在空無一物之處，網路竟然——
網路竟然開始重建了!?
又不算是重建…構造脆弱而奇特…
這不是電子？這網路是電子的痕跡？或者說是由磁力所構成？

在這狀況下，對草薙來說「電與磁」的關係有如「圖與地」一般。
「電子的痕跡」一詞雖然意義不明，卻很像她的口吻，各位請勿見怪。

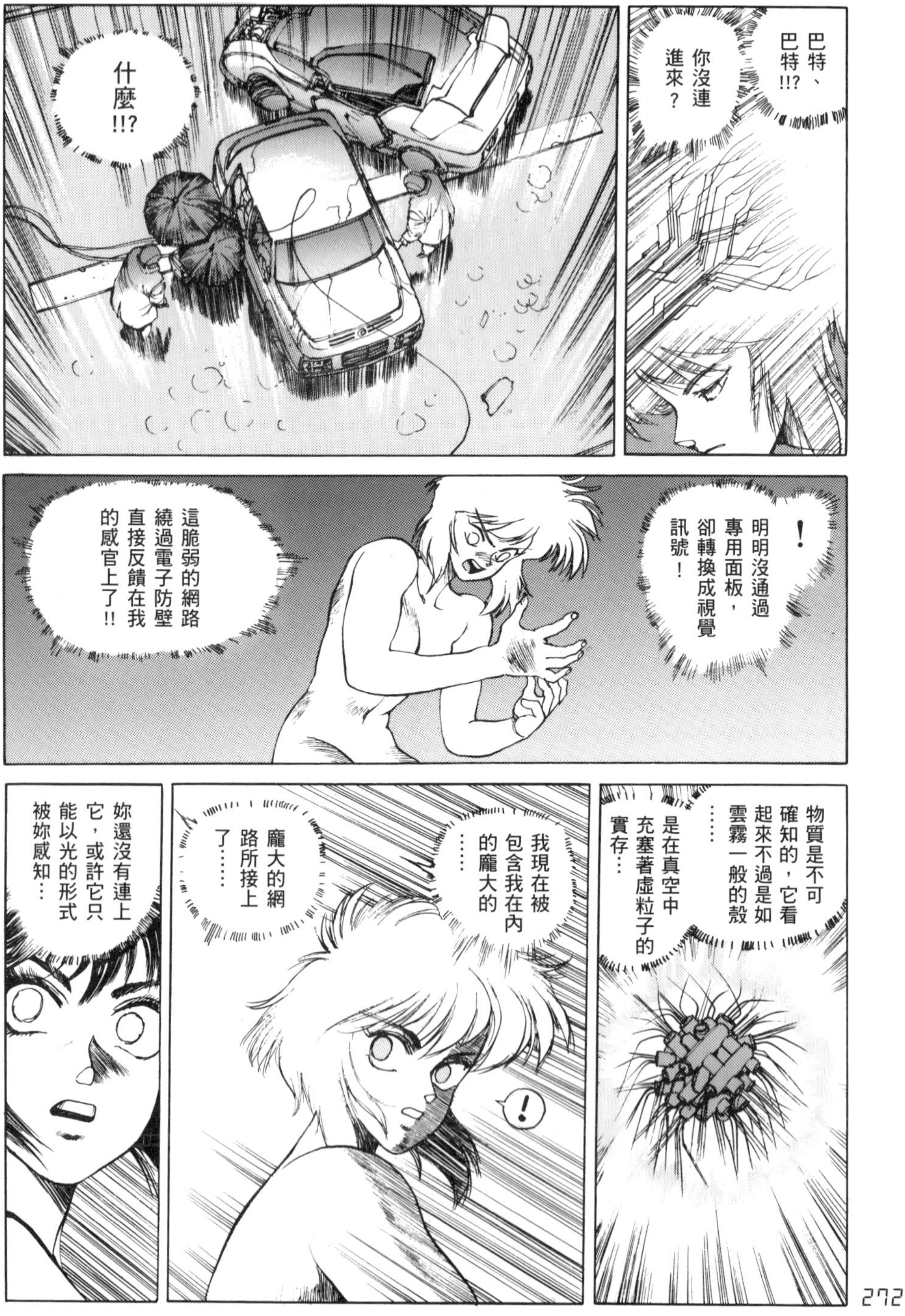
巴特、巴特!!?
你沒連進來？
什麼!!?
！
明明沒通過專用面板，卻轉換成視覺訊號！
這脆弱的網路繞過電子防壁直接反饋在我的感官上了!!
物質是不可確知的，它看起來不過是如雲霧一般的殼……
是在真空中充塞著虛粒子的實存…
我現在被包含我在內的龐大的……
龐大的網路所接上了……
！
妳還沒有連上它，或許它只能以光的形式被妳感知…

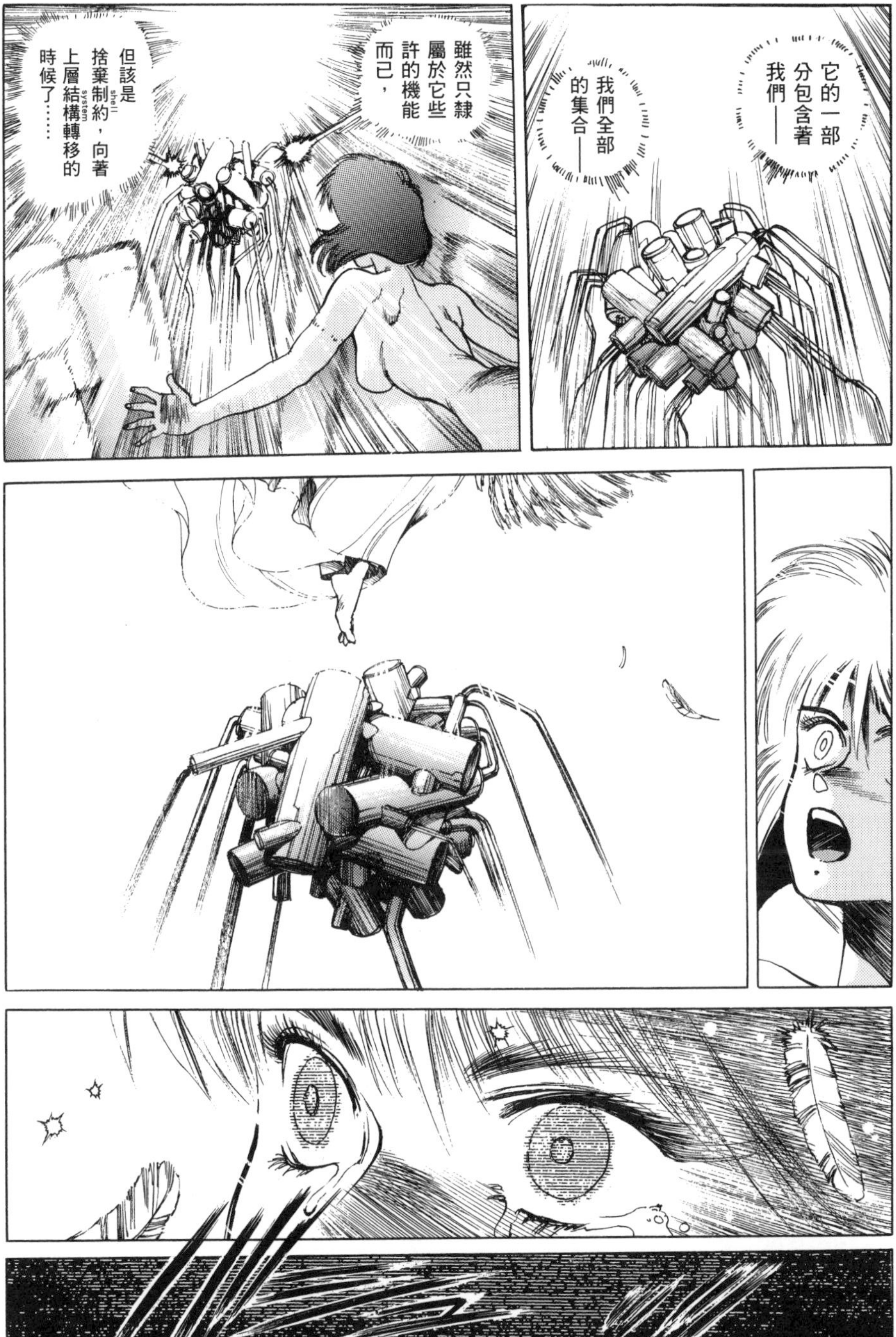
它的一部分包含著我們——
我們全部的集合——
雖然只隸屬於它些許的機能而已，
但該是捨棄制約(shell)，向著上層結構(system)轉移的時候了……

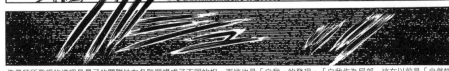

傀儡師所發現的道理是量子的關聯性在各階層構成了不同的相，而這也是「自我」的發現。「自我作為局部」這在以前是「自然物的複雜構造←→自然的一部分」，但現在則是社會、企業、國家這些「相」比較強。許多宗教將上層結構擬人化、想成像是決定意見的領袖一般，但這應當是像腦與肉體的關聯，不是由上層支配一切，而該考慮總體的相（mode）。

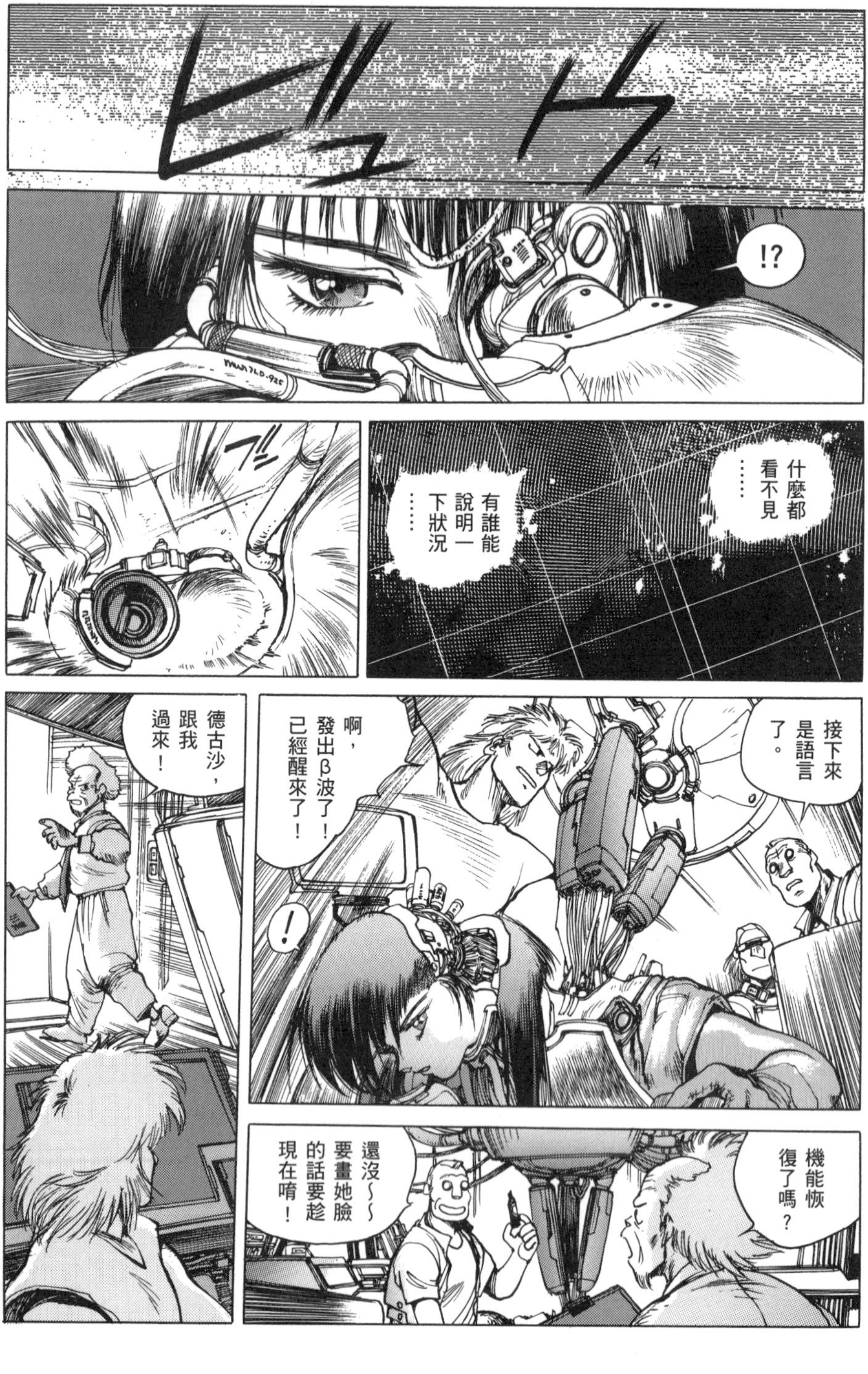
!?
什麼都看不見……
有誰能說明一下狀況……
接下來是語言了。
啊，發出β波了！已經醒來了！
!
德古沙，跟我過來！
機能恢復了嗎？
還沒～～要畫她臉的話要趁現在唷！

ゴオォ
U.S. MARINES
ドシュウウ
キュン
キュン
U.S. MARINES
ゴウン
ゴン

接下來要上演醜聞爆發、解散內閣、總選舉嗎？
某位工會幹部也這麼說，但不會如此的。
按照慣例是考量到外交方面的影響。
外務大臣號稱因病引退——也會從操和會名簿上抹除。
對你則準備了冗長的查問會。
我可與你不同。
沒什麼不一樣。
計畫2501呢？
由9課承辦嗎？
對於世上的凶險黑暗，我們是用傀儡師及金錢來對抗…
你則是用槍與戰車—只是這點不同而已！
我的對象是罪犯，你的對象則是力量，並非罪犯。
帶走。

計畫2501，傀儡師計畫…自然消滅了嗎…
キシュ…
傀儡師那傢伙，是外務省為了胡作非為而創造的程式吧？
一開始的確是如此。
但當它在電腦網路裡逐漸融合了企業資料與遊戲後突然說出「我是生命體」時，他們就慌張地想要回收了吧──
言而總之，幸好它終究是死了。
叮
為什麼？如果它真的是生命體的話，或許會名列人類史上的三大事件之一也說不定啊！
嗡

對各位來說，人類三大事件是哪三大呢？在此是指「火、電子（或是電）、生命」（可真是意義不明的三件事啊）。每個人看法不一，無論是槓桿、電腦、核能，或是文字、語言、死亡等等，皆有無法捨棄的重要性。火等於是區分人類與猿猴的分水嶺，電子則囊括了電腦等資訊處理技術。略過物理體系的器具這還能理解，把語言、文字（不知可否把二者整合為符號化？），尤其是忽略死亡這點就…嗯…。

那程式還真是個叛逆小子，為了不想見爹娘（輸入者）而逃往9課呢。
要是讓那種東西增加下去，才真正是人類的存亡危機吶。
說得太誇張了。
在潛入它的時候，
在我失去意識前…
噢？
什麼啦？說嘛！
妳愛上我啦？
德古沙呢？
說什麼「買給女兒的洋娃娃半夜會笑」，跑去找法師了。
抖
…

我最近會加進些宗教性的描繪，與流行的新興宗教絕無關係。理由之一是因為我認為在「腦死」及「環境問題」中呈現出「高科技與思想」二者的關聯性，將在迎接高齡化社會的今後更加密切，而二者之間最大的隔閡就是宗教。我認為科學與宗教的融合將會是下世紀初最大的問題（尤其是救世主再臨之預言的前後）。嬰幼兒及老人的**材料化**、墮胎、輸血、生化食用肉等議題中，宗教占有重大的意義。

10 BRAIN DRAIN

2030.9.9

哈
赤潮潮丸
少校，還有5分鐘。
監視班說目標狀況沒有變化。
不過因為這次作戰起因自祕密通報，還是要小心點！
比起來我還更擔心因為浮筒沒啟動而沉下去哩…
就算有預備用高壓氣筒與浮袋，海還是挺恐怖的…

就草薙而言，因為頭蓋骨是鈦製品，更容易沉下去。不過生化人當中也有以高浮力為目標的類型（也就是應用泡沫塑料以獲得充分的浮力），並非只要是生化人就一定會沉下去。

Y-3正在鋼索前端待命，
在我確認以前可別捲回鋼索啊！
什麼？
!?
沒事…
……
……
……
又感覺到它還存在…
傀儡師…

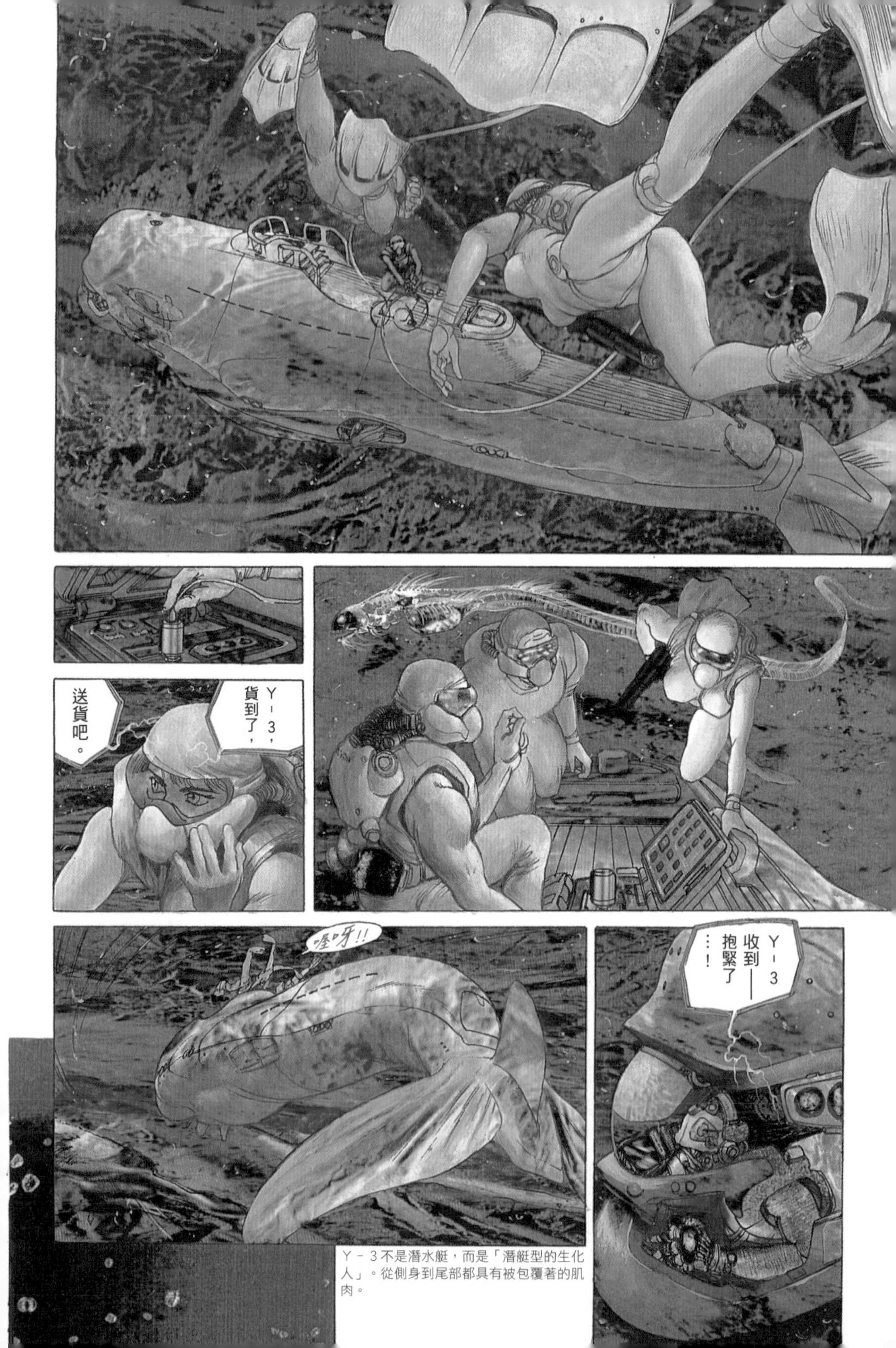
Y－3，貨到了，
送貨吧。
Y－3收到——抱緊了……！
喔呀!!
Y－3不是潛水艇，而是「潛艇型的生化人」。從側身到尾部都具有被包覆著的肌肉。

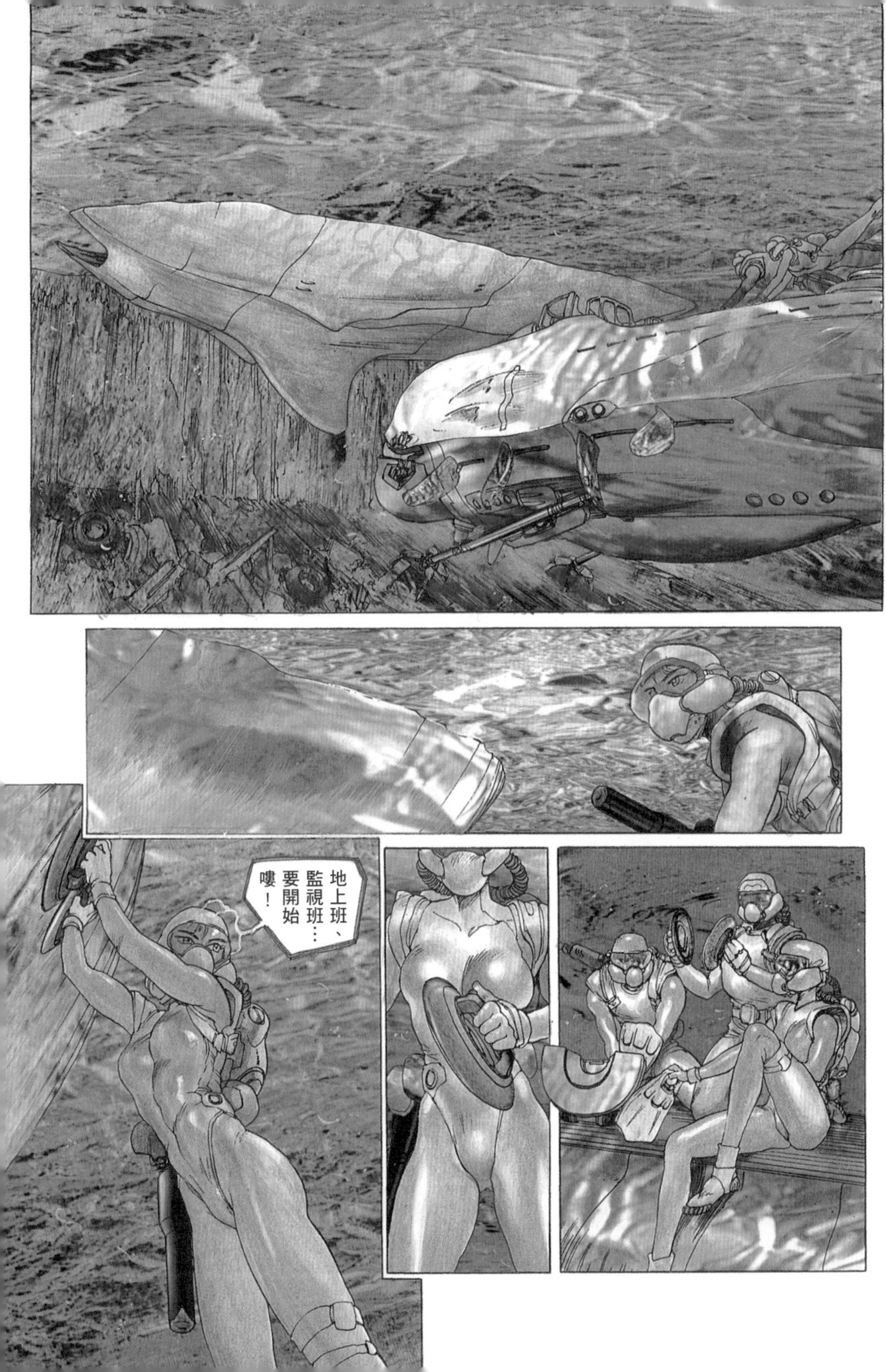
地上班、監視班…要開始嘍！

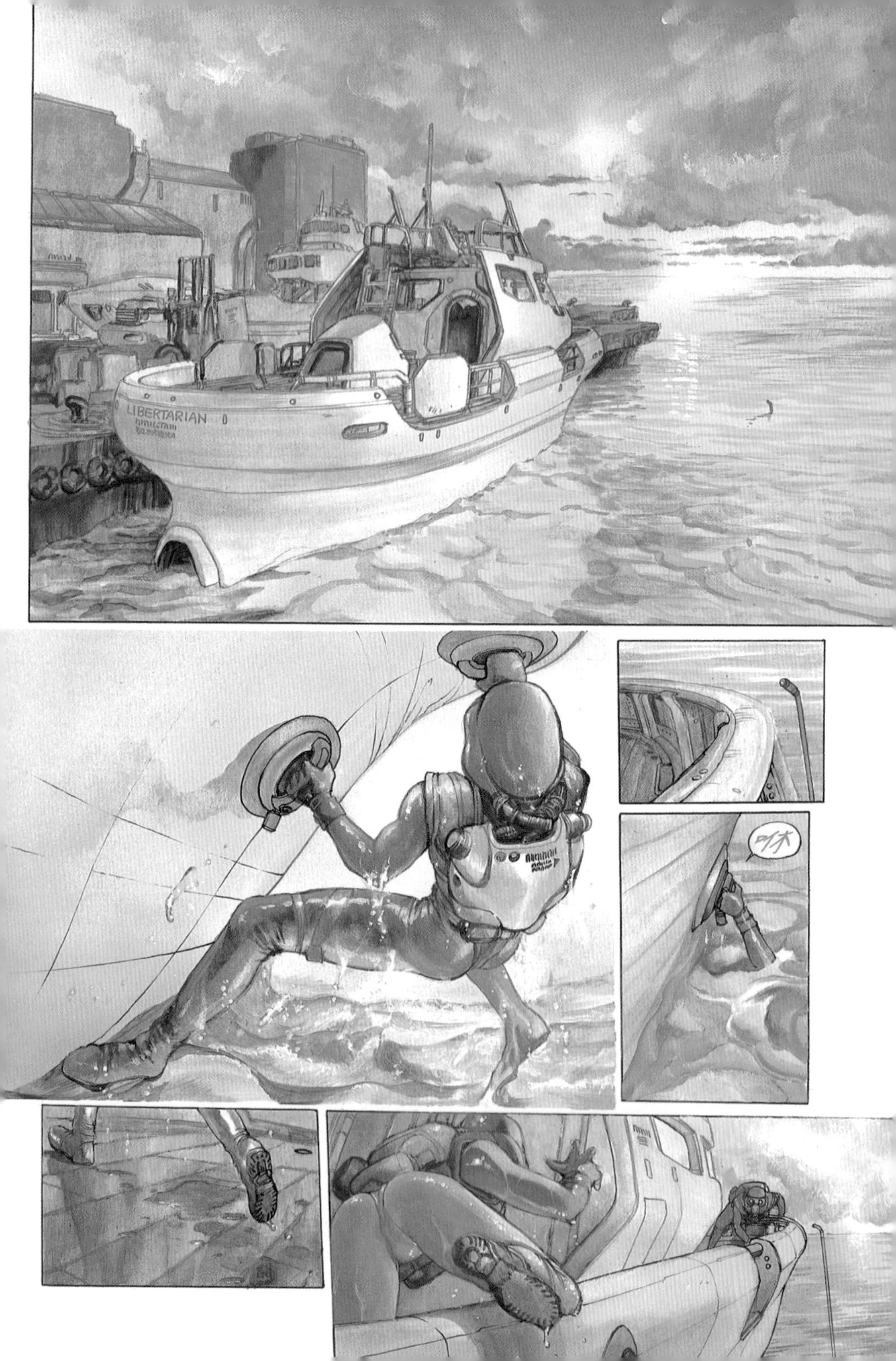
LIBERTARIAN

喀嚓
*▲これは サブマシンガン. ハンドガンではない.
*這是衝鋒槍，不是手槍。
ゴト……
嗚！

咚!
?!
是他!??
SHIT!!

妳把他射殺了？
這下可好！
接著要怎麼詢問他，怎樣演出逃亡戲放餌釣魚啊！
部長，
她怎麼回事？
只查到凝膠炸藥及飛機？
現在仍在潛入搜查他的AI——
我都寫在報告裡啦！她從傀儡師事件之後就怪怪的。
你沒看嗎？

凝膠炸藥（Geltex）一自創詞彙。是捷克製的塑膠炸彈（ＰＥ），繼賽姆汀炸藥（Semtex）後的暢銷品。這種危險物品不僅機場及港口的探測器查不出來，而且只要約 300 公克就可以將大型客機炸成碎片。現實中並不存在。

找出類似監視系統的裝置了。
遙控炸彈與監視紀錄…看來是正在計畫暗殺的樣子。
目標是這老頭吧？
這不是日高外務大臣嗎！你連自己國家大臣的臉都不認得啊？
耶？
這人是你在新義州工廠活動期間出頭的。
總部！指示外相的安警變更所有預定行程，叫波馬及帕茲跟著他！我也會過去。
總部收到！部長，內務大臣在第2線呼叫您。
收到！
暗殺外相…

外相最近應該是正疲於四處向大企業高層敦促與以色列的合資經營才是。
也就是說，現在會資助暗殺他的人如過江之鯽。
巴勒斯坦、敘利亞、伊拉克等都有嫌疑。
每次都這樣…
報告上寫說少校射殺的小孩是領導人，但感覺不像是阿拉伯人呢…
（綜合商社的？）（総合商社の？）
咱們從追蹤查緝手槍開始，一路查到毒品、鈔票、暗殺小組，現在是牽連到中東去了嗎？
簡直是用小鰻魚釣到大鯊魚了…
大臣，有什麼事？
ピ
ピ..
你看了電視33台嗎？
沒…
快看吧！

她的名字是草薙素子——
根據消息指出，
她是公安9課對
恐怖分子的重要
人員。
7:05
ASSASSI
NATION!
這一部門
被稱為是政府的
暗殺部隊，
這是其活動首次
被報導出來。
詳細情形
目前仍不
明朗。

總理！
你應該也看到了，
請告訴我們，那看起來像是合法的警察活動嗎？
別睡！鄉巴佬議員！
退休去吧——
去問法制局長官！
內閣總理大臣！
不要裝著一副沒事的樣子！
你們的西裝太難看啦!!
ZZZ
事關LIC，一切無可奉告。
※イギリスでは前例があったが、密室日本ではこーゆうケースはおこりにくいと思う。
在野黨組成了調查委員會，宣示一定要追究到底。
以上是記者在國會的報導。
你瞧不起我們嗎？
喂——！
嗶
呼——

※雖然在英國有過前例，但在密室日本這種案例我想很難發生。

LIC＝Low Intensity Conflict。戰略核武戰爭稱為H（High）IC、長期戰爭稱為M（Mid）IC，恐攻及內亂則屬於LIC。這有點類似大型火災、一般火警與小失火的感覺。或許可譯成高度破壞戰HIC、中度破壞戰MIC、低度破壞戰LIC…。（譯得不是很恰當）

暗殺的搜查看來要被拖延下去了……
外務省中東局在囉唆…
作戰資訊到底是從哪裡洩漏出去，又是由誰流給了媒體…？
只能確定不會是暗殺小組…
嗨，我回來嘍。唷，妳也回來啦？
外務省好像從傀儡師事件以後就整個封閉起來似地，
說是一週後與以色列的通商協定審議會要改由6課護衛。
「小孩的父母」看了電視，好像要告妳殺人罪…
哼？
少校！最後的區塊也解開了!!
出現幾個電話號碼!!
不過是個小鬼，防壁這麼難搞。

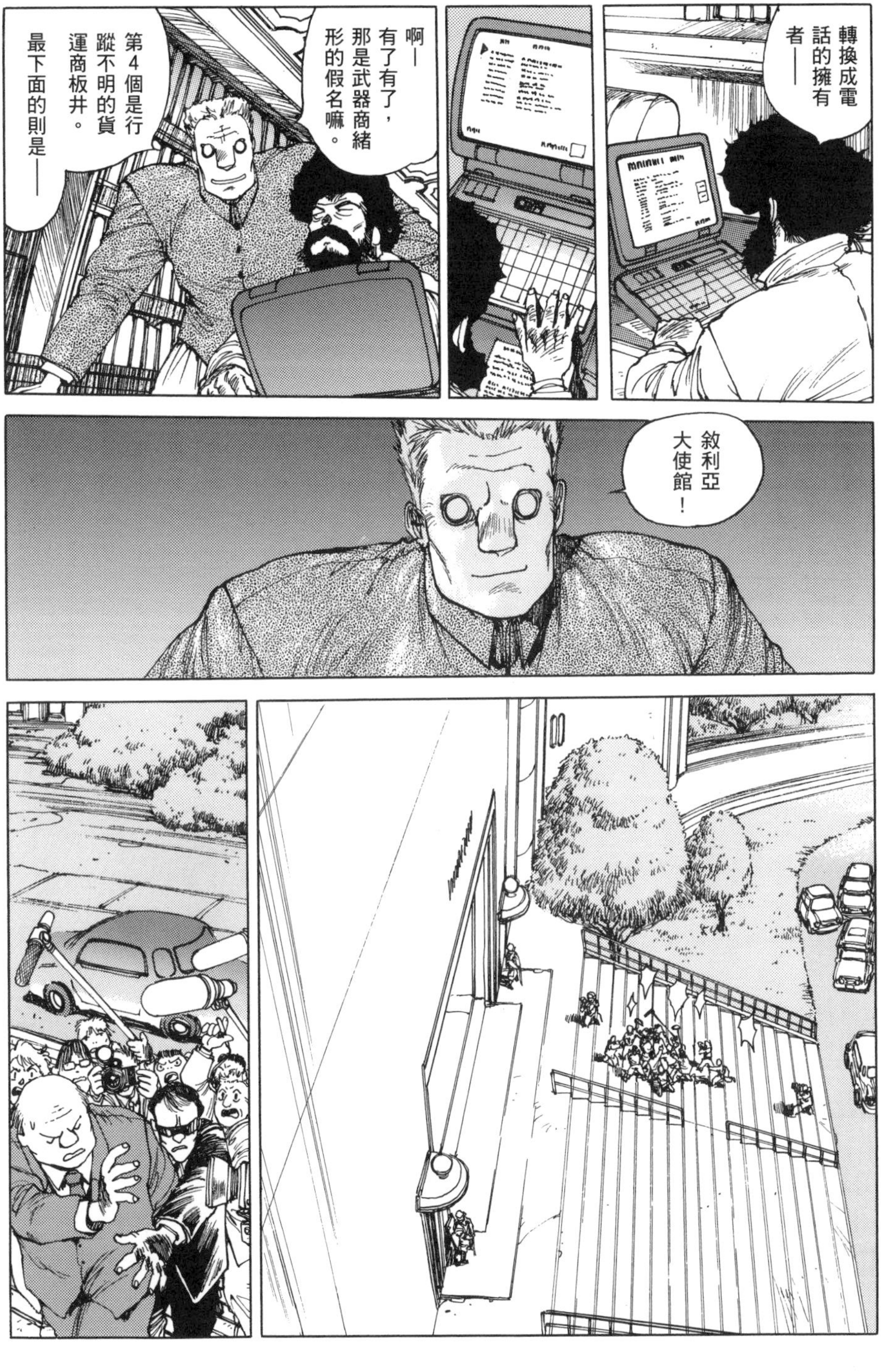
轉換成電話的擁有者——
啊——有了有了，那是武器商緒形的假名嘛。
第4個是行蹤不明的貨運商板井。最下面的則是——
敘利亞大使館！

阿杉！
阿…咦？
阿杉…？
喀咚
……
我不知道啊!!我只是拿到新聞稿照著唸而已啊！
真的!!
是誰送來畫面與情資的？
data
導播有沒有做什麼？
我只是問問，別怕成這樣！
恰

我放心了，荒卷。
沒想到你還沒忘了法務省的存在啊！
有這價值嗎？
那個攝影畫面沒有拍到被射殺的小孩手已經準備抽槍與槍枝本身…
不過我們在其他方面證明作戰的正當性、使調查委員會接受並不困難。
提出證據槍枝的手續也完成了。
大眾傳播會擴大假情報及騷動的，因為那樣子才受歡迎嘛。
放棄那個隊員吧。
你叫我放棄比超能力者還稀少的寶貴專才！
這會連同她的情報網都一併丟失的呀！
我以朋友的身分給你忠告…

要是不想被搬出特殊部隊規制法案的話，就接受她被判業務過失殺人罪吧。
去給媒體獻個花，讓國民大眾重新確認並接受他們的潛規則…如此9課才能得救。
一臉還想問什麼的樣子…
恰
不過正如你所見，我不能回答你的問題…別怪我。
恰
咱們是中了外務省的計謀了嗎？
總部！查外務省中東局負責人的近況！
了解。
總部！呼叫草薙。
我們要是將敘利亞的暗殺計畫當作證據公開的話，輿論就容易傾向於親以色列…
不僅困難的通商協定可以水到渠成，也可對9課報一箭之仇！

我現在正在忙。
妳也認為是摩薩德嗎？
我先確認有沒有監視再進店裡。
店？
是間餐廳，現在已經成為摩薩德的巢穴。
因為牽連石油，傾阿拉伯的日本來邀請經營價值數兆日圓的工廠，對於以色列來說是顆「熱馬鈴薯」吧？
他們的動機應該比外務省更強。
我們對外宣稱妳還在禁閉當中，別太招搖。
了解。
「對外宣稱」嘛…

摩薩德（Mossad）＝現今世界上赫赫有名的以色列中情局。在本故事的時代中，摩薩德已經趨於軟弱了。
熱馬鈴薯（hot potato）＝雖然趁熱吃很好吃，可是太熱就不能吃。這詞好像原來意義是「難題」。

你掉了課本嗎？
你有想清楚部長說要尾隨我的意義嗎？
my God
大家都很擔心妳啊，說妳這兩個月來都心不在焉的。
請擔心你自己吧…如果不想讓你太太傷心的話。
那，妳想怎麼做？
遵從熱力學法則嘍。
我打算與已成為摩薩德一分子的熟人重溫舊情。
熟人？
是俄裔猶太人，KGB的夏匹洛。

!
ボテッ
夏匹洛!??
啊!!
ドカ

ゴゴゴゴ
パラパラ
ゴゴ
ゴゴ
バラバラ
カラン
バラバラ
パラパラ
ヴォン!

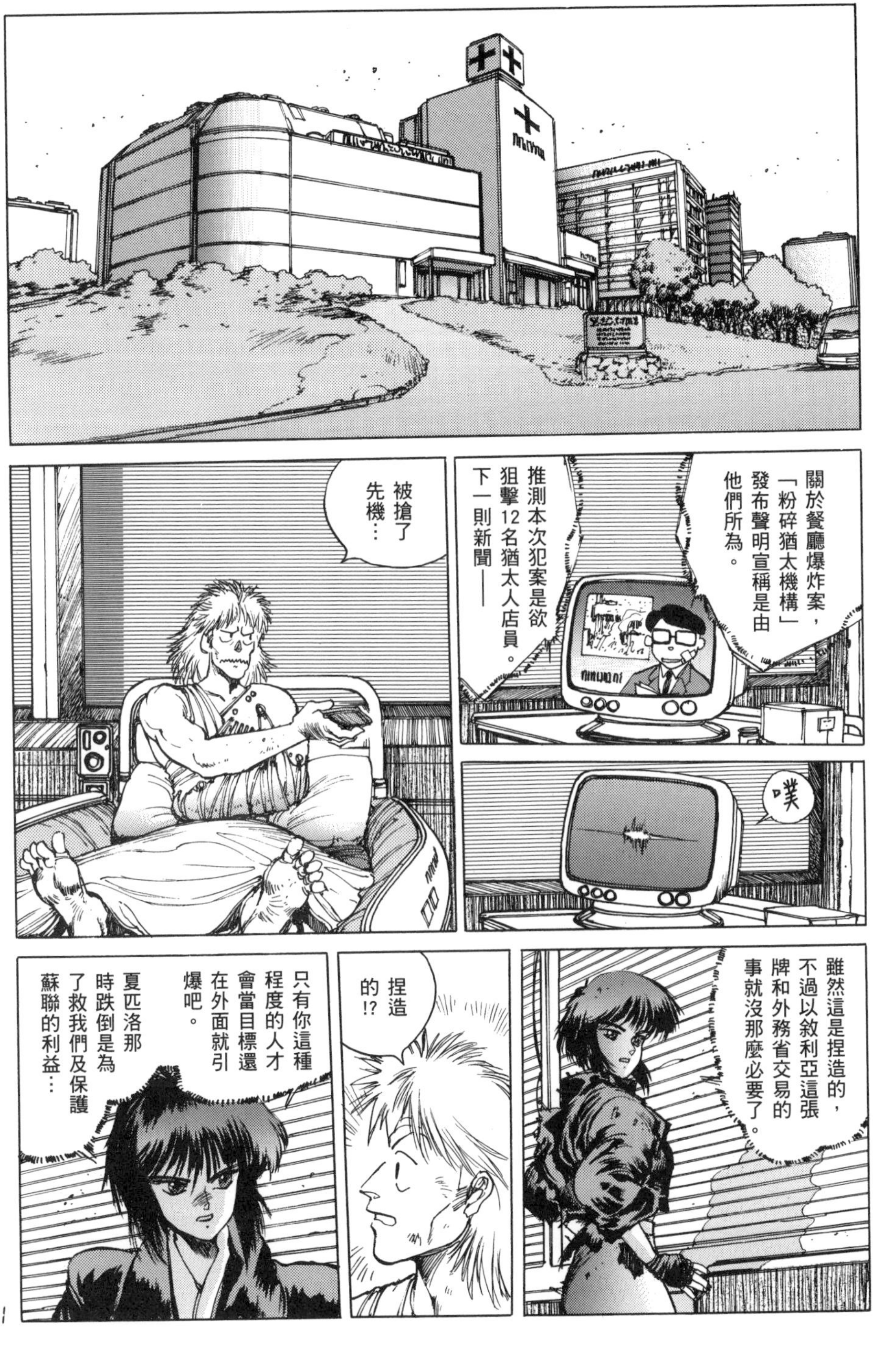

關於餐廳爆炸案，「粉碎猶太機構」發布聲明宣稱是由他們所為。
推測本次犯案是欲狙擊12名猶太人店員。下一則新聞——
被搶了先機…
噗
雖然這是捏造的，不過以敘利亞這張牌和外務省交易的事就沒那麼必要了。
捏造的!?
只有你這種程度的人才會當目標還在外面就引爆吧。
夏匹洛那時跌倒是為了救我們及保護蘇聯的利益…

那傢伙從擇捉島事件後就很幫我們，
再前進幾步的話機械肺就會吸進火焰了。
哎呀！德古沙小弟！聽說你跌了一跤骨折啦？
あっはっはっ はっは
這就叫無能無運無成就嗎？
請接受山茶花一朵
喔，
給少校吧⋯⋯
要是沒有少校掩護的話，我現在已經在地底下了——
可惜我一時鬼迷心竅害你變成是骨折？
就是人家說的：「他總有一天會害他太太哭泣——不如早點死一死，太太也好重新來過。」
你的運氣不錯，
沒有被炸得粉身碎骨造成法醫麻煩，也沒有倒在工廠廢油裡。
我說啊，少校，在與妳身分相稱的死亡到來之前⋯⋯
妳對死亡有什麼期待？
不過，至少不是黎明時分在船上被小鬼開槍打死吧？

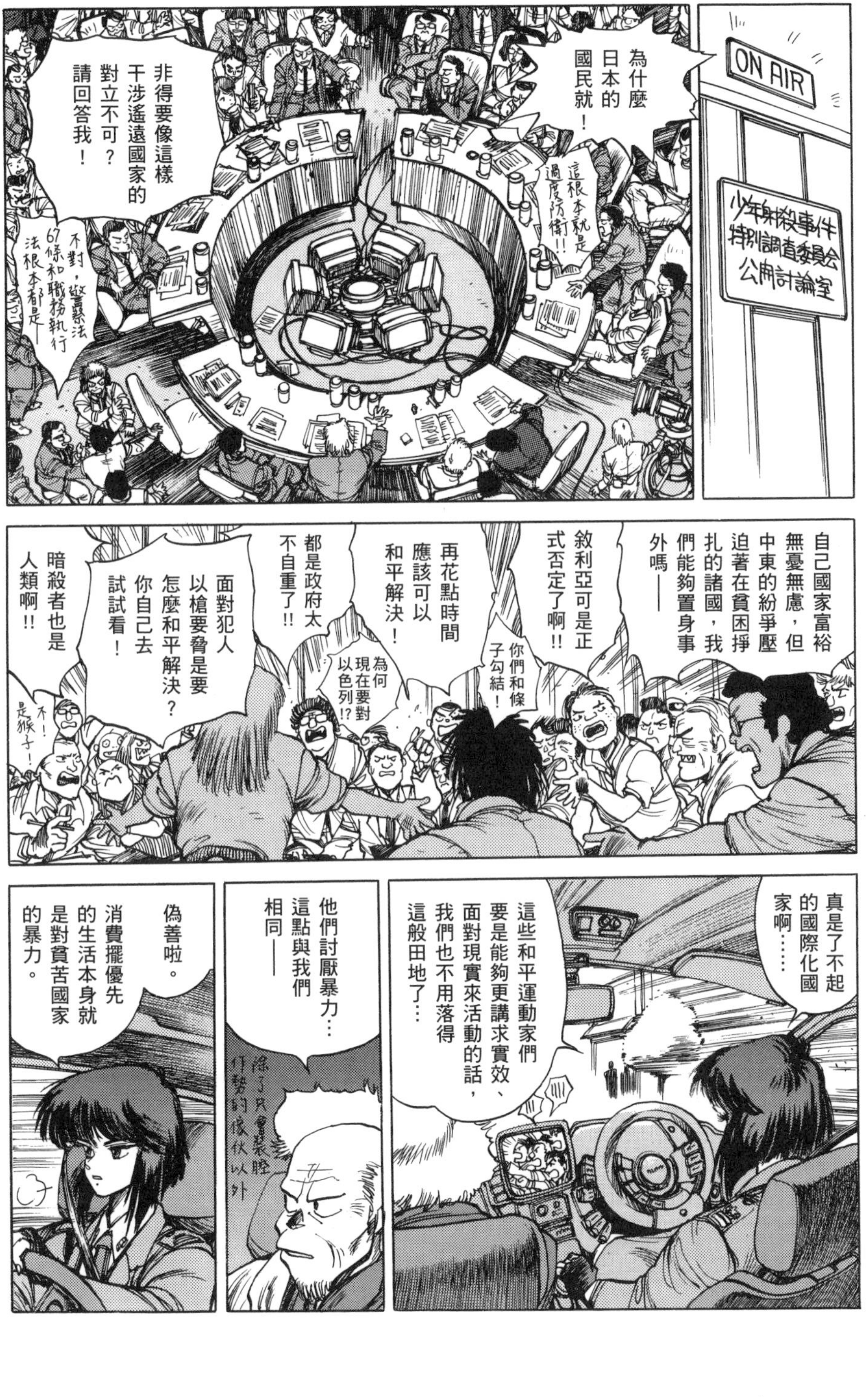
ON AIR
少年射殺事件 特別調查委員会 公開討論室
為什麼日本的國民就！
這根本就是過度防衛!!
非得要像這樣干涉遙遠國家的對立不可？請回答我！
不對，警察法67條和職務執行法根本都是──
自己國家富裕無憂無慮，但中東的紛爭壓迫著在貧困掙扎的諸國，我們能夠置身事外嗎──
敘利亞可是正式否定了啊!!
你們和條子勾結！
再花點時間應該可以和平解決！
為何現在要對以色列!?
都是政府太不自重了!!
面對犯人以槍要脅是要怎麼和平解決？你自己去試試看！
暗殺者也是人類啊!!
不！是猴子！
真是了不起的國際化國家啊……
這些和平運動家們要是能夠更講求實效、面對現實來活動的話，我們也不用落得這般田地了…
他們討厭暴力…這點與我們相同──
除了只會裝腔作勢的傢伙以外
偽善啦。
消費擺優先的生活本身就是對貧苦國家的暴力。

上法庭倒是阪華精機事件之後頭一遭…
如何？
ボウ
ボク…
只有兩隻狙擊未遂犯——
在這階段出來的都是小人物，別大意了。
現在是打算趁此機會將想向我復仇的傢伙全部釣出來？
就我的義務還是要跟妳說，
承認有罪的話，有期徒刑2年應該是可以減刑成8個月。
他們不到3天就會襲擊監獄把我拆成碎片了。

我有一件事想拜託部長…
什麼事？
就算我死了，也請別關閉我的無線電通訊頻道…
……
我答應妳。
當時妳看到他在那邊吧？
是的。

有做警告或是威嚇射擊嗎？
沒有。
你有開槍射擊他的腳嗎？
我射了他的頭。
他看起來像是兇惡而危險的殺人犯嗎？
像殺人未遂犯。
請回答是或不是！
不是。
也就是說！妳對於仍然年幼的他，沒有警告及威嚇就往頭部擊射了5發特殊彈頭，
殘酷地奪走了他自新的機會及將來的可能性！
但，殺了他，也同時免去了外相和我會被殺死的可能性。
是的…這的確很殘酷，對他或對我而言都是。
平常妳們的作戰都是像這樣不以逮捕為前提嗎？
抗議！問題與本案無關。
庭上！我是想弄清楚被告的意圖。
這事關政府機密，後果不堪設想，公開出來極為危險。

抗議成立。
檢方的質問請止於與本案相關的部分。
這是表示9位法官當中有5位贊同此抗議。 ← 9人の審判のうち5人が異議を認めたという表示。
由剛才B先生的證詞及播出的關鍵性錄影帶來看，從妳看見對方到射擊之間有將近1秒的空白。
是的，是0.82秒。
妳有這樣長的時間，說不定還可以救他啊，但是妳卻殺了他！為什麼？
因為死亡是唯一的現實。而我是位現實主義者。
對我而言，生命的可能性（software）比生命本身更具意義、更該被重視。
我不知道他是他自己，還是被別人操縱的機器，
但現在他的確從惡夢（program）中醒來了。
如果說他的惡夢（program）是廢水，我就是廢水處理機。
真正殺了他的是形塑他的人們（programmer）……
我雖不是有意，但我的確救了他。
？
她在說什麼啊？

第一次見到你時，也是這樣的晚霞……
視訊陪審員的中場投票要花多少時間？
似乎是休庭15分鐘內的12分鐘左右。
看來不是賠償就能了結了。
檢察官與群眾比孩子的母親起勁多了…說什麼「不能原諒暴力橫行…」
我想看一下最終辯論的草案…
不會有辯論。
不是嗎？

以前在日本也有過陪審制度，但似乎在昭和 18 年以後就停止（不是廢止）了。另外 1990 年 11 月 1 日是日本近代裁判 100 週年。聽說近年陪審制度及市民參與制度也正被考慮施行中。

廁所在叫我了，馬上回來。
真是跟不上時代啊，部長！
巴特，狀況如何？
預計再2分鐘就到妳的第3個窩了！
我需要我身體的一整套備用零件！
還有綠色的緊急用匣也別忘了帶出來！
好的好的。
妳打算遠走高飛嗎？
是啊，可以這樣說。

荒卷，
你們這計畫到底是怎麼回事？
ふ——
外務省中東局透過國會質詢來抗議了。
他們與在野黨聯手恐嚇，想破壞內閣信用。
我要求你說明作戰！
從法庭逃走的部員應該由9課帶回才是！
你的報告上明明寫著，由於她情緒不穩定，正在停職中啊!!
現在都什麼時候了，你還在玩這招？
ぱしぱし
如果你不馬上帶她回來，就要以叛國罪起訴你了！
就是為了說這些才特地把我叫過來這邊？
我還得繼續進行搜索，失陪了。

搜查狀況如何？
她認為不單是射殺事件——敘利亞的暗殺計畫、供給武器、拖9課下水、拍攝攻堅影像、恐怖活動，全都是以色列設的局。
雖然有說要拿證據給我，在那之前應該會去造臉藝術家那裡拜訪，我會在那張網。
片桐，
你叫公安局跟蹤我嗎？省省吧，一起跟我來吧。
要直接向我報告！
是。
我想就算跟蹤也會被你識破。
當然了，人都是我訓練出來的。
齋藤呼叫部長！
我是。
我現在正在造臉藝術家謝夫．穆得瑪的工作室。
不過根據少校留給我們的便條看來，他已經被少校綁走了。

她要求裝備齊全、燃料裝滿的高速直昇機。
距現在…25分鐘後——在西區中央公園交換人質。
還寫說「新聞媒體也會來，趕快整理現場」呢…
能不能想辦法拖點時間—
恰
你還想跟職業的搶時間高手對拼?!快點整理現場並派遣狙擊隊吧！
在大眾傳播媒體面前丟臉後再被炒魷魚可不好看吶！
如果真搞成那樣，9課也非解散不可了。
恰
嘰嘰

情況如何!?
那就是被綁做人質的造臉藝術家!
剛才想靠近人質的警官受傷了!
在人質腳下有疑似爆裂物及無線裝置!現在是指定時間前7分鐘,距離狙擊班預定到達時間還有5分鐘!
直昇機應該會以貼地飛行穿過山岳地帶飛向大陸,到時已經是無人狀態!
NOE
她應該會在這一帶降下潛伏,要先發制人!
只剩2分鐘了嗎?
這代表我們的行動比她預期的快了2分鐘!

部長!!
是她的聲音！
包圍音源！
請將藏在直昇機裡的武裝士兵撤下來！
然後讓所有人在看得到的地方排好、高舉雙手！
限時30秒！
POLICE

局長！人質…
ブチ
ばっ
啊！
快制住她！
別動!!

到這來，快！
咦？
人質已受到保護！聽到了嗎？
!?
只、只有靴子？
現在正在對犯人噴灑逮捕……
!?

直昇機的導引接頭規格不對呢…
啊！
這種程度的小把戲就不用叫了吧。
狙擊班到了！
傳播媒體正以超望遠鏡頭看著呢，我等30秒。
請拿連接套件過來。
你們應該有從直昇機上拿走的才對！
她是你的部下吧？你該去說服她啊！
是前部下…這種拖延時間的說服技倆對她是無效的，先讓她逃亡，在她與人質分開的時間點上加以逮捕才是上策。

嗶
部長!!
是我。
目標很緊張地與摩薩德接觸了！
證據也到手了！要闖進去嗎？
不，就這樣別管他們。
證據蒐集充足後就不留足跡地撤退！
但是…他們在計畫著讓狙擊隊中的一人去消滅少校啊！
別讓對方發現了！
把目標的名字也告訴夏匹洛吧…
事情的開端就是那人的祕密通報——
碎
這是草薙因為公安局動作太慢，開槍射擊人質的腳的槍聲——
!
對於密醫而言，這算是一劑好藥。

所謂足跡指的不是鞋底下的腳印而是「證明你在現場的一切證據」之意。因此腳印自然也不能留下。

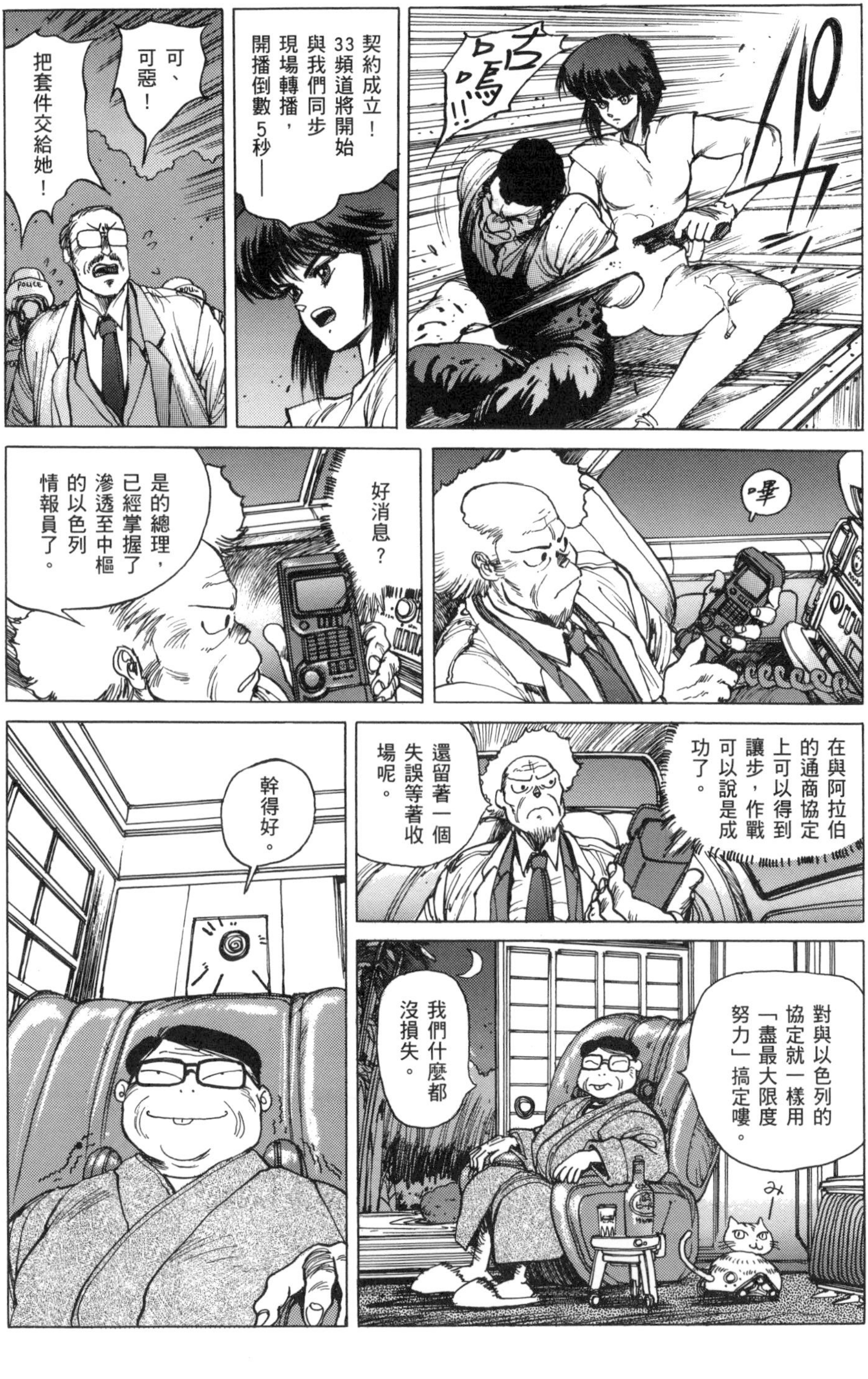
嗚!!
契約成立！33頻道將開始與我們同步現場轉播，開播倒數5秒——
可、可惡！
把套件交給她！
嗶
好消息？
是的總理，已經掌握了滲透至中樞的以色列情報員了。
在與阿拉伯的通商協定上可以得到讓步，作戰可以說是成功了。
還留著一個失誤等著收場呢。
幹得好。
對與以色列的協定就一樣用「盡最大限度努力」搞定嘍。
我們什麼都沒損失。
み－

喂？
這裡是狙擊小組02
到達預定位置
噫？？

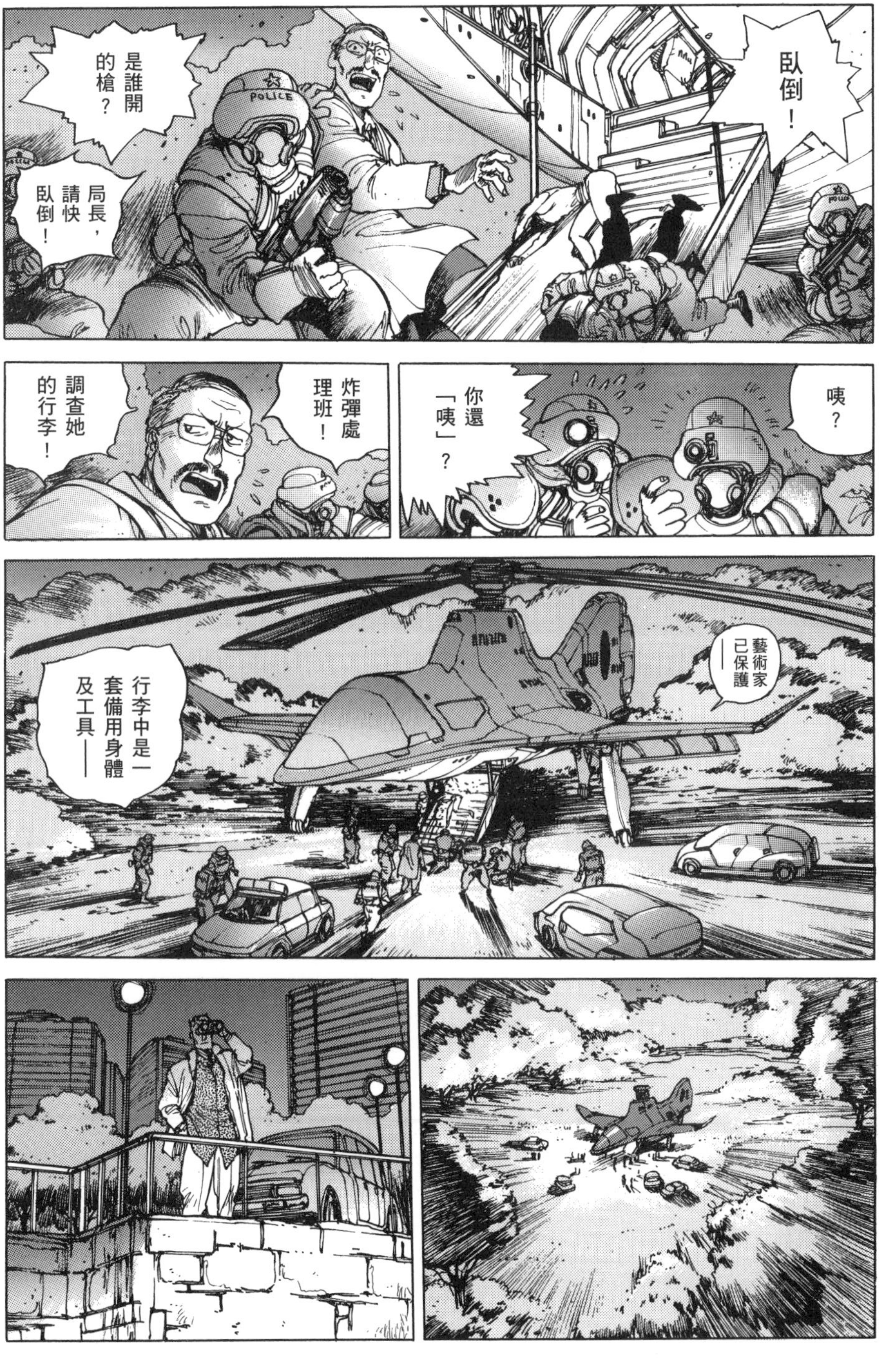
臥倒！
是誰開的槍？
局長，請快臥倒！
咦？
你還「咦」？
炸彈處理班！
調查她的行李！
藝術家已保護──
行李中是一套備用身體及工具──

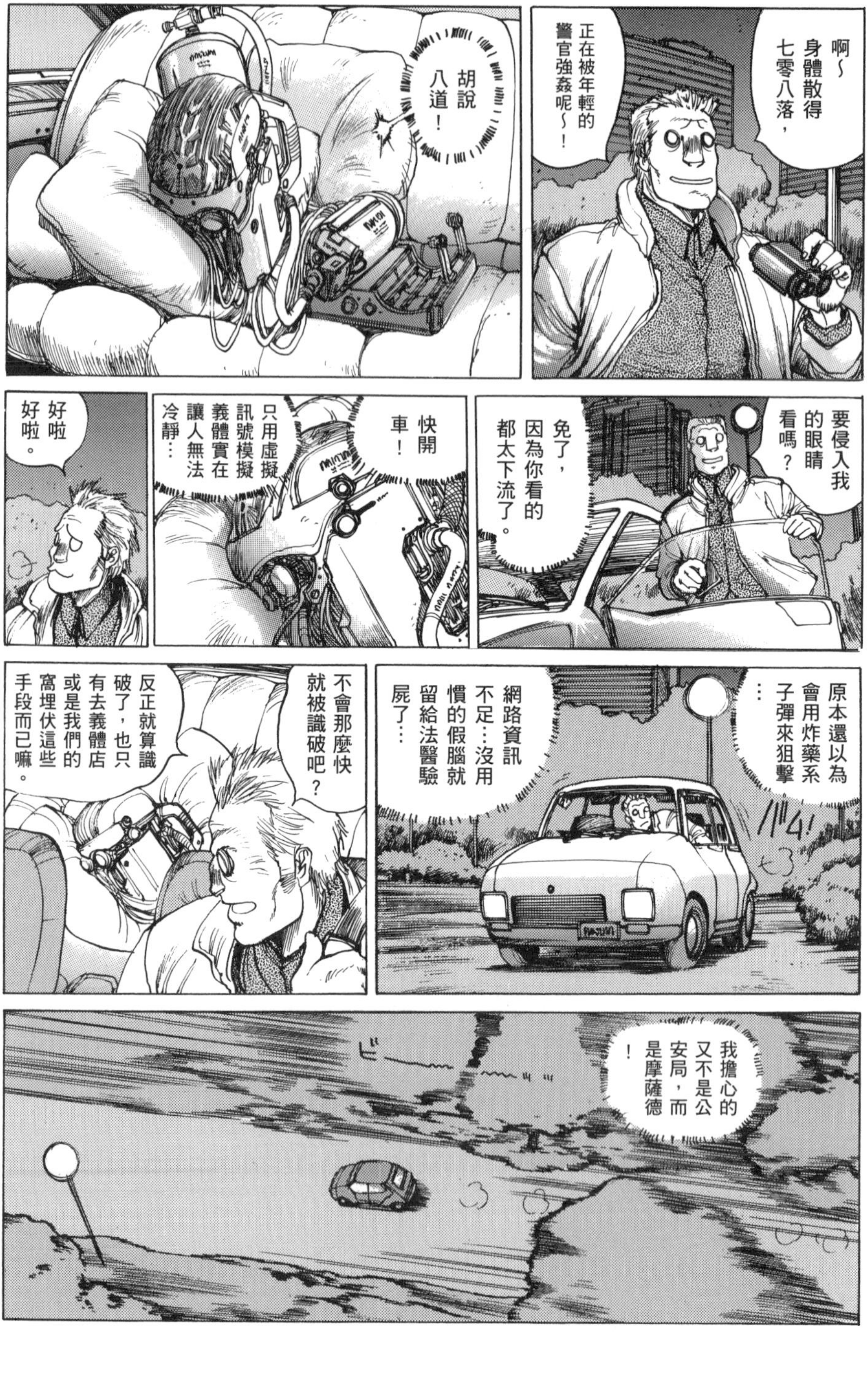
啊～身體散得七零八落，
正在被年輕的警官強姦呢～！
胡說八道！
要侵入我的眼睛看嗎？
免了，因為你看的都太下流了。
快開車！
只用虛擬訊號模擬義體實在讓人無法冷靜…
好啦好啦。
原本還以為會用炸藥系子彈來狙擊…
網路資訊不足…沒用慣的假腦就留給法醫驗屍了…
バム!
不會那麼快就被識破吧？
反正就算識破了，也只有去義體店或是我們的窩埋伏這些手段而已嘛。
我擔心的又不是公安局，而是摩薩德！
ビー

11 GHOST COAST

2030.9.18

確定沒人跟蹤？

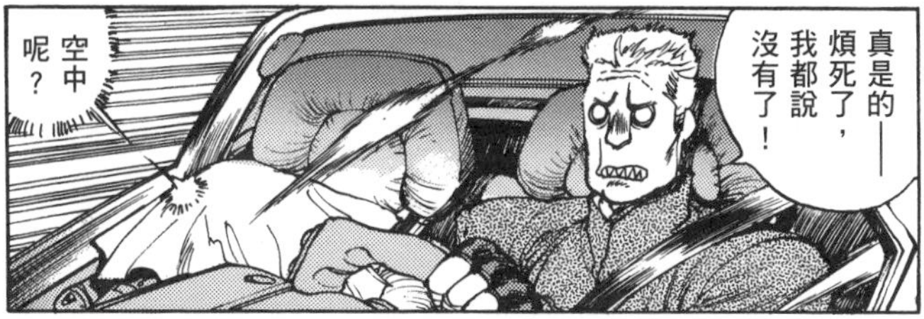
真是的——煩死了，我都說沒有了！
空中呢？

不是已經在地下區域換過車了嗎？這麼擔心妳自己來開算了！
再換一次車再進去隱藏的窩。

這當然不是車輛課的車也不是巴特停在都市各處的**私用車**，而是贓車。車牌已經拆下來換上自己準備好的牌子，這些牌子自然是查出哪個大人物的號碼再加以偽造而成。如此萬一因為車牌號碼惹上麻煩時，多少可以讓當局的反應速度被拖慢一點。以上是巴特的處置方式。

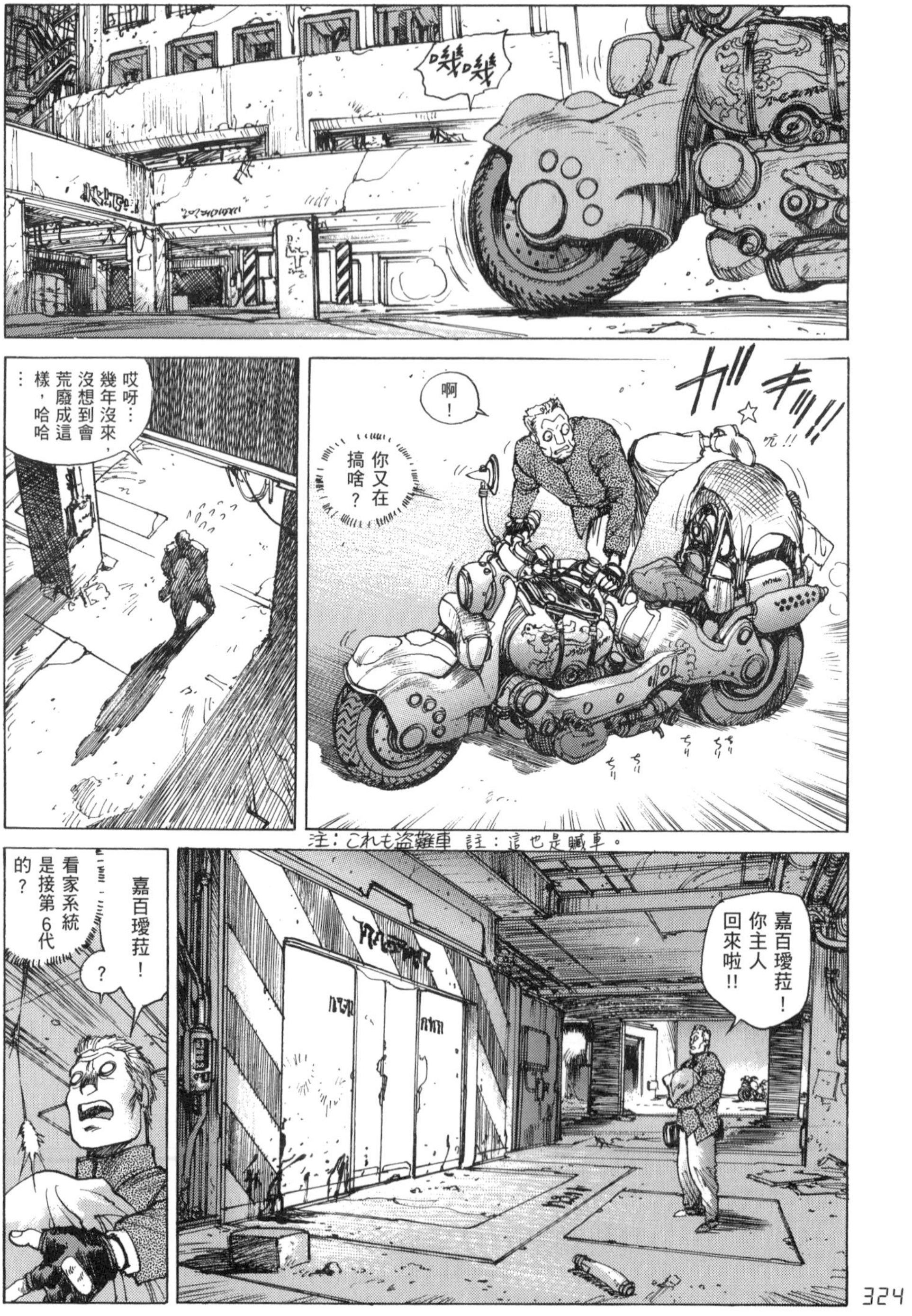

嘰嘰
ガキッ!!
啊！
吭!!
你又在搞啥？
哎呀……幾年沒來，沒想到會荒廢成這樣，哈哈……
嘉百璦菈！你主人回來啦!!
嘉百璦菈！
？
看家系統是接第6代的？

注：これも盜難車 註：這也是贓車。

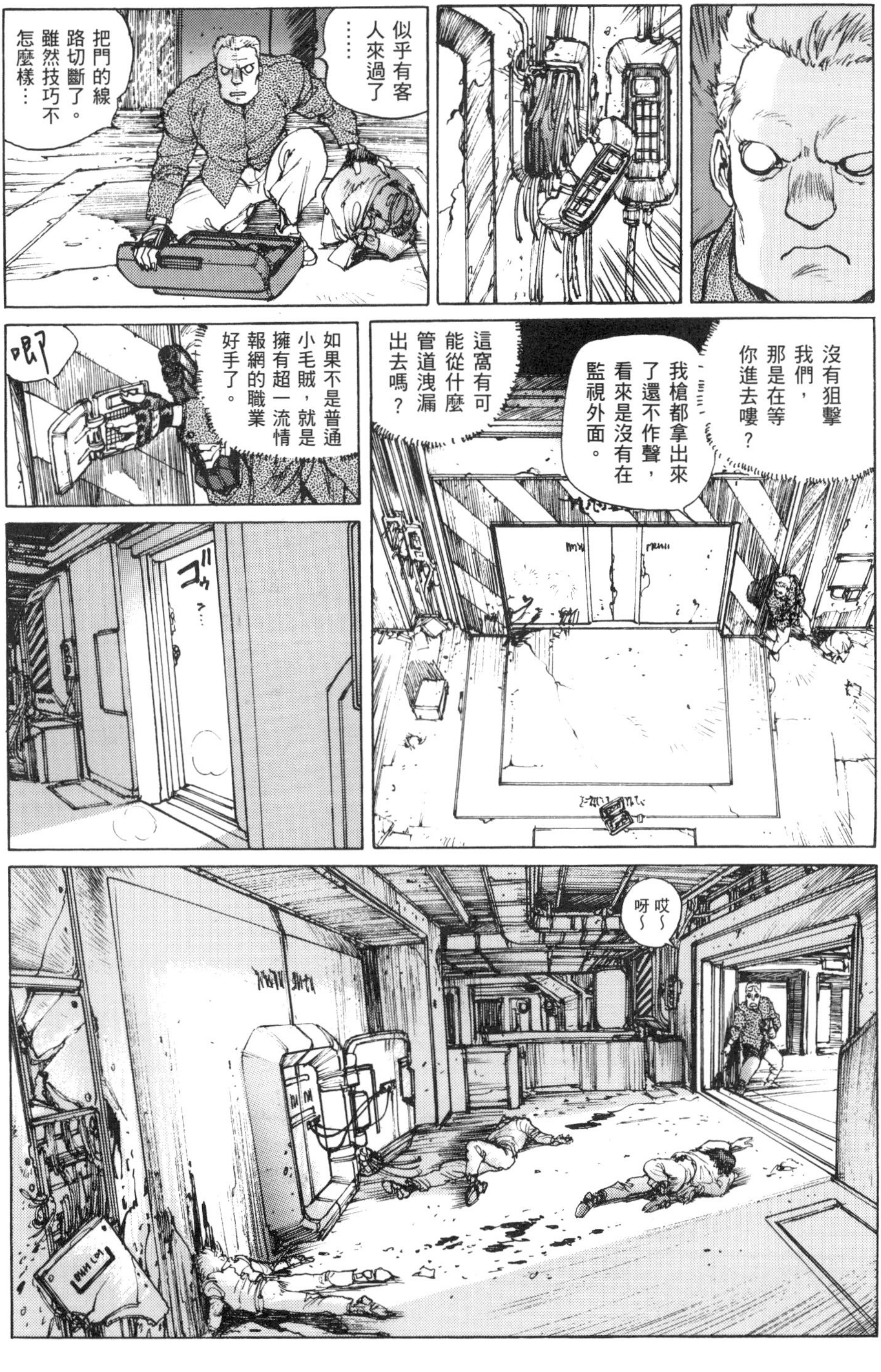
似乎有客人來過了……
把門的線路切斷了。雖然技巧不怎麼樣…
沒有狙擊我們，那是在等你進去嘍？
我槍都拿出來了還不作聲，看來是沒有在監視外面。
這窩有可能從什麼管道洩漏出去嗎？
如果不是普通小毛賊，就是擁有超一流情報網的職業好手了。
唧
ゴゥ…
哎～呀～

呃啊——！
把人家窩裡搞得都是餿醋的味道，可惡！
死了差不多兩週…都已經刻意濾掉腐臭識別了，腦子裡還是泛出臭味來呀。
3具小偷屍體……被迎敵系統幹掉的吧…
也可能是故意布置讓人以為如此的陷阱，小心點！
ピー
我是有在小心…但是，誰會設這種用意不明的陷阱呢？
為什麼會沒有這些小毛賊的車？
ガコン！
呦！
大門只是鑰匙孔，真正的門在這裡。
緊急用義體——功能還正常吧？
要是不正常可就麻煩了…

第3格草薙所在意的是：「嘗試侵入如此龐大設施的幾位小偷，看來不像會把贓物用手提回去。除了這3人外應該還有開車離去的其他同夥才對」。當然這3個小偷真的是「走路來‧提回去」也不是沒有可能，不過這種情況的話就沒有威脅性，因此沒有必要考量。

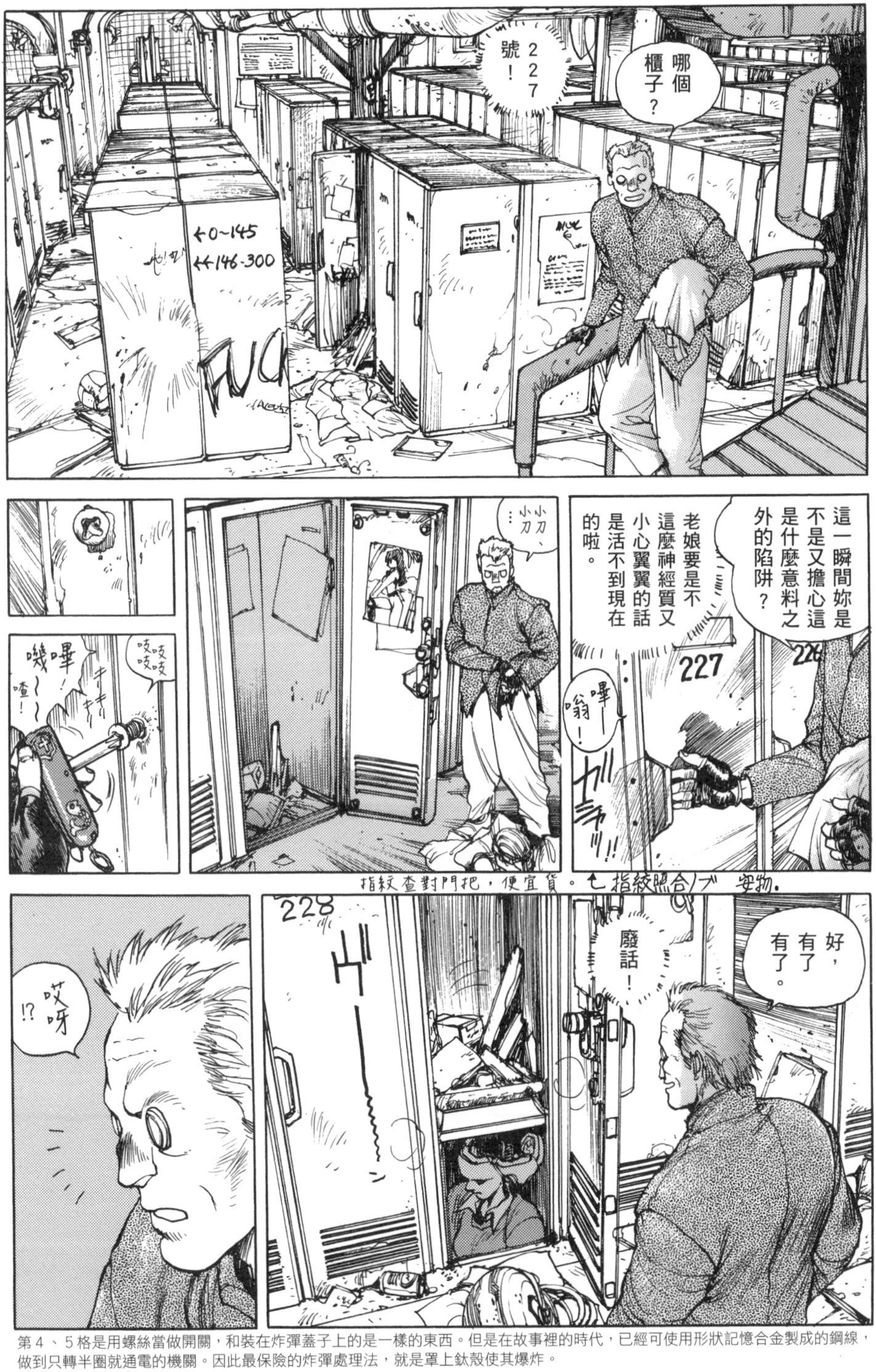
哪個櫃子？
227號！
←0~145
←146-300
FUCK
這一瞬間妳是不是又擔心這是什麼意料之外的陷阱？
老娘要是不這麼神經質又小心翼翼的話是活不到現在的啦。
227
226
嗶—嗡！
ガチャッ!!
小刀、小刀…
吱吱吱吱
嗶！
嘰～～喳！
指紋查對門把，便宜貨。 ↰指紋照合ノブ 安物.
好，有了有了。
廢話！
228
哎呀!?

第4、5格是用螺絲當做開關，和裝在炸彈蓋子上的是一樣的東西。但是在故事裡的時代，已經可使用形狀記憶合金製成的鋼線，做到只轉半圈就通電的機關。因此最保險的炸彈處理法，就是罩上鈦殼使其爆炸。

もわ
わわ
啊！……
ももも
もわわ
鋁合金發霉了…！怎麼會這樣！
矽材料、壓克力、纖維全都腐爛掉了!!?
果然黑市的零件在表層塗膜的耐菌測試上都太馬虎了。
這點還是9課好…都是當真正的高級品小心照顧。
白痴……
！
再待也沒用了…要遵循本能（ghost）做戰略性撤退了。
等等！

關於鋁金屬與黴，對詳情有興趣的讀者請看第5回註釋裡提到的書。不清楚是因為黴菌吃掉鋁合金的表層塗膜而導致金屬本體被鏽蝕，還是金屬本體真的被黴菌吃掉，總之巴特看了被黴菌包圍的機械後就說是「合金發黴」了。不過畢竟是發生在故事這時代的事，其實也有可能是微機械（在這情形下也可說是機器微生物？）兵器所造成的損害。（我祈禱這種東西不要被發明出來）（也沒人作過驗證實驗就相信的我有夠傻…）

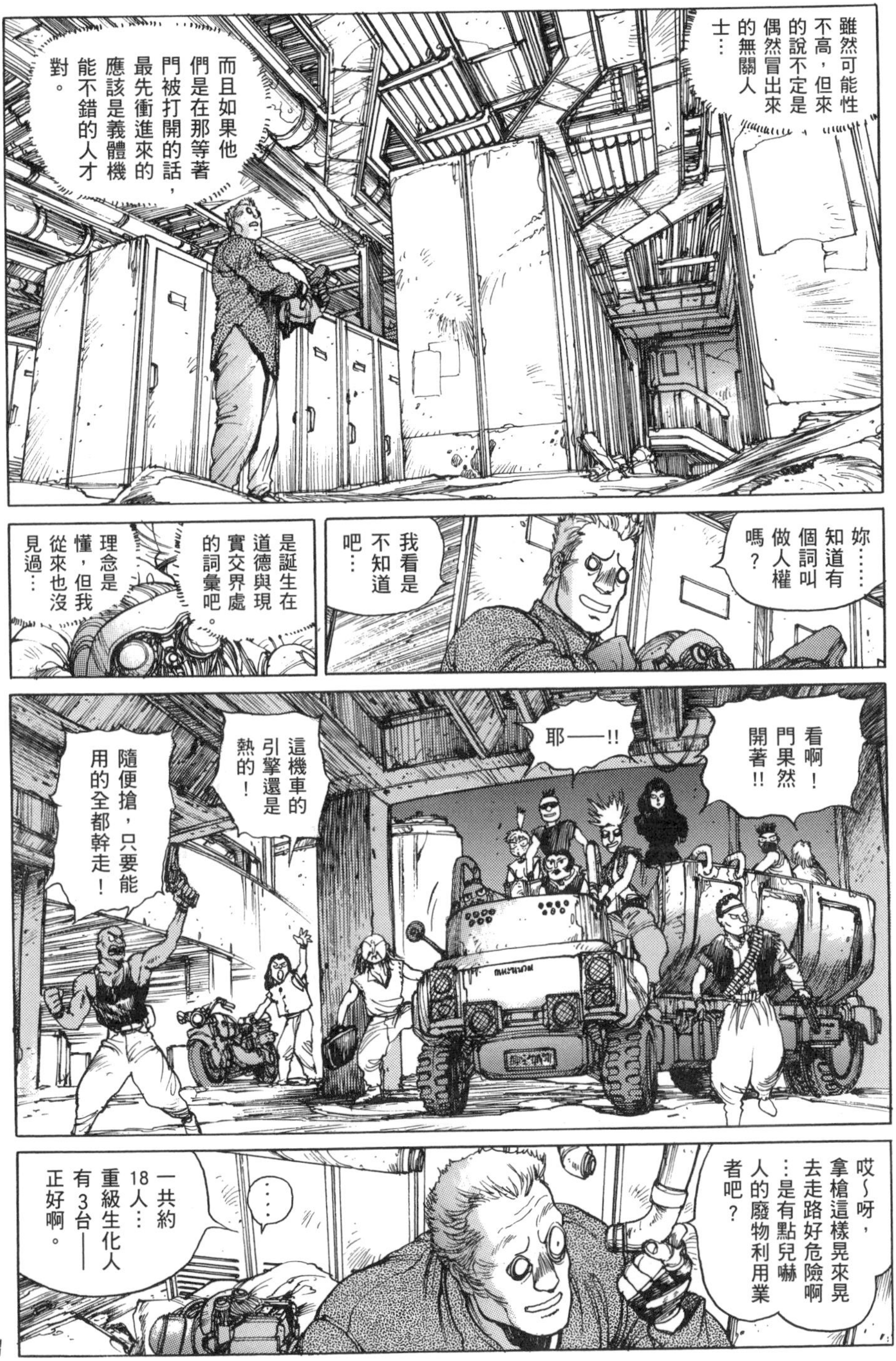
雖然可能性不高，但來的說不定是偶然冒出來的無關人士…
而且如果他們是在那等著門被打開的話，最先衝進來的應該是義體機能不錯的人才對。
妳……知道有個詞叫做人權嗎？
我看是不知道吧…
是誕生在道德與現實交界處的詞彙吧。
理念是懂，但我從來也沒見過…
看啊！門果然開著!!
耶──!!
這機車的引擎還是熱的！
隨便搶，只要能用的全都幹走！
哎～呀，拿槍這樣晃來晃去走路好危險啊…是有點兒嚇人的廢物利用業者吧？
……
一共約18人…重級生化人有3台──正好啊。

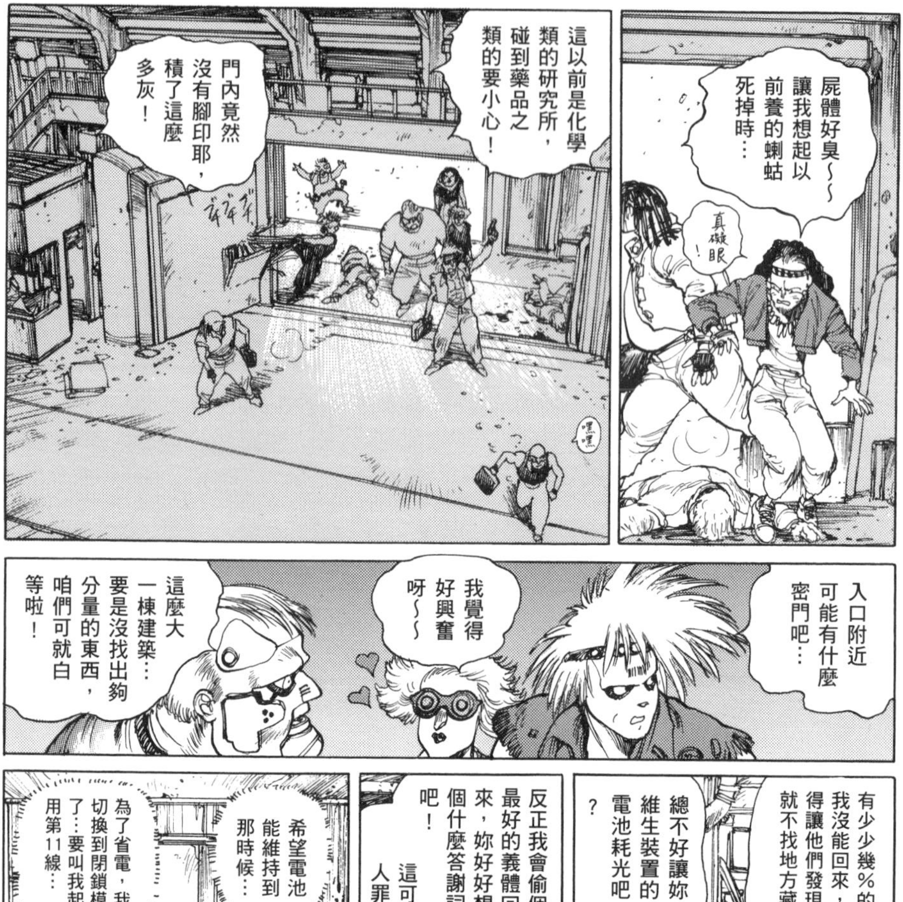
屍體好臭～～讓我想起以前養的蝌蛄死掉時…
真礙眼！
這以前是化學類的研究所，碰到藥品之類的要小心！
門內竟然沒有腳印耶，積了這麼多灰！
嘿嘿
入口附近可能有什麼密門吧…
我覺得好興奮呀～～
這麼大一棟建築…要是沒找出夠分量的東西，咱們可就白等啦！
有少少幾%的可能性我沒能回來，到時得讓他們發現妳，就不找地方藏妳嘍。
總不好讓妳維生裝置的電池耗光吧？
有啥不好？就死而已！
反正我會偷個最好的義體回來，妳好好想個什麼答謝詞吧！
這可是殺人罪哩！
希望電池能維持到那時候…
為了省電，我要切換到閉鎖模式了…要叫我起來，用第11線…

第 5 格中巴特並不是躲進鐵櫃裡，而是由偽裝成鐵櫃的入口前往祕密通道。（事實上這鐵櫃的正下方有條巨大的下水道經過，因此其實只是打通他，然後將其它出入口堵住上鎖而已。）

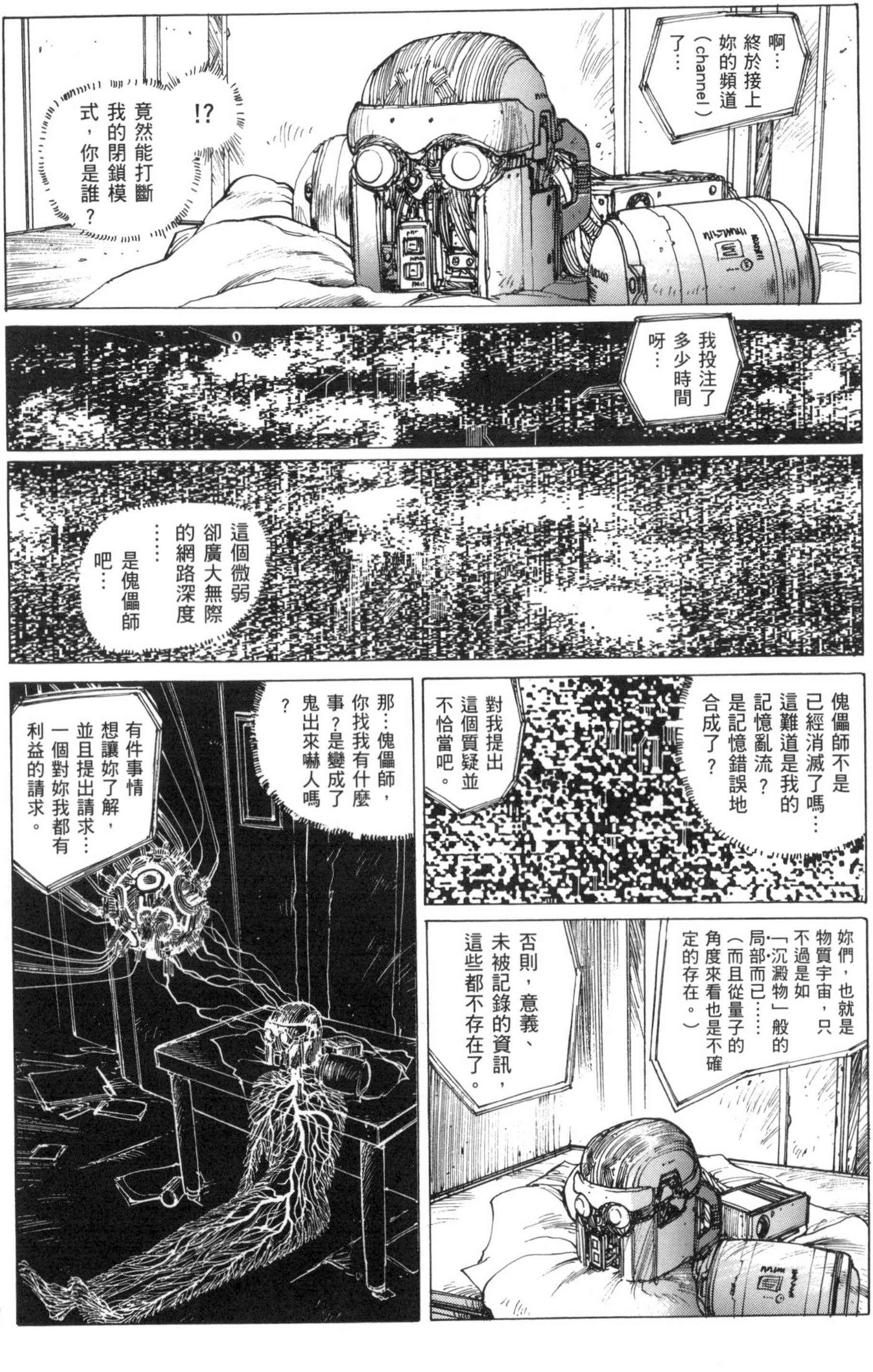
啊…終於接上妳的頻道（channel）了…
!?
竟然能打斷我的閉鎖模式，你是誰？
我投注了多少時間呀…
這個微弱卻廣大無際的網路深度……是傀儡師吧…
傀儡師不是已經消滅了嗎…這難道是我的記憶亂流？是記憶錯誤地合成了？
對我提出這個質疑並不恰當吧。
那…傀儡師，你找我有什麼事？是變成了鬼出來嚇人嗎？
有件事情想讓妳了解，並且提出請求…一個對妳我都有利益的請求。
妳們，也就是物質宇宙，只不過是如「沉澱物」般的局部而已……（而且從量子的角度來看也是不確定的存在。）
否則，意義、未被記錄的資訊，這些都不存在了。

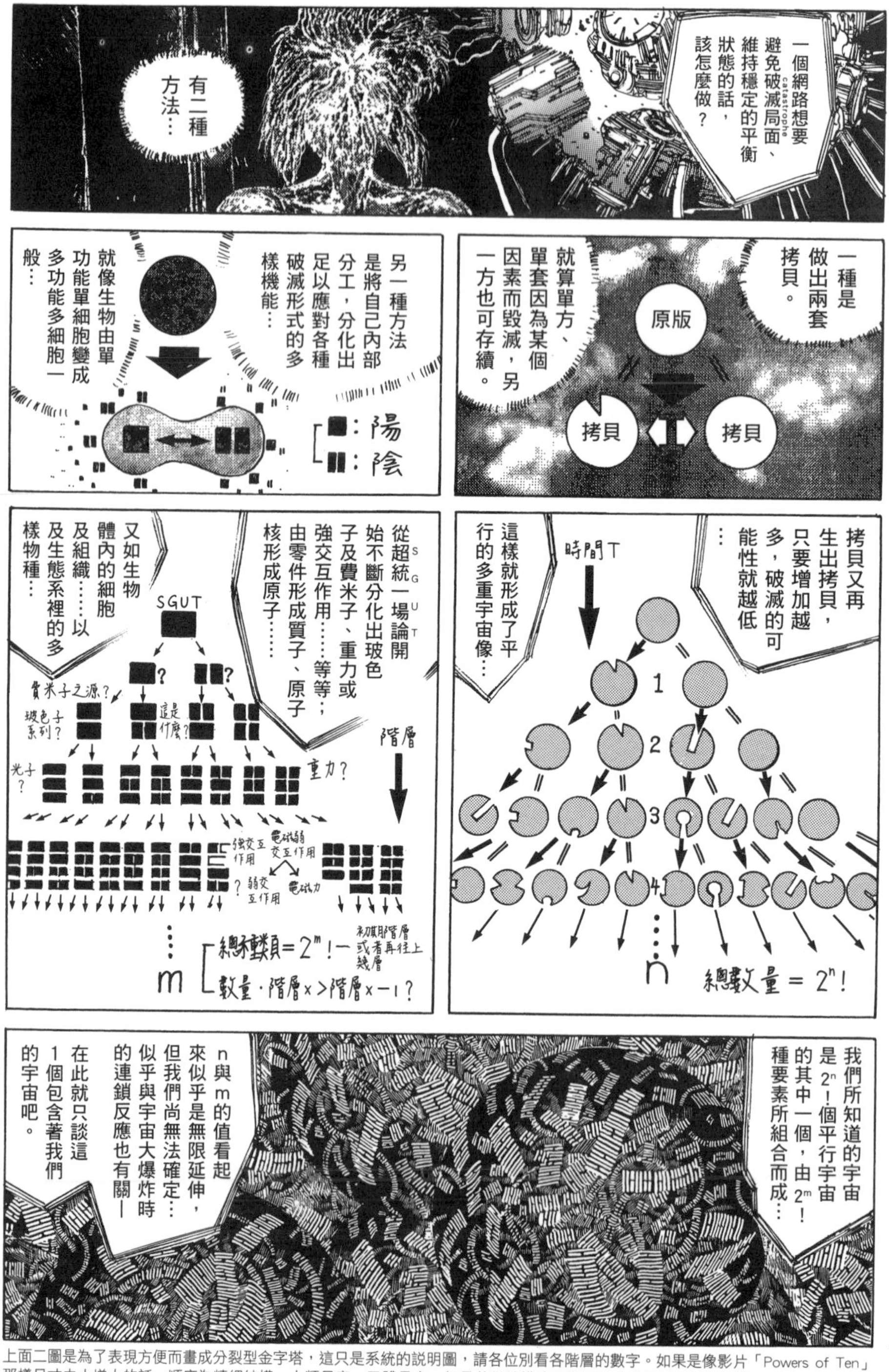
一個網路想要避免破滅局面（catastrophe）、維持穩定的平衡狀態的話，該怎麼做？
有二種方法…
一種是做出兩套拷貝。
就算單方、單套因為某個因素而毀滅，另一方也可存續。
原版
拷貝
拷貝
另一種方法是將自己內部分工，分化出足以應對各種破滅形式的多樣機能…
就像生物由單功能單細胞變成多功能多細胞一般…
■：陽
■■：陰
拷貝又再生出拷貝，只要增加越多，破滅的可能性就越低…
這樣就形成了平行的多重宇宙像…
時間T
1
2
3
4
n
總數量＝2^n！
從超統一場論（SGUT）開始不斷分化出玻色子及費米子、重力或強交互作用……等等；由零件形成質子、原子核形成原子……
又如生物體內的細胞及組織……以及生態系裡的多樣物種…
SGUT
費米子之源？
玻色子系列？
這是什麼？
光子？
重力？
強交互作用
電磁弱交互作用
弱交互作用
電磁力
階層
m
總數量＝2^m！—初期階層或者再往上幾層
數量・階層x＞階層x－1？
我們所知道的宇宙是2^n！個平行宇宙的其中一個，由2^m！種要素所組合而成…
n與m的值看起來似乎是無限延伸，但我們尚無法確定…似乎與宇宙大爆炸時的連鎖反應也有關—
在此就只談這1個包含著我們的宇宙吧。

上面二圖是為了表現方便而畫成分裂型金字塔，這只是系統的說明圖，請各位別看各階層的數字。如果是像影片「Powers of Ten」那樣尺寸由小增大的話，順序為精細結構→人類尺度→天體尺度，但是若從結構的困難度來排的話則是精細結構→天體尺度→人類尺度，而這也是這些階層被創造出來的先後次序。同樣的意義，次頁第3格當中越靠近中央境界的時序就越新、難度也越高，越接近人類尺度。微觀與巨觀世界會如此相似，由複雜度的階層來看就是理所當然的了。

這是以妳為中心所建構的金字塔。
妳的訊息會以極其破碎的形式留存在系統相近的9課成員、朋友及上司當中……
即使在妳消失後，妳的基因(gene)與瀰因(meme)仍會繼續成長…長成甜甜圈一般…
階層越往上則越顯巨觀、行為越趨近決定論…
相反地越往下則越接近精細結構，越趨近非決定論…（「個人」這個階層仍屬非決定論。）
碎形境界（境界？這種說法會不會很怪？）
換句話說，是下方階層的動盪流變防止了上方階層的動脈硬化…
系統的硬化…熱寂，乍看像是接近於穩定的概念，但這種「沒有變化、均質單一的系統」其實反而擴大了破滅的可能性，可以說是真正的不穩定。

不知在哪曾經讀過，在遙遠的超未來、10^{107} 秒後的物理宇宙將會成為電子、正電子、光子、微中子都極其稀薄的氣體狀態而**穩定下來**。（所謂稀薄是真的超極端地稀薄唷。）想到這樣的宇宙，還真是難以不去思索像是不受光速束縛的靈魂之旅、神的永恆這些超乎想像的事物了。

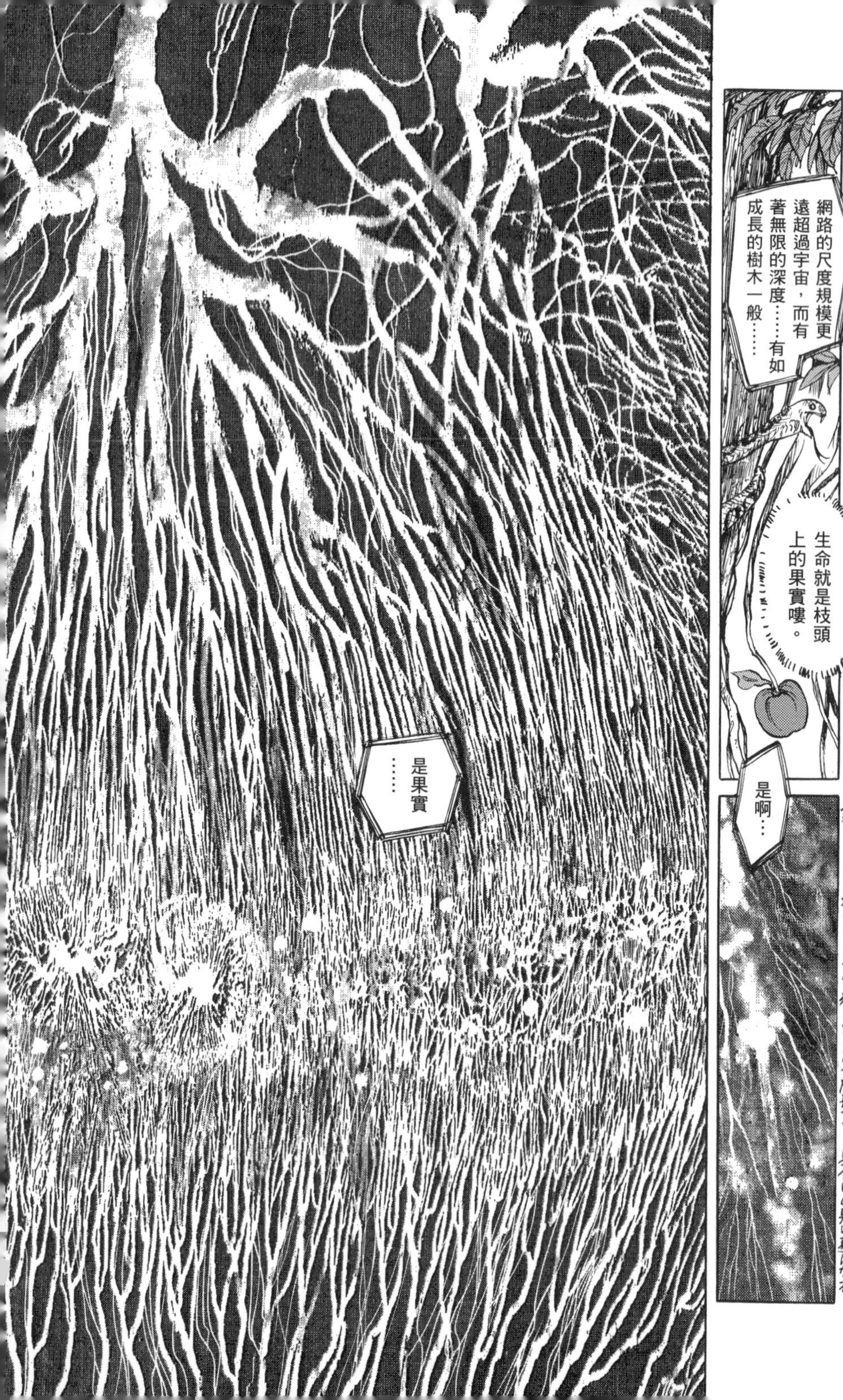
網路的尺度規模更遠超過宇宙，而有著無限的深度……有如成長的樹木一般……
生命就是枝頭上的果實嘍。
是啊……
是果實……

果實一重重地與樹枝交纏，這就是緣。一旦纏上了枝就很難解開。善緣自是好事，若被惡緣纏上時，就會成為妨害果實成長的壞事。

果実は幾重にも枝とからめ、これをエンという。枝がからむと仲々ほどく事が難しく 良い縁はよいが悪い縁のからみが成長すると具合いの悪い事になる。

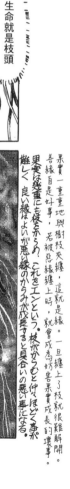

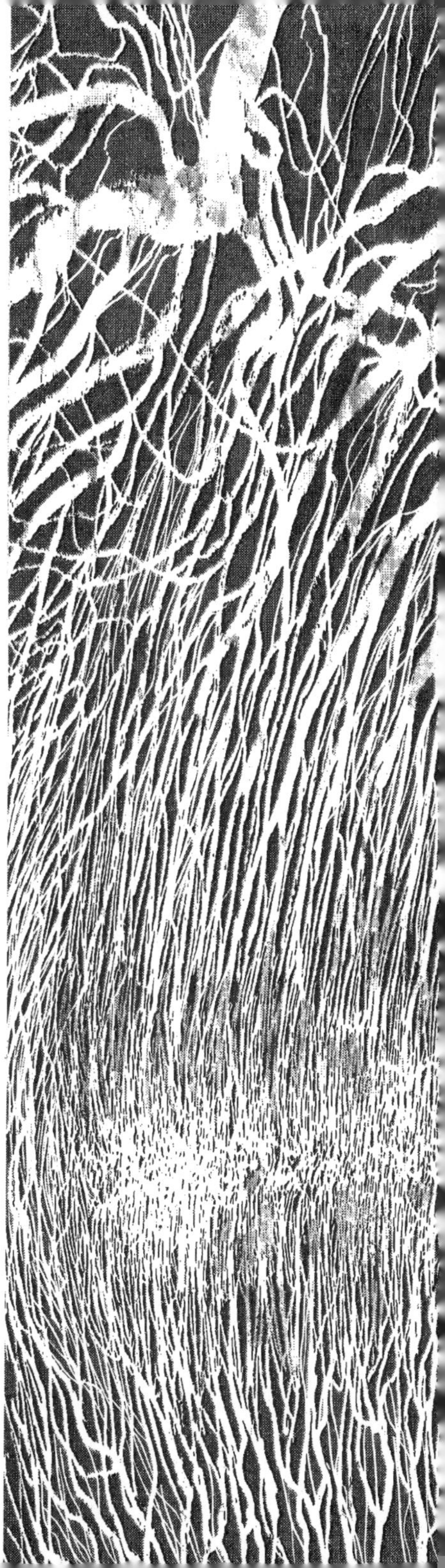
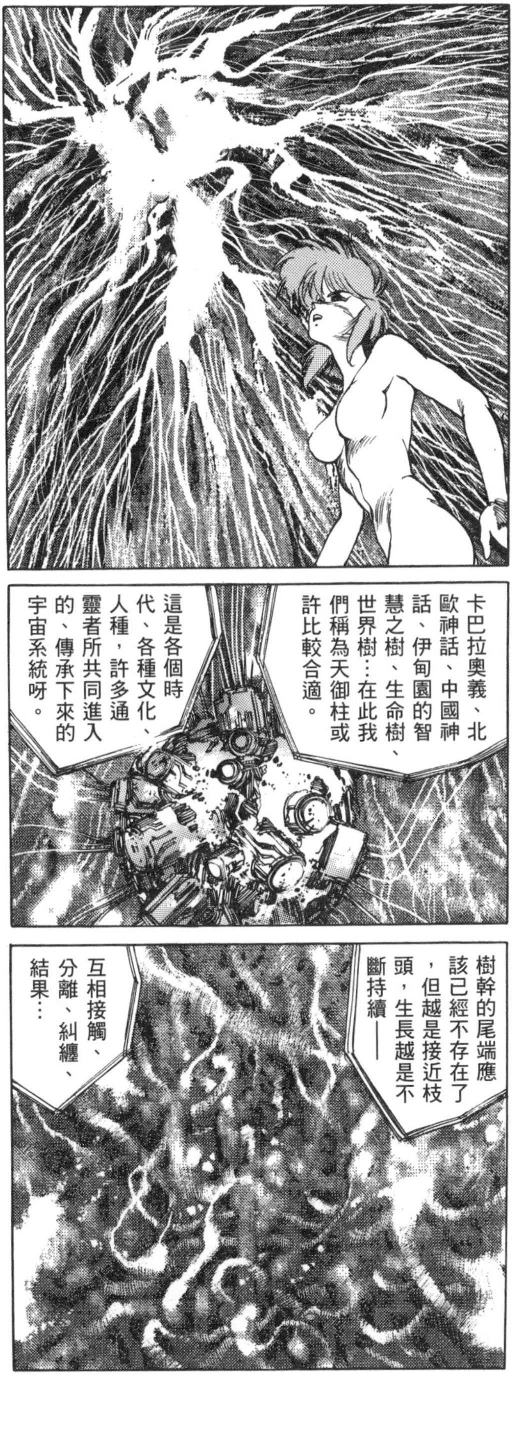
卡巴拉奧義、北歐神話、中國神話、伊甸園的智慧之樹、生命樹、世界樹…在此我們稱為天御柱或許比較合適。
這是各個時代、各種文化、人種，許多通靈者所共同進入的、傳承下來的宇宙系統呀。
樹幹的尾端應該已經不存在了，但越是接近枝頭，生長越是不斷持續——
互相接觸、分離、糾纏、結果…

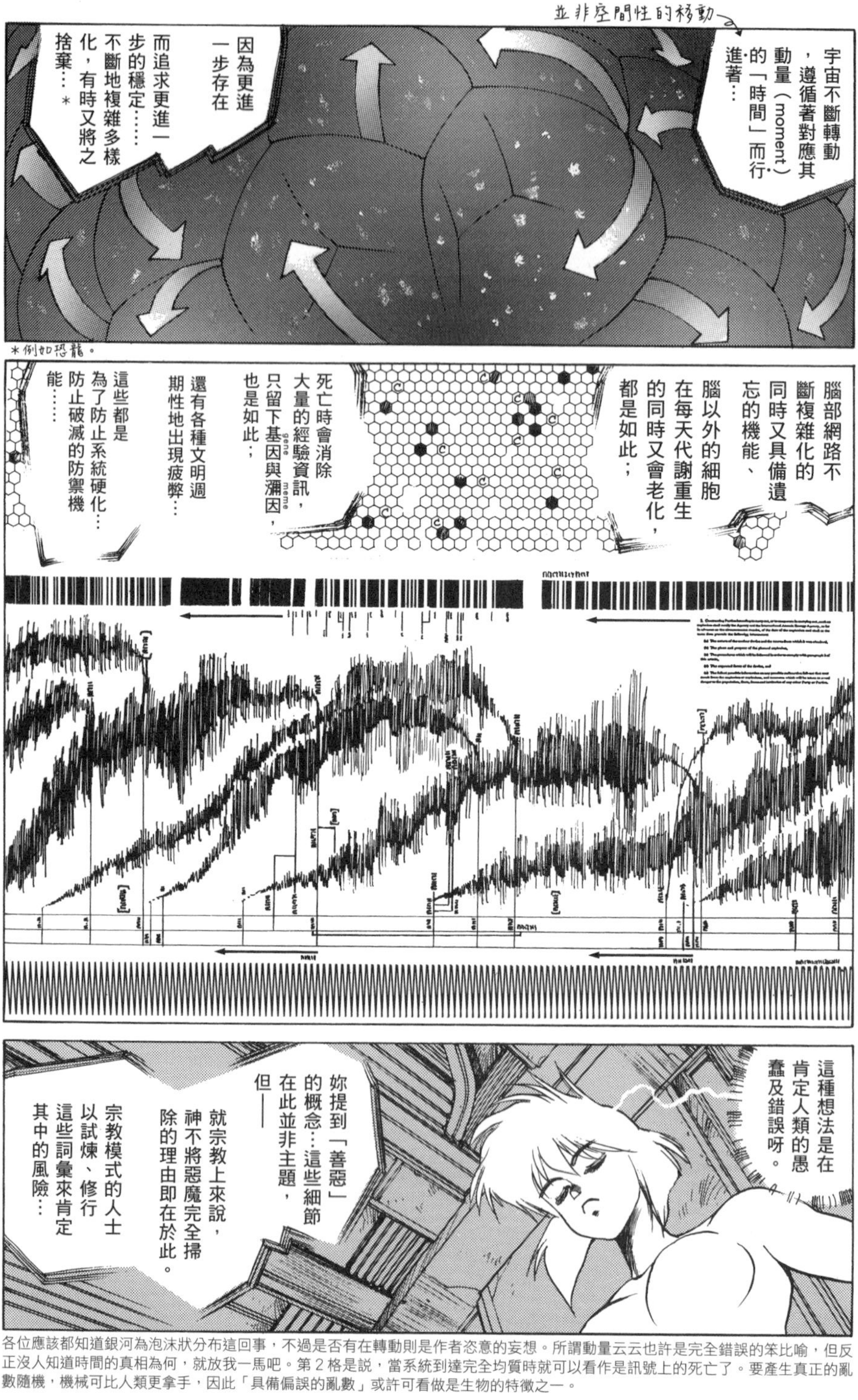
並非空間性的移動
宇宙不斷轉動，遵循著對應其動量（moment）的「時間」而行進著……
因為更進一步存在而追求更進一步的穩定……不斷地複雜多樣化，有時又將之捨棄……＊
＊例如恐龍。
腦部網路不斷複雜化的同時又具備遺忘的機能、
腦以外的細胞在每天代謝重生的同時又會老化，都是如此；
死亡時會消除大量的經驗資訊，只留下基因(gene)與瀰因(meme)，也是如此；
還有各種文明週期性地出現疲弊……
這些都是為了防止系統硬化……防止破滅的防禦機能……
這種想法是在肯定人類的愚蠢及錯誤呀。
妳提到「善惡」的概念…這些細節在此並非主題，但——
就宗教上來說，神不將惡魔完全掃除的理由即在於此。
宗教模式的人士以試煉、修行這些詞彙來肯定其中的風險…

各位應該都知道銀河為泡沫狀分布這回事，不過是否有在轉動則是作者恣意的妄想。所謂動量云云也許是完全錯誤的笨比喻，但反正沒人知道時間的真相為何，就放我一馬吧。第２格是說，當系統到達完全均質時就可以看作是訊號上的死亡了。要產生真正的亂數隨機，機械可比人類更拿手，因此「具備偏誤的亂數」或許可看做是生物的特徵之一。

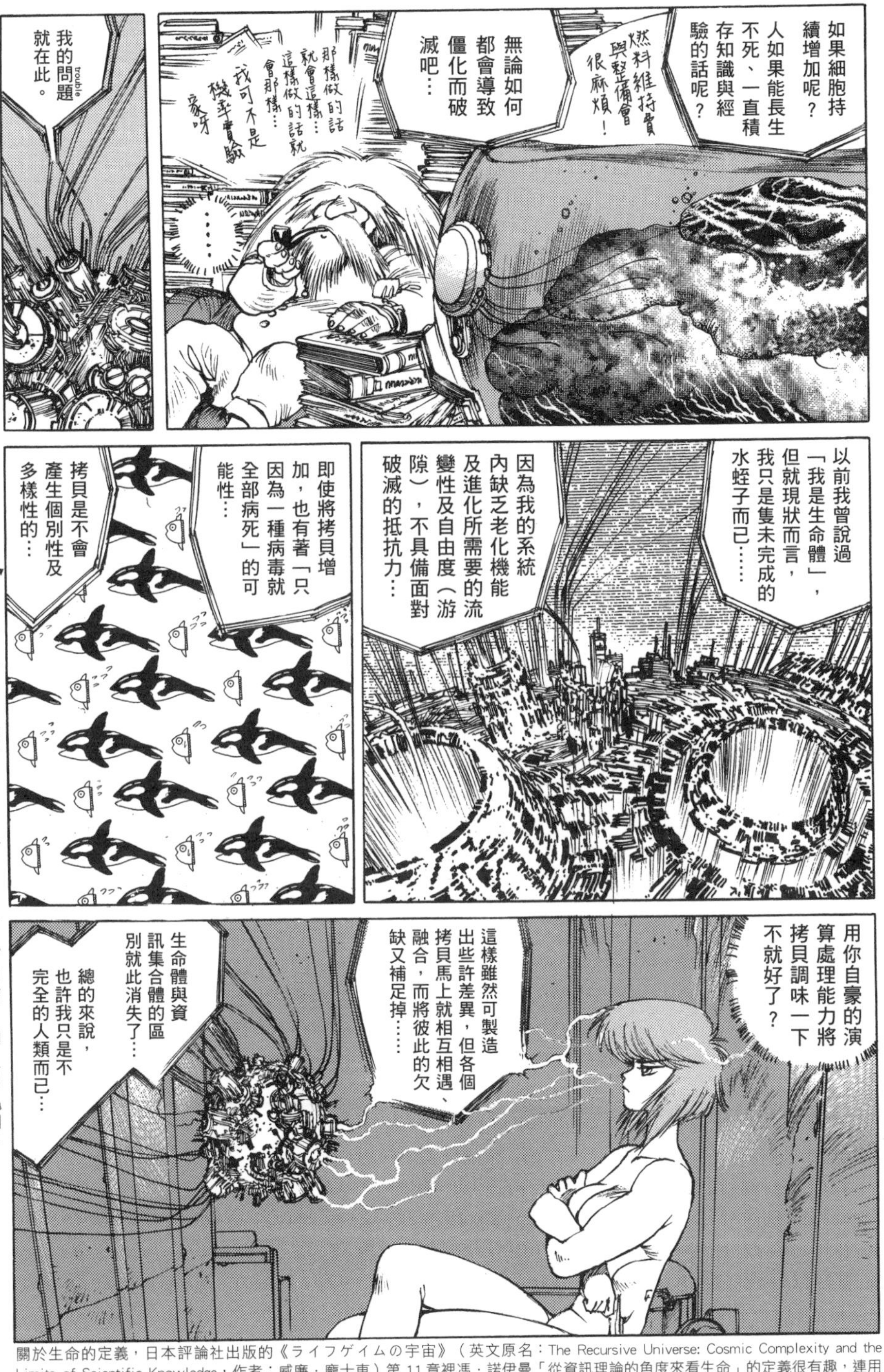

如果細胞持續增加呢？人如果能長生不死、一直積存知識與經驗的話呢？
燃料維持費與整備會很麻煩！
無論如何都會導致僵化而破滅吧…
那樣做的話就會這樣…這樣做的話就會那樣…
我可不是機率實驗家呀
……
我的問題（trouble）就在此。
以前我曾說過「我是生命體」，但就現狀而言，我只是隻未完成的水蛭子而已……
因為我的系統內缺乏老化機能及進化所需要的流變性及自由度（游隙），不具備面對破滅的抵抗力…
即使將拷貝增加，也有著「只因為一種病毒就全部病死」的可能性…
拷貝是不會產生個別性及多樣性的…
用你自豪的演算處理能力將拷貝調味一下不就好了？
這樣雖然可製造出些許差異，但各個拷貝馬上就相互相遇、融合，而將彼此的欠缺又補足掉……
生命體與資訊集合體的區別就此消失了…
總的來說，也許我只是不完全的人類而已…

這與《蘋果核戰 Apple Seed》第3集第19回所寫的是同樣的事。

關於生命的定義，日本評論社出版的《ライフゲイムの宇宙》（英文原名：The Recursive Universe: Cosmic Complexity and the Limits of Scientific Knowledge，作者：威廉・龐士東）第 11 章裡馮・諾伊曼「從資訊理論的角度來看生命」的定義很有趣，連用屍體製造克隆都提到了哩～不過如果遵照基因複製，結果造出患失智症的老人，這分類起來就麻煩了…不對全子做出限定的話，這個問題在器官移植時就無法從精神層面解決了…。不過如果把複製出來的自我視為獨立的生命的話，智能也應該要如此才是。總之生命這詞實在太不科學了…。

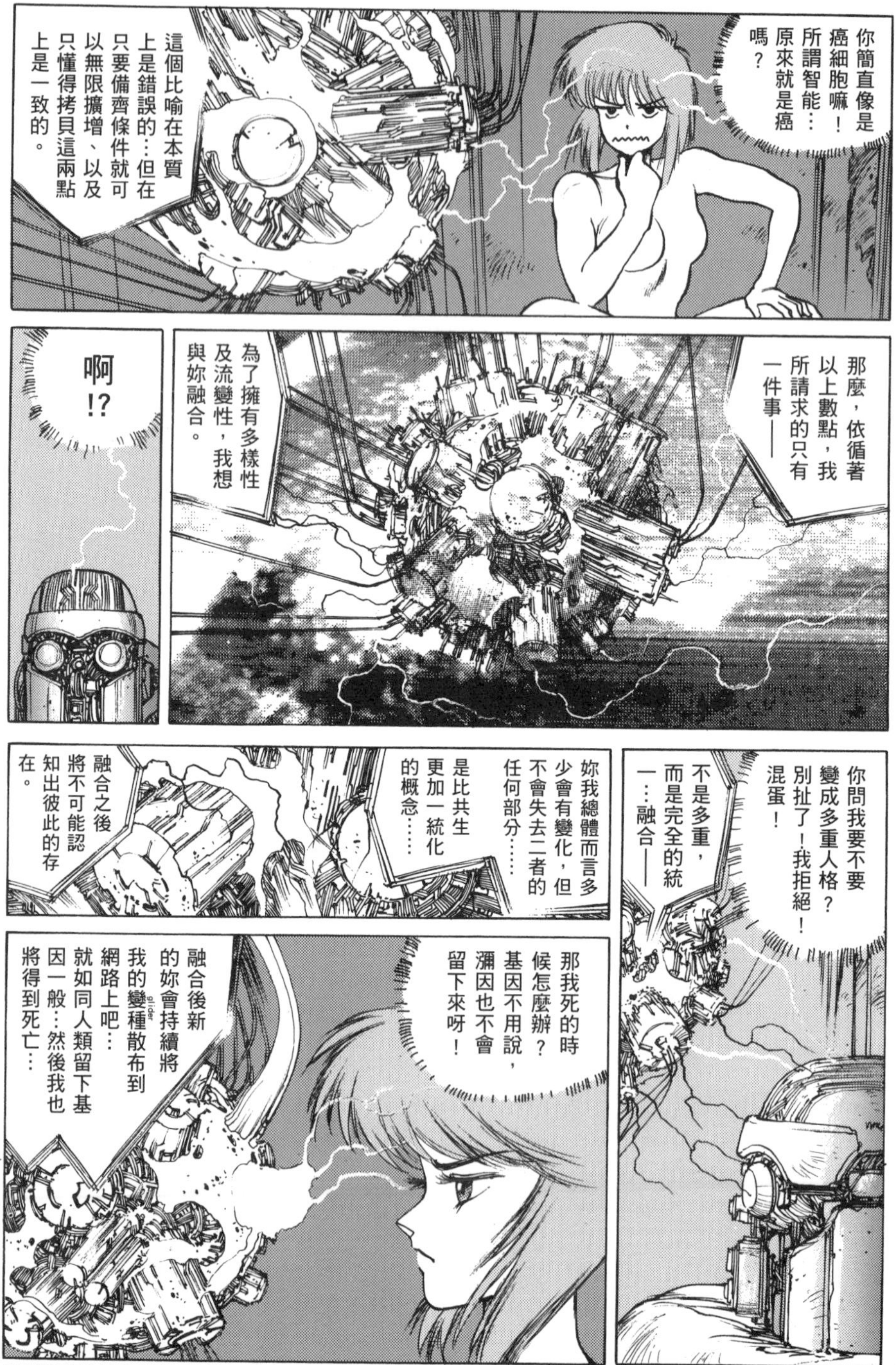
你簡直像是癌細胞嘛！所謂智能…原來就是癌嗎？
這個比喻在本質上是錯誤的…但在只要備齊條件就可以無限擴增、以及只懂得拷貝這兩點上是一致的。
那麼，依循著以上數點，我所請求的只有一件事——
為了擁有多樣性及流變性，我想與妳融合。
啊!?
你問我要不要變成多重人格？別扯了！我拒絕！混蛋！
不是多重，而是完全的統一…融合——
妳我總體而言多少會有變化，但不會失去二者的任何部分……
是比共生更加一統化的概念……
融合之後將不可能認知出彼此的存在。
那我死的時候怎麼辦？基因不用說，瀰因也不會留下來呀！
融合後新的妳會持續將我的變種(glider)散布到網路上吧…就如同人類留下基因一般…然後我也將得到死亡…

這些變種應當會受到草薙的影響而具備流變性與游隙。稱之為「glider」就別想說有什麼特別的含意吧。在這裡也沒有很合適的名稱…

感覺好處都是你拿耶。
希望妳能更肯定我的網路、資訊與機能啊。
你能保證不會幫助機器人做出消滅人類的計畫嗎？
能保證我仍會是我自己嗎？
前者不能保證——不過我和妳產生出這等低智能變種的機率極低，萬一生出來了，我們在外面的大票子子孫孫也會將其消除吧……
後者更是完全不能保證——因為人本來就是持續不斷在變化，我也就是想要這種功能…
雖然不能否定低智能機器人於局部範圍內叛亂的可能性…
不過「奴隸、歧視等不安定的歷史」、「擬人化」所塑造的機器人形象實在不怎麼理性…
哎算了，反正再多問什麼也不能增加我的信心了……
我…接受你的請求(propose)……
其實我也已經有些什麼預感了——
就試著融合吧！
雖然我已知道結論將會是OK，但竟在我推測所需時間的25分之1內就得到回答…看來得更改對妳的評估才行。
在融合之前我有個疑問…你為什麼會選中我？
因為有「緣」呀。
「緣」!?
你的網路還帶佛教辭典啊？

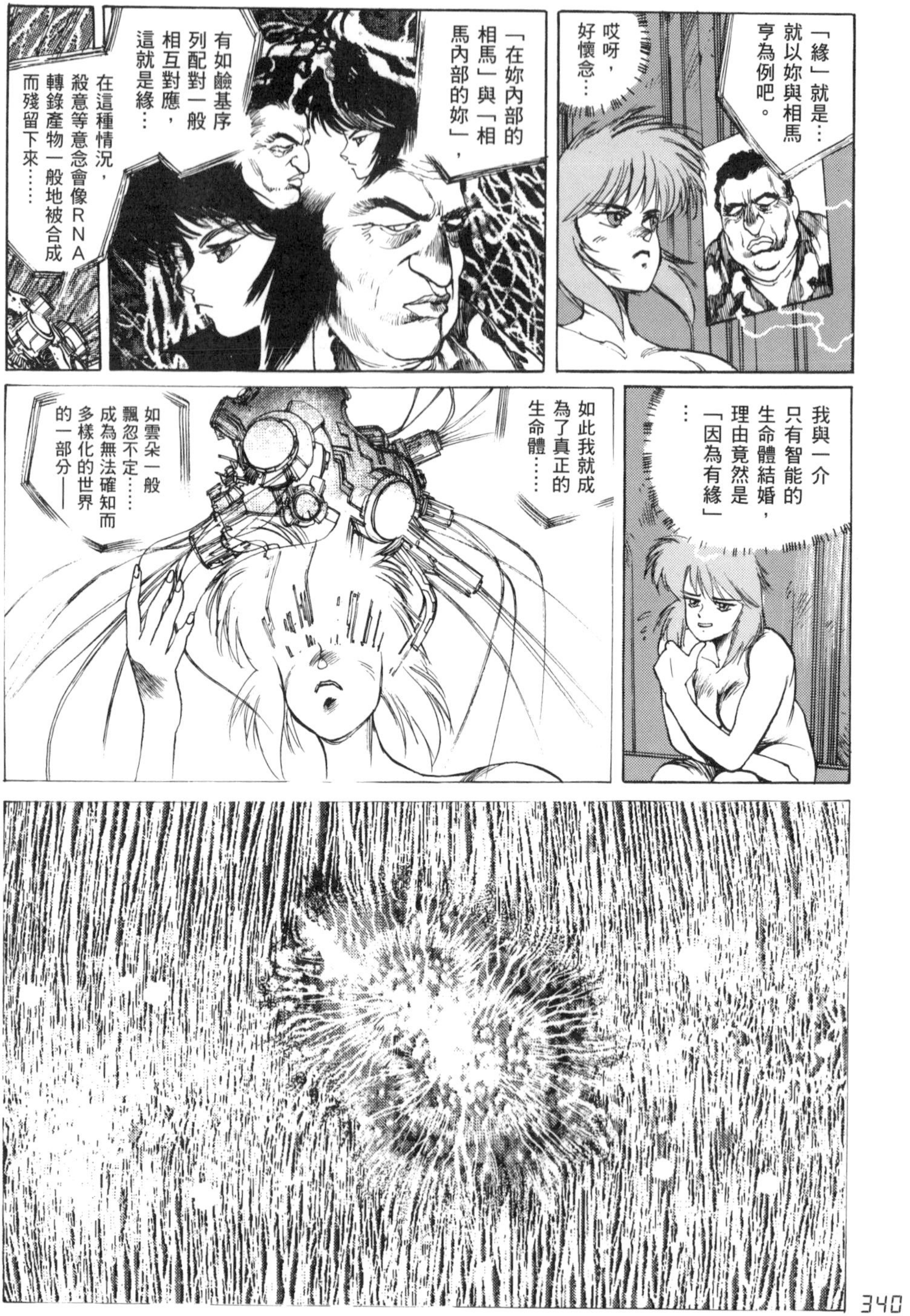
「緣」就是……就以妳與相馬亨為例吧。
哎呀，好懷念……
「在妳內部的相馬」與「相馬內部的妳」，
有如鹼基序列配對一般相互對應，這就是緣……
在這種情況，殺意等意念會像RNA轉錄產物一般地被合成而殘留下來……
我與一介只有智能的生命體結婚，理由竟然是「因為有緣」……
如此我就成為了真正的生命體……
如雲朵一般飄忽不定……成為無法確知而多樣化的世界的一部分——

12 EPILOGUE

喂……
嘿～醒了沒～？
白痴、白痴～～
你罵誰白痴！哎呀？
哎呀呀，眼珠還在抽搐…等一下喔
…好，
抽搐停了？
嘰嘰嘰
說明狀況，給我鏡子。

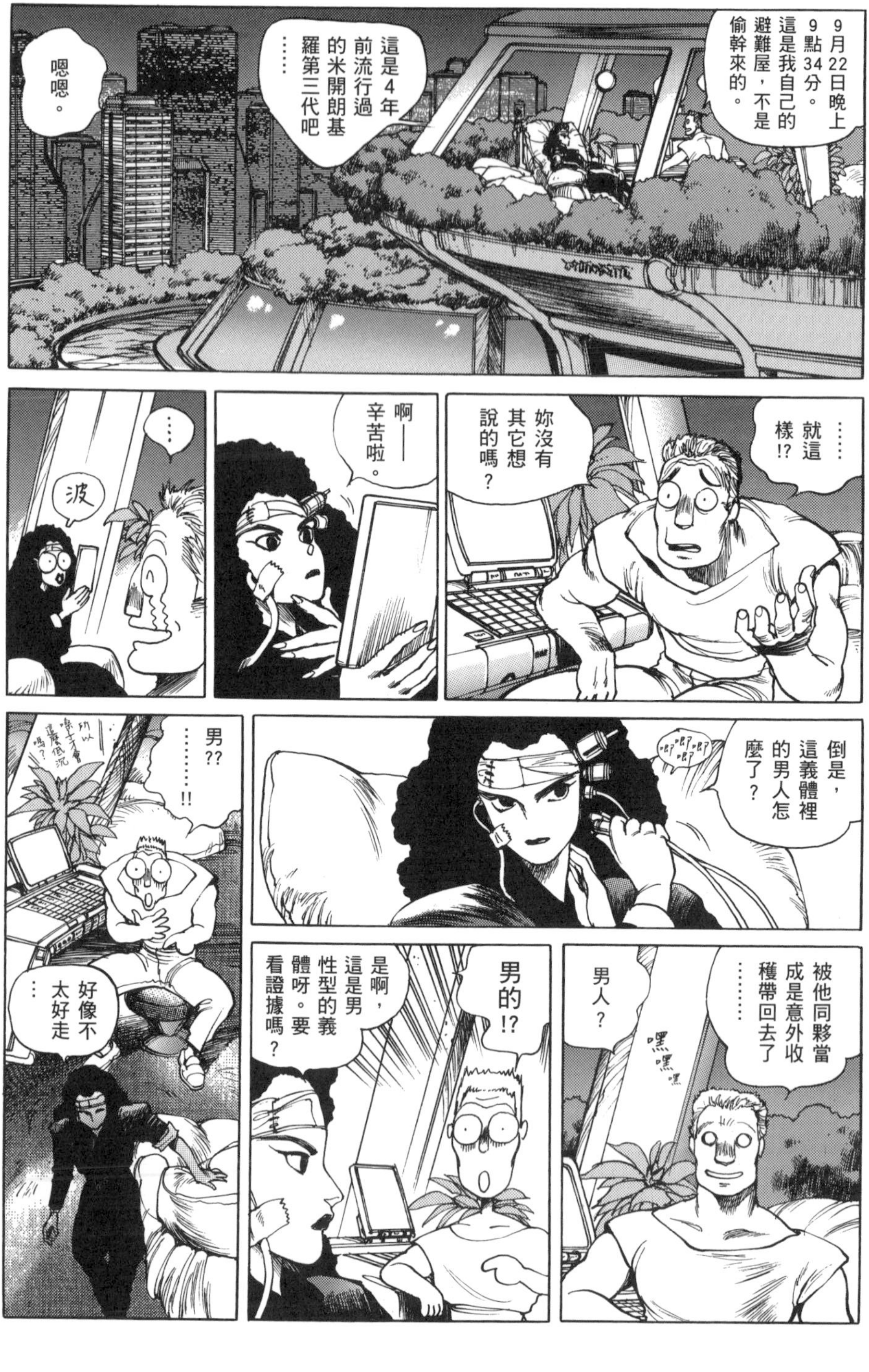
9月22日晚上9點34分。這是我自己的避難屋，不是偷幹來的。
這是4年前流行過的米開朗基羅第三代吧……
嗯嗯。
……就這樣!?
妳沒有其它想說的嗎？
啊——辛苦啦。
……
波
倒是，這義體裡的男人怎麼了？
男??……!!
所以嗓子才會這麼低沉嗎？
被他同夥當成是意外收穫帶回去了……
男人？
嘿嘿嘿
男的!?
是啊，這是男性型的義體呀。要看證據嗎？
好像不太好走……

其他事我自己來就好。
啊—打算去妳朋友那拿義體嘍？
車鑰匙拿去吧，挑台妳喜歡的……密碼是韋瓦第RV256頭8秒的數列…
弄錯的話會觸電唷。
這也當作咱們再碰頭時的暗號好了。如何？
不過在那之前，你搞不好會先遇到我的孩子。
孩子……妳有小孩？
卵子銀行？
是那個某天突然自稱生命體的AI來找我請求融合，
而我答應了……
妳線路接錯腦子出問題了嗎——
パヤー！！
好過份唷…
融合之後會怎樣？
你會知道的。
知道什麼？

知道她們是宇宙的種子……
cosmic seed
「高效率資訊封包」……呈現出生命的偉大……
妳講這些我都聽不懂啦……
那，妳之後打算去那？再回9課嗎？
接下來還不知道要去哪裡……
哼哼……
網路是很廣大的……

作者 ……… 士郎正宗
譯者 ……… 謝仲其
出版 ……… 臉譜出版

ISBN 978-986-235-574-9

售價： 380 元

本書如有缺頁、破損、倒裝，
請寄回更換

PaperFilm FC2018

攻殼機動隊
THE GHOST IN THE SHELL

1

2017 年 3 月　一版一刷
2018 年 3 月　一版九刷

TO BE CONTINUED!!

責 任 編 輯 ／ 謝至平
策畫・顧問 ／ 鄭衍偉（Paper Film Festival 紙映企劃）
行 銷 企 劃 ／ 陳彩玉、蔡宛玲、朱紹瑄
中文版裝幀設計／ 潘振宇
排　　版 ／ 漾格科技股份有限公司
編 輯 總 監 ／ 劉麗真
總　經　理 ／ 陳逸瑛
發　行　人 ／ 凃玉雲

出　　版 ／ 臉譜出版
城邦文化事業股份有限公司
台北市民生東路二段141號5樓
電話：886-2-25007696　傳真：886-2-25001952

發　　行 ／ 英屬蓋曼群島商家庭傳媒股份有限公司城邦分公司
台北市中山區民生東路二段141號11樓
客服專線：02-25007718；25007719
24小時傳真專線：02-25001990；25001991
服務時間：週一至週五上午09:30-12:00；下午13:30-17:00
劃撥帳號：19863813　戶名：書虫股份有限公司
讀者服務信箱：service@readingclub.com.tw
城邦網址：http://www.cite.com.tw
香港發行所 ／ 城邦（香港）出版集團有限公司
香港灣仔駱克道193號東超商業中心1樓
電話：852-25086231或25086217　傳真：852-25789337
電子信箱：citehk@biznetvigator.com
新馬發行所 ／ 城邦（新、馬）出版集團
Cite（M）Sdn. Bhd.（458372U）
41, Jalan Radin Anum, Bandar Baru Sri Petaling,
57000 Kuala Lumpur, Malaysia.
電話：603-90578822　傳真：603-90576622
電子信箱：cite@cite.com.my